地球旅馆

人类基地

刘慈欣 等 ——— 著 ——— 郭凯 ——— 主编

HUMAN
BASE

沈阳出版发行集团

沈阳出版社

图书在版编目（CIP）数据

人类基地 / 刘慈欣等著 . -- 沈阳：沈阳出版社，
2017.11（2019.8 重印）
ISBN 978-7-5441-9177-7

Ⅰ.①人… Ⅱ.①刘… Ⅲ.①科学幻想小说—小说集
—中国—当代 Ⅳ.① I247.7

中国版本图书馆 CIP 数据核字 (2018) 第 059033 号

出版发行：沈阳出版发行集团 | 沈阳出版社
　　　　　（地址：沈阳市沈河区南翰林路 10 号　邮编：110011）
网　　　址：http://www.sycbs.com
印　　　刷：天津丰富彩艺印刷有限公司
幅面尺寸：170mm × 240mm
印　　　张：19.5
字　　　数：220 千字
出版时间：2018 年 6 月第 1 版
印刷时间：2019 年 8 月第 2 次印刷
策划监制：程　碧
责任编辑：王冬梅
特约编辑：林香云
装帧设计：八月松子
责任校对：赵　琳
责任监印：杨　旭

书　　　号：ISBN 978-7-5441-9177-7
定　　　价：49.50 元

联系电话：024-24112447
E-mail：sy24112447@163.com

《中国科幻小说基因库》总序

郭 凯

这套丛书记录从 2000 年至今中国科幻在几个不同领域里所走过的路程。

一些人留下，一些人离开，一些人出现，一些人改变。总是如此，科幻亦然。

科幻在中国已有一百多年的历史，它生生不息，绵延至今，却又随着中国历史的几个大断裂带，被切割为几个平行宇宙般不同的历史时期，每个时期的面貌差异极大。当年为了各自的理念，对当时还叫作科学小说的科幻推崇备至的梁启超和鲁迅，若是读到了今天接连斩获雨果奖的《三体》和《北京折叠》，他们会作何评价呢？当他们看到今天商业资本涌向科幻 IP 的热潮，听到国家领导人对于支持中国科幻的演讲时，又会有何感想呢？

也许对于普通读者来说，中国科幻往日的历史并没有什么意义，我们在市场上所能读到的科幻，大多是最后一个阶段的产物。20 世纪 90 年代开始，伴随着《科幻世界》的改版和中国经济文化环境的变化，中国科幻进入了一个恒纪元，一批被称为"新生代"的科幻作家出现：星河、杨鹏、柳文扬、杨平、潘海天、凌晨、赵海虹……星河在世纪之交的《中国科幻新生代精品集》中记录这个时代最具代表性的作品，吴岩则在此书的序言中总结了一些这个时代作家们的特色，例如他们对过去"文以载道""反映社会人生"等传统科幻理念不感兴趣，更多是一种消遣，为自己而写，为科幻本身而写。

然而也正是在世纪之交，中国科幻经历了又一次大换血。

也许没有人能穷尽这次变革的全部原因，常被提及的有：1999 年高考科幻作文题事件引发的科幻热潮和大批高校科幻协会的建立，网络技术的普及造成的大量网络科幻文化论坛社区，《魔戒》《哈利·波特》等奇幻文学对于科幻文学叙事手法和理念的冲击等。一批被称为"更新代"的更加年轻的科幻作家开始陆续发表作品，包括陈楸帆、江波、飞氘、夏笳、迟卉、郝景芳、长铗、宝树、陈茜……

在姚海军看来，这一代科幻作家的创作理念更加多元而难以简单概括，他们对科幻本身有了更超然的认识，而正是对科幻的超然和差异化的理解，让新世纪十几年来的科幻小说丰富性得到了强化。

而对于刘慈欣、韩松、王晋康、何夕等几位从 20 世纪 90 年代至今，持续创作大量作品的作家来说，他们的作品在新世纪也在不断演进和变化，逐渐奠定了中国科幻某种核心价值和理念的模式，将科幻从小圈子带向了更为广阔的文化空间。

这一时期的中国科幻并非总是一帆风顺，在经历了新世纪最初几年的繁荣后，中国科幻从一个时期的巅峰状态走向相对的衰落阶段，科幻作者和读者被各种迅速兴起的其他类型文学分流，科幻刊物的销量和影响力迅速降低，成为一个小圈子的自娱自乐，甚至出现"科幻已死"的质疑。然而在表面的衰退背后，中国科幻也在默默积蓄着它的实力：科幻学术研究体系在国内开始建立完善，科幻作者们开始有意识地学习更加面向大众的写作技巧并向多种媒体形式进军，科幻迷群体随着时间推移从高校社团成长为更具经济能力和行动能力的社会组织……这一切随着《三体》系列的出版，将中国科幻重新推向了一个高潮。

一个时代有一个时代的文学，我们常将一种艺术类型的成长比喻为一棵树，然而，科幻却是一株星际植物，它的种子从遥远的平行时空而来，穿过辐射真空的茫茫宇宙，经历大气层的天火洗礼，历经无数文明世界的文化熏陶，成长为今天的样貌，它的基因无时无刻不在发生变异。当新的变革即将降临在中国科幻之上时，我们建立起这一座中国科幻基因库，将这十几年来的科幻作品分类储藏，将它们的基因信息写进细菌的 DNA 里，刻在石头上。也许亿万年后，我们的后裔或是远方而来的外星文明会重新发现它们，进入我们这一代人用科幻编织的历史。

本丛书暂定三本：地球宇宙卷、生命智能卷、东方文明卷，分别讲述人类地球改造与宇宙探索的科幻故事，生命科学与人工智能的科幻故事以及与中国历史文化有关的科幻故事，希望读者能够在书中寻找宇宙、生命以及一切的答案。

感谢为本丛书积极供稿的各位科幻作者以及三丰在联系促成本丛书编选过程中所做的贡献。

东方文明卷序言：历史回旋

郭　凯

本卷收录的是新世纪以来，本土科幻作家创作的，与中国历史文化有关的科幻代表作品。此处涉及两个话题，科幻与历史的关系以及中国的历史文化在这个关系中处于什么位置。

科幻常被视为与未来有关的艺术，然而未来还没有到来，所有关于未来的想象都源自我们对历史的经验。自近代以来，世界被科学技术飞速改变，人们意识到未来将是一个完全不同的时代，是一个悬念。于是，过去与未来的区别被明确地区分，从 18 世纪起，一类描述几个世纪后的未来小说开始流行：乌托邦、反乌托邦、世界末日，同时，通过对过去历史的反思和重现，对熟悉历史进行重新阐释的另一种路径也建立起来，两类小说早期的代表作品分别是威尔斯的《时间机器》（1895）和马克·吐温的《亚瑟王宫廷的康涅狄克州美国佬》（1889）。

一些情况下，科幻会通过时间旅行等话题，直接涉及某段历史，美国的 Daniel Roselle 编过一本科幻集《转换：从科幻小说来理解世界历史》，罗列了从恐龙时代到当下九个历史时期和涉及这些时期的代表科幻作品，如布雷德伯里的《一声惊雷》讲述人们通过时间机器到远古去狩猎恐龙。在更广的范围内，那些看似与历史无关的、关系到遥远未来的科幻作品常常有着内在对应的历史结构。阿西莫夫的《基地》系列看似在写银河帝国的兴亡，实则是写古罗马帝国；《阿凡达》中人类与外星土著文明的遭遇，也是对大航海时代西方殖民历史的重现。可以说，历史意识贯穿了科幻从诞生到今天的全部过程。

对于中国来说，情况特殊一些，十几年前，阿来在《重建文学的幻想传统》中就提出了中国古代幻想传统的复兴对科幻的意义，然而科幻文学作为一个舶来品，是与西方历史文化紧密联系的，关于"中国古代幻想故事是否有科幻"，跟"中国古代知识体系是否科学"一样，是个很复杂的问题。对于后一个问题，学界有一个较为开放的回答：广义上讲，如果将"科学"视为知识，世界各个民族地域历史传承下来的知识体系都应当有平等的地位，应当被尊重，可被视为科学。

从狭义上讲，科学仅仅指的是由近代西方建立起来的知识体系，它在几百年来迅速发展并改变了世界的面貌，具有极大的特殊性，在这个意义上讲，包括中国在内的前现代的知识体系不应被视为科学，建立在其基础上的幻想故事自然也不应看作科幻。尽管在这本书中，我们采用了狭义的科学定义，但这并不妨碍今天的作者们站在现代科学的视角上，重新审视、比较和建构中国过去的历史和文明，写出新的科幻故事。

从晚清科幻进入中国时起，科幻与中国历史就发生了碰撞，梁启超1902年的《新中国未来记》写的是60年后的未来，却是以孔历纪元，由孔子后裔讲述的，由中国历史发展而来的未来。1949年以后，按照马克思主义历史观，中国进入了一个属于未来的社会形态，因此本来长于讲述历史和未来的科幻小说被很大程度上限定了。宝树在《异域、故乡与迷宫：当代中国的科幻主题》中提出，直到20世纪八九十年代后，随着中国社会的飞速开放和转型，中国科幻复兴与"文化热""国学热"相遇，一系列新的历史科幻主题才得以确立起来，大致可以分为三种方向：

1.观光探险：读者跟随作者进入作为异域的历史，历史在这里是一个遥远的、新奇的、危险的国度，主角们在这里参观、冒险、留下印记，然后回归。如刘兴诗的《雾中山传奇》前往古丝绸之路，碎石的《高维度渗透》前往唐朝。

2.寻根回归：读者回到作为故乡的历史。通过血缘、民族、文化等联结，将历史往事与跨越时间的恒常人性联系了起来，通过时间旅行等手段，主人公不仅认识到了过去，还在精神上回到故乡，更深刻地了解了自己，了解了现代性浪潮冲击下中国自身历史文化的定位。如姜云生《长平血》回到战国长平之战，通过对赵兵互相杀害的观察了解到自身人性的缺陷。

3.结构重构：历史呈现为变动中的复杂迷宫。在这种现代的、后现代的模式中，历史不再是确定的，而是隐秘的、错乱的、平行世界一样的，给读者全新的阅读体验，中国人的国族记忆由于错乱地摆脱了具体时空束缚，更加彰显出来，如钱莉芳的《天意》在讲述楚汉战争时，由于外星人时间机器的参与，历史被重新阐释了。

本书所收录的这些故事大致也可被归类为以上这些主题，然而因为历史的复杂性，每一篇都有所不同。刘慈欣的《诗云》中高等外星文明如神明一般无所不能，然而即便如此也无法写出可以与李白抗衡的诗，技术足够强大时，可以碾压文化吗？郝景芳的《阿房宫》是个沉郁的故事，主人公与秦始皇一路同行，默默听着这个观察了人类几千年的始皇帝的历史感慨，其中夹杂着作者从政治、文化到经济的观点。韩松的《天下之水》讲述古人郦道元与一个水形态外星文明的相遇，试图将这种通常发生在现代语境下的交会放到中国古代背景中去。张冉的《晋阳三尺雪》讲述穿越者的故事，他来自现代的知识能在多大程度上改变历史？历史上的人们又会如何理解这种改变？飞氘的《一览众山小》讲述孔子的经历，当孔子登上泰山时，终于发现世界的真相，但人生的意义面对被消解的危机时，他返回了自己的世界，用生生不息的奋斗去找回意义。拉拉的《春日泽·云梦山·仲昆》是一个关于机关人的故事，它上承偃师造人的传说，下接今天已经很流行的机关类相关动漫游戏，这种对于机械的痴迷究竟是历史已有，还是我们今天站在西方机械文明的角度对自己历史的重建？夏笳的《汨罗江上》是一个关于屈原的故事，在无数个平行副本中一次次拯救失败后，身在历史中的人终于对那些曾经发生或未发生的一切有了超然的认识。宝树的《三国献面记》是另一个穿越故事，作者还原了三国的众多历史细节，也伴随着时间旅行的大量注意事项，严谨、幽默而大胆。梁清散的《广寒生或许短暂的一生》讲述的是一个仅仅存在于文献中的人物，在晚清那个中西方碰撞的时节，用文字留下了自己的痕迹。

上边这些故事许多都发生在未来，通过各种时间机器、虚拟空间，怀着各种动机和情感，人物踏上时间的征途，前往历史的迷雾中，过去和未来，已经难以区分，如同宝树所说的那样："当代中国科幻表达的是去意识形态化以来，中国带着自身的古代和近代历史进入后工业时代的全球化体系的经验。现实中国早已身处凝重的历史之中，而又被拖入自己毫无理解的未来，这里不仅有时代的断裂，更有文明和国族的错位。"相信本书中的这些故事，能够提供足够的例证，帮助我们在这一主题上进行更深入的发掘和探索。

目　录

▼

诗　云

引　子

　　伊依一行三人乘坐一艘游艇在南太平洋上做吟诗航行，他们的目的地是南极，如果几天后能顺利到达那里，他们将钻出地壳去看诗云。

　　今天，天空和海水都很清澈，对于作诗来说，世界显得太透明了。抬头望去，平时难得一见的美洲大陆清晰地显示在天空中，在东半球构成的覆盖世界的巨大穹顶上，大陆好像是墙皮脱落的区域……

　　哦，现在人类生活在地球里面，更准确地说，人类生活在气球里面，哦，地球已变成了气球。地球被掏空了，只剩下厚约一百公里的一层薄壳，但大陆和海洋还原封不动地存在着，只不过都跑到里面了，球壳的里面。大气层也还存在，也跑到球壳里面了，所以地球变成了气球，一个内壁贴着海洋和大陆的气球。空心地球仍在自转，但自转的意义与以前已大不相同：它产生重力，构成薄薄地壳的那点质量产生的引力是微不足道的，地球重力现在主要由自转的离心力来产生。但这样的重力在世界各个区域是不平均的：赤道上最强，约为1.5个原地球重力，随着纬度增高，重力也渐渐减小，两极地区的重力为零。现在吟诗游艇航行的纬度正好是原地球的标准重力，但很难令伊依找到已经消失的实心地球上旧世界的感觉。

　　空心地球的球心悬浮着一个小太阳，现在正以正午的阳光照耀着世界。这个太阳的光度在二十四小时内不停地变化，由最亮渐变至熄灭，给空心地球里面带来昼夜更替。在适当的夜里，它还会发出月亮的冷光，但只是从一点发出的，看不到满月。

游艇上的三人中有两个其实不是人，他们中的一个是一头名叫"大牙"的恐龙，它高达十米的身躯一移动，游艇就跟着摇晃倾斜，这令站在船头的吟诗者很烦。吟诗者是一个干瘦老头儿，同样雪白的长发和胡须混在一起飘动，他身着唐朝的宽大古装，仙风道骨，仿佛是海天之间挥洒写就的一个狂草字。

这就是新世界的制造者，伟大的——李白。

第1章 礼物 ①

事情是从十年前开始的，当时，吞食帝国刚刚完成了对太阳系长达两个世纪的掠夺，来自远古的恐龙驾驶着那个直径五万公里的环形世界飞离太阳，航向天鹅座方向。吞食帝国还带走了被恐龙掠去当作小家禽饲养的十二亿人类。但就在接近土星轨道时，环形世界突然开始减速，最后竟沿原轨道返回，重新驶向太阳系内层空间。

在吞食帝国开始它的返程后的一个大环星期，使者大牙乘它那艘如古老锅炉般的飞船飞离大环，它的衣袋中装着一个叫伊依的人。

"你是一件礼物！"

大牙对伊依说，眼睛看着舷窗外黑暗的太空，它那粗放的嗓音震得衣袋中的伊依浑身发麻。

"送给谁？"伊依在衣袋中仰起头大声问，他能从袋口看到恐龙的下颚，像是一大块悬崖顶上突出的岩石。

"送给神！神来到了太阳系，这就是帝国返回的原因。"

"是真的神吗？"

"它们掌握了不可思议的技术，已经纯能化，并且能瞬间从银河系的一端跃迁到另一端，这不就是神了？如果我们能得到那些超级技术的百分之一，

---

① 文中关于地球被吞食的故事，可以阅读刘慈欣另外一部小说《吞食者》。

3

吞食帝国的前景就很光明了。我们正在完成一个伟大的使命，你要学会讨神喜欢！"

"为什么选中了我？我的肉质是很次的。"伊依说，他三十多岁，与吞食帝国精心饲养的那些肌肤白嫩的人类相比，他的外貌有些沧桑感。

"神不吃虫子，只是收集，我听饲养员说你很特别，你好像还有很多学生？"

"我是一名诗人，现在在饲养场的家禽人中教授人类的古典文学。"伊依很吃力地念出了"诗""文学"这类在吞食语中很生僻的词。

"无用又无聊的学问！你那里的饲养员默许你授课，是因为其中的一些内容在精神上有助于改善虫子们的肉质……我观察过，你自视清高且目空一切，对于一个被饲养的小家禽来说，这应该是很有趣的。"

"诗人都是这样！"伊依在衣袋中站直，明知道大牙看不见，还是骄傲地昂起头。

"你的先辈参加过地球保卫战吗？"

伊依摇摇头说："我在那个时代的先辈也是诗人。"

"一种最无用的虫子，在当时的地球上也十分稀少了。"

"他生活在自己的内心世界里，对外部世界的变化并不在意。"

"没出息……呵，我们快到了。"

听到大牙的话，伊依把头从衣袋中伸出来，透过宽大的舷窗向外看，看到了飞船前方那两个发出白光的物体，那是悬浮在太空中的一个正方形平面和一个球体，当飞船移动到与平面齐平时，它在星空的背景上短暂地消失了一下，这说明它几乎没有厚度：那个完美的球体悬浮在平面上方，两者都发出柔和的白光，表面均匀得看不出任何特征。这两个东西仿佛是从计算机的图库中取出的两个元素，是这纷乱的宇宙中两个简明而抽象的概念。

"神呢？"伊依问。

"就是这两个几何体啊，神喜欢简洁。"

距离拉近，伊依发现平面有足球场大小，飞船在向平面降落，它的发动机喷出的火流首先接触到平面，仿佛只是接触到一个幻影，没有在上面留下任何痕迹，但伊依感到了重力和飞船接触平面时的震动，这说明它不是幻影。大牙显然以前已经来过这里，没有丝毫犹豫就拉开舱门走了出去，伊依看到他同时打开了气密过渡舱的两道舱门，心一下抽紧了，但他并没有听到舱内空气涌出时的呼啸声，当大牙走出舱门后，衣袋中的伊依嗅到了清新的空气，伸出外面的脸感到了习习的凉风……这是人和恐龙都无法理解的超级技术，它温柔和漫不经心的展示震慑了伊依，与人类第一次见到吞食者时相比，这震慑更加深入灵魂。他抬头望望，以灿烂的银河为背景，球体悬浮在他们上方。

"使者，这次你又给我带来了什么小礼物？"神问，他说的是吞食语，声音不高，仿佛从无限远处的太空深渊中传来，让伊依第一次感觉到这种粗陋的恐龙语言听起来很悦耳。

大牙把一只爪子伸进衣袋，抓出伊依放到平面上，伊依的脚底感到了平面的弹性。大牙说："尊敬的神，得知您喜欢收集各个星系的小生物，我带来了这个很有趣的小东西：地球人类。"

"我只喜欢完美的小生物，你把这么肮脏的虫子拿来干什么？"神说，球体和平面发出的白光微微地闪动了两下，可能是表示厌恶。

"您知道这种虫子？"大牙惊奇地抬起头。

"只是听这个旋臂的一些航行者提到过，不是太了解。在这种虫子不算长的进化史中，这些航行者曾频繁地光顾地球，这种生物的思想之猥琐、行为之低劣，其历史之混乱和肮脏，都很让他们恶心，以至于直到地球世界毁灭之前，都没有一个航行者屑于同他们建立起联系……快把他扔掉。"

大牙抓起伊依，转动着硕大的脑袋看看可往哪儿扔。"垃圾焚化口在你后面。"神说。大牙一转身，看到身后的平面上突然出现了一个小圆口，里面闪着蓝幽幽的光……

"你不要这样说！人类建立了伟大的文明！"伊依用吞食语声嘶力竭地大喊。

球体和平面的白光又颤动了两次，神冷冷笑了两声："文明？使者，告诉这个虫子什么是文明。"

大牙把伊依举到眼前，伊依甚至听到了恐龙的两个大眼球转动时骨碌碌的声音："虫子，在这个宇宙中，对于一个种族文明程度的统一度量就是这个种族所进入的空间维度，只有进入六维以上空间的种族才具备加入文明大家庭的起码条件，我们尊敬的神的一族已能够进入十一维空间。吞食帝国已能在实验室中小规模地进入四维空间，只能算是银河系中一个未开化的原始群落，而你们，在神的眼里也就是杂草和青苔一类的东西。"

"快扔了，脏死了。"神不耐烦地催促道。

大牙说完，举着伊依向垃圾焚化口走去。伊依拼命挣扎，从衣袋中掉出了许多白色的纸片。当那些纸片飘荡着下落时，从球体中射出一条极细的光线，当那束光线射到其中一张纸上时，它便在半空中悬住了，光线飞快地在纸上面扫描了一遍。

"咦，等等，这是什么东西？"

大牙把伊依悬在焚化口上方，扭头看着球体。

"那是……是我的学生的作业！"伊依在恐龙的巨掌中吃力地挣扎着说。

"这种方形的符号很有趣，它们组成的小矩阵也很好玩儿。"神说，从球体中射出的光束又飞快地扫描了已落在平面上的另外几张纸。

"那是汉……汉字，这些是用汉字写的古诗！"

"诗？"神惊奇地问，收回了光束，"使者，你应该懂一些这种虫子的文字吧？"

"当然，尊敬的神，在吞食帝国吃掉地球前，我在它们的世界生活了很长的时间。"大牙把伊依放到焚化口旁边的平面上，弯腰拾起一张纸，举到眼前吃力地辨认着上面的小字，"它的大意是……"

"算了吧，你会曲解它的！"伊依挥手制止大牙说下去。

"为什么？"神很感兴趣地问。

"因为这是一种只能用古汉语表达的艺术，即使翻译成人类的其他语言，也会失去大部分内涵和魅力，变成另一种东西。"

"使者，你的计算机中有这种语言的数据库吗？还有有关地球历史的一切知识，好的，给我传过来吧，就用我们上次见面时建立的那个信道。"

大牙急忙返回飞船上，在舱内的电脑上捣鼓了一阵儿，嘴里嘟囔着："古汉语部分没有，还要从帝国的网络上传过来，可能有些时滞。"伊依从敞开的舱门中看到，恐龙的大眼球中映射着电脑屏幕上变幻的彩光。当大牙从飞船上走出来时，神已经能用标准的汉语读出一张纸上的中国古诗了：

"白日依山尽，黄河入海流。欲穷千里目，更上一层楼。"

"您学得真快！"伊依惊叹道。

神没有理他，只是沉默着。

大牙解释说："它的意思是，恒星已在行星的山后面落下，一条叫黄河的河流向着大海的方向流去，哦，这河和海都是由那种由一个氧原子和两个氢原子构成的化合物质组成，要想看得更远，就应该在建筑物上登得更高些。"

神仍然沉默着。

"尊敬的神，您不久前曾君临吞食帝国，那里的景色与写这首诗的虫子的世界十分相似，有山有河也有海，所以……"

"所以我明白诗的意思，"神说，球体突然移动到大牙头顶上，伊依感觉它就像一只盯着大牙看的没有眸子的大眼睛，"但，你，没有感觉到些什么吗？"

大牙茫然地摇摇头。

"我是说，隐含在这个简洁的方块符号矩阵的表面含义后面的一些东西。"

大牙显得更茫然了，于是神又吟诵了一首古诗：

"前不见古人，后不见来者。念天地之悠悠，独怆然而涕下。"

大牙赶紧殷勤地解释道："这首诗的意思是：向前看，看不到在遥远过去曾经在这颗行星上生活过的虫子；向后看，看不到未来将要在这行星上生活的虫子；感到时空太广大了，于是哭了。"

神沉默。

"呵，哭是地球虫子表达悲哀的一种方式，这是它们的视觉器官……"

"你仍没感觉到什么？"神打断了大牙的话问，球体又向下降了一些，几乎贴到大牙的鼻子上。

大牙这次坚定地摇摇头："尊敬的神，我想里面没有什么的，一首很简单的小诗。"

接下来，神又连续吟诵了几首古诗，都很简短，且属于题材空灵超脱的一类，有李白的《下江陵》《静夜思》和《黄鹤楼送孟浩然之广陵》、柳宗元的《江雪》、崔颢的《黄鹤楼》、孟浩然的《春晓》等。

大牙说："在吞食帝国，有许多长达百万行的史诗，尊敬的神，我愿意把它们全部献给您！相比之下，人类虫子的诗是这么短小简单，就像它们的技术……"

球体忽地从大牙头顶飘开去，在半空中沿着随意的曲线飘行着："使者，我知道你们最大的愿望就是希望我回答一个问题：吞食帝国已经存在了八千万年，为什么其技术仍徘徊在原子时代？我现在有答案了。"

大牙热切地望着球体说："尊敬的神，这个答案对我们很重要！求您……"

"尊敬的神，"伊依举起一只手大声说，"我也有一个问题，不知能不能问？"

大牙恼怒地瞪着伊依，像要把他一口吃了似的，但神说："我仍然讨厌地球虫子，但那些小矩阵为你赢得了这个权利。"

"艺术在宇宙中普遍存在吗？"

球体在空中微微颤动，似乎在点头："是的，我就是一名宇宙艺术的收集和研究者，我穿行于星云间，接触过众多文明的各种艺术，它们大多是庞杂而晦涩的体系，用如此少的符号，在如此小巧的矩阵中涵含着如此丰富的感觉层次和含义分支，而且这种表达还要在严酷得有些变态的诗律和音韵的约束下进行，这，我确实是第一次见到……使者，现在可以把这虫子扔了。"

大牙再次把伊依抓在爪子里："对，该扔了它，尊敬的神，吞食帝国中心网络中存储的人类文化资料是相当丰富的，现在您的记忆中已经拥有了所有资料，而这个虫子，大概就记得那么几首小诗。"说着，它拿着伊依向焚化口走

去。"把这些纸片也扔了。"神说,大牙又赶紧返身去用另一只爪子收拾纸片,这时伊依在大爪中高喊:

"神啊,把这些写着人类古诗的纸片留作纪念吧!您收集到了一种不可超越的艺术,向宇宙中传播它吧!"

"等等,"神再次制止了大牙,此时伊依已经悬到了焚化口上方,他感到了下面蓝色火焰的热力。球体飘过来,在距伊依的额头几厘米处悬定,他同刚才的大牙一样受到了那只没有眸子的巨眼的逼视。

"不可超越?"

"哈哈哈……"大牙举着伊依大笑起来,"这个可怜的虫子居然在伟大的神面前说这样的话,滑稽!人类还剩下什么?你们失去了地球上的一切,即便是能带走的科学知识也忘得差不多了,有一次在晚餐桌上,我在吃一个人之前问它:地球保卫战争中的人类原子弹是用什么做的?他说是原子做的!"

"哈哈哈哈……"神也让大牙逗得大笑起来,球体颤动得成了椭圆,"不可能有比这更正确的回答了,哈哈哈……"

"尊敬的神,这些脏虫子就剩下那几首小诗了!哈哈哈……"

"但他们是不可超越的!"伊依在大爪中挺起胸膛庄严地说。

球体停止了颤动,用近似耳语的声音说:"技术能超越一切。"

"这与技术无关,这是人类心灵世界的精华,不可超越!"

"那是因为你不知道技术最终能具有什么样的力量,小虫子,小小的虫子。你不知道。"神的语气变得如父亲般温柔,但潜藏在深处阴冷的杀气让伊依不寒而栗,神说:"看着太阳。"

伊依按神的话做了,这是位于地球和火星轨道之间的太空,太阳的光芒使他眯起了双眼。

"你最喜欢的颜色是什么?"神问。

"绿色。"

话音刚落,太阳变成了绿色,那绿色妖艳无比,太阳仿佛是一只突然浮现在太空深渊中的猫眼,在它的凝视下,这个宇宙都变得诡异无比。

大牙爪子一颤,把伊依掉在平面上。当理智稍稍恢复后,他们都意识到另一个比太阳变绿更加震撼的事实:从这里到太阳,光需行走十几分钟,但这一切都发生在一瞬间!

半分钟后,太阳恢复原状,又发出耀眼的白光。

"看到了吗?这就是技术,是这种力量使我们的种族从海底淤泥中的鼻涕虫变为神。其实技术本身才是真正的神,我们都很崇拜它。"

伊依眨着昏花的双眼说:"但神并不能超越那样的艺术,我们也有神,想象中的神,我们崇拜它们,但并不认为它们能写出李白和杜甫那样的诗。"

神冷笑了两声,对伊依说:"真是一只无比固执的虫子,这使你让我厌恶。不过,就让我来超越一下你们的矩阵艺术。"

伊依也冷笑了两声:"不可能的,首先你不是人,不可能有人的心灵感受,人类艺术家在你那里只是石板上的花朵,技术并不能使你超越这个障碍。"

"技术超越这个障碍易如反掌,给我你的基因!"

伊依不知所措,"给神一根头发!"大牙提醒说,伊依伸手拔下一根头发,一股无形的吸力将头发吸向球体,后来那根头发又从球体中飘落到平面上,神只是提取了发根带着的一点点皮屑。

球体中的白光涌动起来,渐渐变得透明了,里面充满了清澈的液体,浮起串串水泡。接着,伊依在液体中看到一个蛋黄大小的球,它在射入液球的阳光中呈淡红色,仿佛自己会发光。小球很快长大,伊依认出了那是一个蜷曲着的胎儿,他肿胀的双眼紧闭着,大大的脑袋上交错着红色的血管,胎儿继续成长,小身体终于伸展开来,像青蛙似的在液体中游动着。液体渐渐变得浑浊了,透过液球的阳光只映出一个模糊的影子,看得出那个影子仍在飞速成长,最后变成了一个游动着的成人的身影。这时液球又恢复成原来那样完全不透明的白色光球,一个赤裸的人从球中掉出来,落到平面上。伊依的克隆体摇摇晃晃地站了起来,阳光在他湿漉漉的身体上闪亮,他的头发和胡子老长,但看得出来只有三四十岁的样子，除了一样精瘦外，一点儿也不像伊依本人。克隆体僵僵地站着，呆滞的目光看着无限远方，似乎对这个他刚刚进入的宇宙茫然不知。在他的上方，球体的白光逐渐暗下来，最后完全熄灭了，球体本身也像蒸发似的消失了。但这时，伊依感觉到什么东西又亮了起来，很快发现那是克隆体的眼睛，它们由呆滞突然充满了智慧的灵光。后来伊依知道，神的记忆这时已全部转移到克隆体中了。

"冷，这就是冷？"一阵清风吹来，克隆体双手抱住湿乎乎的双肩，浑身打战，但声音充满了惊喜，"这就是冷，这就是痛苦，精致的、完美的痛苦，我在星际间苦苦寻觅的感觉，尖锐如洞穿时空的十维弦，晶莹如类星体中心的纯能钻石，啊——"他伸开皮包骨头的双臂仰望银河，"前不见古人，后不见来者，念宇宙之……"一阵冷战使克隆体的牙齿咯咯作响，赶紧停止了出生演说，跑到焚化口边烤火了。

克隆体把手放到焚化口的蓝色火焰上烤着，哆哆嗦嗦地对伊依说："其实，我现在进行的是一项很普通的操作，当我研究和收集一种文明的艺术时，总是将自己的记忆借宿于该文明的一个个体中，这样才能保证对该艺术的完全理解。"

这时，焚化口中的火焰亮度剧增，周围的平面上也涌动着各色的光晕，使得伊依感觉整个平面像是一块漂浮在火海上的毛玻璃。

大牙低声对伊依说："焚化口已转化为制造口了，神正在进行能——质转换。"看到伊依不太明白，他又解释说："傻瓜，就是用纯能量制造物品，上帝的活计！"

制造口突然喷出了一团白色的东西，那东西在空中展开并落了下来，原来是一件衣服，克隆体接住衣服穿了起来，伊依看到那竟是一件宽大的唐朝古装，用雪白的丝绸做成，有宽大的黑色镶边，刚才还一副可怜相的克隆体穿上它后立刻显得飘飘欲仙，伊依实在想象不出它是如何从蓝色火焰中被制造出来的。

又有物品被制造出来，从制造口飞出一块黑色的东西，像一块石头一样"咚"地砸在平面上，伊依跑过去拾起来，不管他是否相信自己的眼睛，手中拿着的分明是一块沉重的石砚，而且还是冰凉的。接着又有什么"啪"地掉下来，伊依拾起那个黑色的条状物，他没猜错，这是一块墨！接着被制造出来的是几支毛笔，一个笔架，一张雪白的宣纸（从火里飞出的纸！），还有几件古色古香的案头小饰品，最后制造出来的也是最大的一件东西：一张样式古老的书案！伊依和大牙忙着把书案扶正，把那些小东西在案头摆放好。

"转化这些东西的能量，足以把一颗行星炸成粉末。"大牙对伊依耳语，声音有些发颤。

克隆体走到书案旁，看着上面的摆设满意地点点头，一手理着刚刚干了的胡子，说：

"我，李白。"

伊依审视着克隆体问："你是说想成为李白呢，还是真把自己当成了李白？"

"我就是李白，超越李白的李白！"

伊依微笑着摇摇头。

"怎么，到现在你还怀疑吗？"

伊依点点头说："不错，你们的技术远远超过了我的理解力，已与人类想象中的神力和魔法无异，即使是在诗歌艺术方面也有让我惊叹的东西：跨越如此巨大的文化和时空的鸿沟，你竟能感觉到中国古诗的内涵……但理解是一回事，我仍然认为你面对的是不可超越的艺术。"

克隆体——李白的脸上浮现出高深莫测的笑容，但转瞬即逝，他手指书案，对伊依大喝一声："研墨！"然后径自走去，在几乎走到平面边缘时站住，理着胡须遥望星河沉思起来。

伊依拿起书案上的一个紫砂壶向砚上倒了一点儿清水，拿起那块墨研了起来，他是第一次干这个，笨拙地斜着墨条边角。看着砚中渐渐浓起来的墨汁，伊依想到自己正身处距太阳1.5个天文单位的茫茫太空中，这个无限薄的平面（即使在刚才由纯能量制造物品时，从远处看，它仍没有厚度）仿佛是一个漂浮在宇宙深渊中的舞台，在它上面，一只恐龙、一个被恐龙当作肉食家禽饲养的人、一个穿着唐朝古装准备超越李白的技术之神，正在演出一场怪诞到极点的话剧，想到这里，伊依摇头苦笑起来。

　　当觉得墨研得差不多时，伊依站起来，同大牙一起等待着，这时平面上的清风已经停止，太阳和星河静静地发着光，仿佛整个宇宙都在期待。李白静立在平面边缘，由于平面上的空气层几乎没有散射，他在阳光中的明暗部分极其分明，除了理胡须的手不时动一下外，简直就是一尊石像。伊依和大牙等啊等，时间在默默地流逝，书案上蘸满了墨的毛笔渐渐有些发干了，不知不觉，太阳的位置已移动了很多，把他们和书案、飞船的影子长长地投在平面上，书案上平铺的白纸仿佛变成了平面的一部分。终于，李白转过身来，慢步走回书案前，伊依赶紧把毛笔重新蘸了墨，用双手递了过去，但李白抬起一只手回绝了，只是看着书案上的白纸继续沉思着，他的目光中有了些新的东西。

　　伊依得意地看出，那是困惑和不安。

　　"我还要制造一些东西，那都是……易碎品，你们去小心接着。"李白指了指制造口说。那里面本来已暗淡下去的蓝焰又明亮起来，伊依和大牙刚刚跑过去，就有一股蓝色的火舌把一个球形物推出来，大牙手疾眼快地接住了它，细看是一个大坛子。接着又从蓝焰中飞出了三只大碗，伊依接住其中的两只，有一只摔碎了。大牙把坛子抱到书案上，小心地打开封盖，一股浓烈的酒味溢了出来，它与伊依惊奇地对视了一眼。

　　"在我从吞食帝国接收到的地球信息中，有关人类酿造业的资料不多，所以这东西造得不一定准确。"李白说，同时指着酒坛示意伊依尝尝。

　　伊依拿碗从中舀了一点儿抿了一口，一股火辣从嗓子眼流到肚子里，他点点头："是酒，但是与我们为改善肉质喝的那些相比太烈了。"

　　"满上。"李白指着书案上的另一个空碗，待大牙倒满烈酒后，端起来咕咚咚一饮而尽，然后转身再次向远处走去，不时走出几个不太稳的舞步。达到平面边缘后又站在那里对着星海深思，但与上次不同的是他的身体在有节奏地左右摆动，像在和着某首听不见的曲子。这次李白沉思的时间不长就走回到书桌前，回来的一路上就全是舞步了，他一把抓过伊依递过来的笔扔到远处。

"满上。"李白眼睛直勾勾地盯着空碗说。

……

一小时后，大牙用两个大爪小心翼翼地把烂醉如泥的李白放到已清空的书案上，但他又一骨碌翻身下来，嘴里嘀咕着恐龙和人类都听不懂的语言。他已经红红绿绿地吐了一大摊（真不知是什么时候吃进的这些食物），宽大的古服上也吐得脏污一片，那一摊呕吐物被平面发出的白光透过，形成了一幅很抽象的图形。李白的嘴上黑乎乎的全是墨，这是因为在喝光第四碗后，他曾试图在纸上写什么，但只是把蘸饱墨的毛笔重重地戳到桌面上，接着，李白就像初学书法的小孩子那样，试图用嘴把笔理顺……

"尊敬的神？"大牙伏下身来小心翼翼地问。

"哇咦卡啊……卡啊咦唉哇。"李白大着舌头说。

大牙站起身，摇摇头叹了一口气，对伊依说："我们走吧。"

第2章 另一条路

伊依所在的饲养场位于吞食者的赤道上，当吞食者处于太阳系内层空间时，这里曾经是一片夹在两条大河之间的美丽草原。吞食者航出木星轨道后，严冬降临了，草原消失、大河封冻，被饲养的人类都转到地下城中。当吞食者受到神的召唤而返回后，随着太阳的临近，大地回春，两条大河很快解冻了，草原也开始变绿。

当天气好的时候，伊依总是独自住在河边自己搭的一间简陋的草棚中，自己种地过日子。对于一般人来说这是不被允许的，但由于伊依在饲养场中讲授的古典文学课程有陶冶性情的功能，他的学生的肉有一种很特别的风味，所以恐龙饲养员也就不干涉他了。

这是伊依与李白初次见面两个月后的一个黄昏，太阳刚刚从吞食帝国平直的地平线上落下，两条映着晚霞的大河在天边交汇。在河边的草棚外，微风把远处草原上欢舞的歌声隐隐送来，伊依正自己和自己下围棋，抬头看到李白和大牙沿着河岸向这里走来。这时的李白已有了很大的变化，他头发蓬乱，胡子老长，脸晒得很黑，左肩背着一个粗布包，右手提着一个大葫芦，身上那件古装已破烂不堪，脚上穿着一双已磨得不像样子的草鞋，伊依觉得这时的他倒更像一个人了。

李白走到围棋桌前，像前几次来一样，不看伊依一眼就把葫芦重重地向桌上一放，说："碗！"待伊依拿来两只木碗后，李白打开葫芦盖，把两个碗里倒满酒，然后从布包中拿出一个纸包，打开来。伊依发现里面竟放着切好的熟肉，他闻到扑鼻的香味，不由得拿起一块嚼了起来。

大牙只是站在两三米处静静地看着他们，有前几次的经验，它知道他们俩又要谈诗了，这种谈话它既无兴趣也没资格参与。

"好吃，"伊依赞许地点点头，"这牛肉也是纯能量转化的？"

"不，我早就回归自然了。你可能没听说过，在距这里很遥远的一个牧场，饲养着来自地球的牛群。这牛肉是我亲自做的，是用山西平遥牛肉的做法，关键是在炖的时候放——"李白凑到伊依耳边神秘地说，"尿碱。"

伊依迷惑不解地看着他。

"哦，这是人类的小便蒸干以后析出的那种白色的东西，能使炖好的肉外观红润，肉质鲜嫩，肥而不腻，瘦而不柴。"

"这尿碱……也不是纯能量做出来的？"伊依恐惧地问。

"我说过自己已经回归自然了！尿碱是我费了好大劲儿从几个人类饲养场收集来的，这是很正宗的民间烹饪技艺，在地球毁灭前就早已失传。"

伊依已经把嘴里的牛肉咽下去了，为了抑制呕吐，他端起了酒碗。

李白指指葫芦说："在我的指导下，吞食帝国已经建立了几个酒厂，已经能够生产大部分地球名酒，这是他们酿制的正宗竹叶青，是用汾酒浸泡竹叶而成。"

伊依这才发现碗里的酒与前几次李白带来的不同，呈翠绿色，入口后有甜甜的草药味。

"看来,你对人类文化已了如指掌了。"伊依感慨地对李白说。

"不仅如此,我还花了大量时间亲身体验,你知道,吞食帝国很多地区的风景与李白所在的地球极为相似,这两个月来,我浪迹于这山水之间,饱览美景,月下饮酒山巅吟诗,还在遍布各地的人类饲养场中有过几次艳遇……"

"那么,现在总能让我看看你的诗作了吧。"

李白呼地放下酒碗,站起身不安地踱起步来:"是作了一些诗,而且是些肯定让你吃惊的诗,你会看到,我已经是一个很出色的诗人了,甚至比你和你的祖爷爷都出色,但我不想让你看,因为我同样肯定你会认为那些诗作没有超越李白,而我……"他抬头遥望天边落日的余晖,目光中充满了迷离和痛苦,"也这么认为。"

远处的草原上,舞会已经结束,快乐的人们开始丰盛的晚餐。有一群少女向河边跑来,在岸边的浅水中嬉戏。她们头戴花环,身上披着薄雾一样的轻纱,在暮色中构成一幅醉人的画面。伊依指着距草棚较近的一个少女问李白:"她美吗?"

"当然。"李白不解地看着伊依说。

"想象一下,用一把利刃把她切开,取出她的每一个脏器,剜出她的眼球,挖出她的大脑,剔出每一根骨头,把肌肉和脂肪按其不同部位和功能分割开来,再把所有的血管和神经分别理成两束,最后在这里铺上一大块白布,把这些东西按解剖学原理分门别类地放好,你还觉得美吗?"

"你怎么在喝酒的时候想到这些?恶心。"李白皱起眉头说。

"怎么会恶心呢?这不正是你所崇拜的技术吗?"

"你到底想说什么?"

"李白眼中的大自然就是你现在看到的河边少女,而同样的大自然在技术的眼睛中呢,就是白布上那些井然有序但鲜血淋淋的部件,所以,技术是反诗意的。"

"你好像对我有什么建议？"李白理着胡子若有所思地说。

"我仍然不认为你有超越李白的可能，但可以为你的努力指出一个正确的方向：技术的迷雾蒙住了你的双眼，使你看不到自然之美。所以，你首先要做的是把那些超级技术全部忘掉，你既然能够把自己的全部记忆移植到你现在的大脑中，当然也可以删除其中的一部分。"

李白抬头和大牙对视了一下，两者都哈哈大笑起来，大牙对李白说："尊敬的神，我早就告诉过您，多么狡诈的虫子，您稍不小心就会跌入他们设下的陷阱。"

"哈哈哈哈，是狡诈，但也有趣。"李白对大牙说，然后转向伊依，冷笑着说，"你真的认为我是来认输的？"

"你没能超越人类诗词艺术的巅峰，这是事实。"

李白突然抬起一只手指着大河，问："到河边去有几种走法？"

伊依不解地看了李白几秒钟："好像……只有一种。"

"不，是两种，我还可以向这个方向走，"李白指着与河相反的方向说，"这样一直走，绕吞食帝国的大环一周，再从对岸过河，也能走到这个岸边，我甚至还可以绕银河系一周再回来，对于我们的技术来说，这也易如反掌。技术可以超越一切！我现在已经被逼得要走另一条路了！"

伊依努力想了好半天，终于困惑地摇摇头："就算是你有神一般的技术，我还是想不出超越李白的另一条路在哪儿。"

李白站起来说："很简单，超越李白的两条路是：一、把超越他的那些诗写出来；二、把所有的诗都写出来！"

伊依显得更糊涂了，但站在一旁的大牙似有所悟。

"我要写出所有的五言和七言诗，这是李白所擅长的；另外我还要写出常见词牌的所有的词！你怎么还不明白？我要在符合这些格律的诗词中，试遍所有汉字的所有组合！"

"啊，伟大！伟大的工程！"大牙忘形地欢呼起来。

"这很难吗？"伊依傻傻地问。

"当然难，难极了！如果用吞食帝国最强大的计算机来进行这样的计算，可能到宇宙末日也完成不了！"

"没那么多吧。"伊依充满疑问地说。

"当然有那么多！"李白得意地点点头，"但使用你们还远未掌握的量子计算技术，就能在可以接受的时间内完成这样的计算。到那时，我就写出了所有的诗词，包括所有以前写过的和以后可能写的，特别注意，所有以后可能写的！超越李白的巅峰之作自然包括在内。事实上我终结了诗词艺术，直到宇宙毁灭，所出现的任何一个诗人，不管他们达到了怎样的高度，都不过是个抄袭者，他的作品肯定能在我那巨大的存储器中检索出来。"

大牙突然发出了一声低沉的惊叫，看着李白的目光由兴奋变为震惊："巨大的……存储器？尊敬的神，您该不是说，要把量子计算机写出的诗都……都存起来吧？"

"写出来就删除有什么意思呢？当然要存起来！这将是我的种族留在这个宇宙中的艺术丰碑之一！"

大牙的目光由震惊变为恐惧，把粗大的双爪向前伸着，两腿打弯，像要给李白跪下，声音也像要哭出来似的："使不得，尊敬的神，这使不得啊！"

"是什么把你吓成这样？"伊依抬头惊奇地看着大牙问。

"你个白痴！你不是知道原子弹是原子做的吗？那存储器也是原子做的，它的存储精度最高只能达到原子级别！知道什么是原子级别的存储吗？就是说一个针尖大小的地方，就能存下人类所有的书！不是你们现在那点书，是地球被吃掉前上面所有的书！"

"啊，这好像是有可能的，听说一杯水中的原子数比地球上海洋中水的杯数都多。那，他写完那些诗后带根儿针就行了。"伊依指指李白说。

大牙恼怒已极，来回急走几步，总算挤出了一点儿耐性："好，好，你说，按神说的那些五言七言诗，还有那些常见的词牌，各写一首，总共有多少字？"

"不多，也就两三千字吧，古曲诗词是最精练的艺术。"

"那好，我就让你这个白痴虫子看看它有多么精练！"大牙说着走到桌前，用爪指着上面的棋盘说："你们管这种无聊的游戏叫什么，哦，围棋，这上面有多少个交叉点？"

"纵横各 19 行，共 361 点。"

"很好，每点上可以放黑子和白子或空着，共三种状态，这样，每一个棋局，就可以看作由三个汉字写成的一首 19 行 361 个字的诗。"

"这比喻很妙。"

"那么，穷尽这三个汉字在这种诗上的组合，总共能写出多少首诗呢？让我告诉你：3 的 361 次幂，或者说，嗯，我想想，10 的 172 次幂！"

"这……很多吗？"

"白痴！"大牙第三次骂出这个词，"宇宙中的全部原子只有……啊——"它气恼得说不下去了。

"有多少？"伊依仍然是那副傻样。

"只有 10 的 80 次幂个！你个白痴虫子啊——"

直到这时，伊依才表现出了一点儿惊奇："你是说，如果一个原子存储一首诗，用光宇宙中的所有原子，还存不完他的量子计算机写出的那些诗？"

"差远呢！差 10 的 92 次幂呢！再说，一个原子哪能存下一首诗？人类虫子的存储器，存一首诗用的原子数可能比你们的人口都多，至于我们，用单个原子存储一位二进制还仅仅处于实验室阶段……唉。"

"使者，在这一点上是你目光短浅了，想象力不足，是吞食帝国技术进步缓慢的原因之一。"李白笑着说，"使用基于量子多态叠加原理的量子存储器，只用很少量的物质就可以存下那些诗，当然，量子存储不太稳定，为了永久保存那些诗作，还需要与更传统的存储技术结合使用，即使这样，制造存储器需要的物质量也是很少的。"

"是多少？"大牙问，看那样子显然心已提到了嗓子眼儿。

"大约为 10 的 57 次幂个原子，微不足道、微不足道。"

"这……这正好是整个太阳系的物质量！"

"是的，包括所有的太阳行星，当然也包括吞食帝国。"

李白最后这句话是轻描淡写地随口说出的，但在伊依听来像晴天霹雳，不过大牙反倒显得平静下来，当长时间受到灾难预感的折磨后，灾难真正来临时反而有一种解脱感。

"您不是能把能量转换成物质吗？"大牙问。

"得到如此巨量的物质需要多少能量你不会不清楚，这对我们也是不可想象的，还是用现成的吧。"

"这么说，皇帝的忧虑不无道理。"大牙自语道。

"是的是的，"李白欢快地说，"我前天已向吞食皇帝说明，这个伟大的环形帝国将被用于一个更伟大的目的，所有的恐龙应该为此感到自豪。"

"尊敬的神，您会看到吞食帝国的感受。"大牙阴沉地说，"还有一个问题：与太阳相比，吞食帝国的质量实在是微不足道，为了得到这九牛一毛的物质，有必要毁灭一个进化了几千万年的文明吗？"

"你的这个疑问我完全理解，但要知道，熄灭、冷却和拆解太阳是需要很长时间的，在这之前对诗的量子计算已经开始，我们需要及时地把结果存起来，清空量子计算机的内存以继续计算，这样，可以立即用于制造存储器的行星和吞食帝国的物质就是必不可少的了。"

"明白了，尊敬的神，最后一个问题：有必要把所有的组合结果都存起来吗？为什么不能在输出端加一个判断程序，把那些不值得存储的诗作删除掉。据我所知，中国古诗是要遵从严格的格律的，如果把不符合格律的诗去掉，那最后结果的总量将大为减少。"

"格律？哼，"李白不屑地摇摇头，"那不过是对灵感的束缚，中国南北朝以前的古体诗并不受格律的限制，即使是在唐代以后严格的近体诗中，也有许多古典诗词大师不遵从格律，写出了许多卓越的变体诗，所以，在这次终极吟诗中我将不考虑格律。"

"那，您总该考虑诗的内容吧？最后的计算结果中肯定有百分之九十九的诗是毫无意义的，存下这些随机的汉字矩阵有什么用？"

"意义？"李白耸耸肩说，"使者，诗的意义并不取决于你的认可，也不取决于我或其他的任何人，它取决于时间。许多在当时无意义的诗后来成了旷世杰作，而现今和今后的许多杰作在遥远的过去肯定也曾是无意义的。我要作出所有的诗，亿亿亿万年之后，谁知道伟大的时间把其中的哪首选为巅峰之作呢？"

"这简直荒唐！"大牙大叫起来，它粗放的嗓音惊起了远处草丛中的几只鸟，"如果按现有的人类虫子的汉字字库，您的量子计算机写出的第一首诗应该是这样的：

啊啊啊啊啊

啊啊啊啊啊

啊啊啊啊啊

啊啊啊啊唉

请问，伟大的时间会把这首选为杰作？"

一直不说话的伊依这时欢叫起来："哇！还用什么伟大的时间来选？它现在就是一首巅峰之作耶！前三行和第四行的前四个字都是表达生命对宏伟宇宙的惊叹，最后一个字是诗眼，它是诗人在领略了宇宙之浩渺后，对生命在无限时空中的渺小发出的一声无奈的叹息。"

"呵呵呵呵呵，"李白抚着胡须乐得合不上嘴，"好诗，伊依虫子，真的是好诗，呵呵呵……"说着拿起葫芦给伊依倒酒。

大牙挥起巨爪一巴掌把伊依打了老远："混账虫子，我知道你现在高兴了，可不要忘记，吞食帝国一旦毁灭，你们也活不了！"

伊依一直滚到河边，好半天才能爬起来，他满脸沙土，咧大了嘴，既是痛的也是在笑，他确实很高兴，"哈哈有趣，这个宇宙真 TM 的不可思议！"他忘形地喊道。

"使者，还有问题吗？"看到大牙摇头，李白接着说，"那么，我在明天就要离去，后天，量子计算机将启动作诗软件，终极吟诗将开始，同时，熄灭太阳，拆解行星和吞食帝国的工程也将启动。"

"尊敬的神，吞食帝国在今天夜里就能做好战斗准备！"大牙立正后庄严地说。

"好好，真是很好，往后的日子会很有趣的，但这一切发生之前，还是让我们喝完这一壶吧。"李白快乐地点点头说，同时拿起了酒葫芦，倒完酒，他看着已笼罩在夜幕中的大河，意犹未尽地回味着，"真是一首好诗，第一首，呵呵，第一首就是好诗。"

第 3 章 终极吟诗

吟诗软件其实十分简单，用人类的 C 语言表达可能超不过两千行代码，另外再加一个存储所有汉字字符的不大的数据库。当这个软件在位于海王星轨道上的那台量子计算机（一个漂浮在太空中的巨大透明锥体）上启动时，终极吟诗就开始了。

这时吞食帝国才知道，李白只是那个超级文明种族中的一个个体，这与以前的预想不同，当时恐龙们都认为进化到这样技术级别的社会在意识上早就融为一个整体了，吞食帝国在过去的一千万年中遇到的五个超级文明都是这种形态。李白一族保持了个体的存在，也部分解释了他们对艺术超常的理解力。当吟诗开始时，李白一族又有大量的个体从外太空的各个方位跃迁到太阳系，开始了制造存储器的工程。

吞食帝国上的人类看不到太空中的量子计算机，也看不到新来的神族，在他们看来，终极吟诗的过程，就是太空中太阳数目的增减过程。

在吟诗软件启动一个星期后，神族成功地熄灭了太阳，这时太空中太阳的数目减到零，但太阳内部核聚变的停止使恒星的外壳失去了支撑，它很快坍缩成一颗新星，于是暗夜很快又被照亮，只是这颗太阳的亮度是以前的上百倍，使吞食帝国表面草木生烟。新星又被熄灭了，但过一段时间后又爆发了，就这样亮了又灭灭了又亮，仿佛太阳是一只九命猫，在没完没了地挣扎。但神族对于杀死恒星其实很熟练，他们从容不迫地一次次熄灭新星，使它的物质最大比例地聚变为制造存储器所需的重元素。当第十一次新星熄灭后，太阳才真正咽了气，这时，终极吟诗已经开始了三个地球月。早在这之前，在第三次新星出现时，太空中就有其他太阳出现，这些太阳此起彼伏地在太空中的不同位置亮起或熄灭，最多时天空中出现过九个新太阳。这些太阳是神族在拆解行星时的能量释放，由于后来恒星太阳的闪烁已变得暗弱，人们就分不清这些太阳的真假了。

对吞食帝国的拆解是在吟诗开始后第五个星期进行的，这之前，李白曾向帝国提出一个建议：由神族将所有恐龙跃迁到银河系另一端的一个世界，那里有一个文明，比神族落后很多，仍未纯能化，但比吞食文明要先进得多。恐龙们到了那里后，将作为一种小家禽被饲养，过着衣食无忧的快乐生活。但恐龙们宁为玉碎不为瓦全，愤怒地拒绝了这个提议。

李白接着提出了另一个要求：让人类返回他们的母亲星球。其实，地球也被拆解了，它的大部分用于制造存储器，但神族还是剩下了其中的一小部分物质为人类建造了一个空心地球。空心地球的大小与原地球差不多，但其质量仅为后者的百分之一。说地球被掏空了是不确切的，因为原地球表面那层脆弱的岩石根本不可能用来做球壳，球壳的材料可能取自地核，另外球壳上像经纬线般交错的、虽然很细但强度极高的加固圈，是用太阳坍缩时产生的简并态中子物质制造的。

令人感动的是：吞食帝国不但立即答应了李白的要求，允许所有人类离开大环世界，还把从地球掠夺来的海水和空气全部还给了地球，神族借此在空心地球内部恢复了原地球所有的大陆、海洋和大气层。

接着，惨烈的大环保卫战开始了。吞食帝国向太空中的神族目标大量发射核弹和伽马射线激光，但这些对敌人毫无作用。在神族发射的一个无形的强大力场推动下，吞食者大环越转越快，最后在超速自转产生的离心力下解体了。这时，伊依正在飞向空心地球的途中，他在距离一千二百万公里的地方目睹了吞食帝国毁灭的全过程：

大环解体的过程很慢，如同梦幻，在漆黑太空的背景上，这个巨大的世界如同一团浮在咖啡上的奶沫一样散开来，边缘的碎块渐渐隐没于黑暗之中，仿佛被太空融解，只有不时出现的爆炸的闪光才使它们重新现形。（选自《吞食者》）

这个来自古老地球的充满阳刚之气的伟大文明就这样被毁灭了，伊依悲哀万分。只有一小部分恐龙活了下来，与人类一起回归地球，其中包括使者大牙。

在返回地球的途中，人类普遍都很沮丧，但原因与伊依不同：回到地球后是要开荒种地才有饭吃的，这对于已在长期被饲养的生活中变得四体不勤、五谷不分的人们来说，确实像场噩梦。

但伊依对地球世界的前途充满信心，不管前面有多少磨难，人将重新成为人。

第4章 诗云

吟诗航行的游艇到达了南极海岸。

这里的重力已经很小，海浪的运行很缓慢，像是一种描述梦幻的舞蹈。在低重力下，拍岸浪把水花送上十几米高处，飞上半空的海水由于表面张力而形成无数水球，大的像足球，小的如雨滴，这些水球在缓慢地下落，慢到可以用手在它们周围画圈，它们折射着小太阳的光芒，使上岸后的伊依、李白和大牙置身于一片晶莹灿烂之中。低重力下的雪也很奇特，呈一种蓬松的泡沫状，浅处齐腰深，深处能把大牙都淹没，但在被淹没后，他们竟能在雪沫中正常呼吸！整个南极大陆就覆盖在这雪沫之下，起伏不平的一片雪白。

伊依一行乘一辆雪地车前往南极点，雪地车像是一艘掠过雪沫表面的快艇，在两侧激起片片雪浪。

第二天他们到达了南极点，南极点的标志是一座高大的水晶金字塔，这是为纪念两个世纪前的地球保卫战而建立的纪念碑，上面没有任何文字和图形，只有晶莹的碑体在地球顶端的雪沫之上默默地折射着阳光。

从这里看去，整个地球世界尽收眼底，光芒四射的小太阳周围，围绕着大陆和海洋，使它看上去仿佛是从北冰洋中浮出来似的。

"这个小太阳真的能够永远亮着吗？"伊依问李白。

"至少能亮到新的地球文明进化到具有制造新太阳的能力的时候，它是一个微型白洞。"

"白洞？是黑洞的反演吗？"大牙问。

"是的，它通过空间蛀洞与二百万光年外的一个黑洞相连，那个黑洞围绕着一颗恒星运行，它吸入的恒星的光从这里被释放出来，可以把它看作一根超时空光纤的出口。"

纪念碑的塔尖是拉格朗日轴线的南起点，这是指连接空心地球南北两极的轴线，因战前地月之间的零重力拉格朗日点而得名，这是一条长一万三千公里的零重力轴线。以后，人类肯定要在拉格朗日轴线上发射各种卫星，比起战前的地球来，这种发射易如反掌：只需把卫星运到南极点或北极点，愿意的话用驴车运都行，然后用脚把它向空中踹出去就行了。

就在他们观看纪念碑时，又有一辆较大的雪地车载来了一群年轻的旅行者，这些人下车后双腿一弹，径直跃向空中，沿拉格朗日轴线高高飞去，把自己变成了卫星。从这里看去，有许多小黑点在空中标出了轴线的位置，那都是在零重力轴线上漂浮的游客和各种车辆。本来，从这里可以直接飞到北极，但小太阳位于拉格朗日轴线中部，最初有些沿轴线飞行的游客因随身携带的小型喷气推进器坏了，无法减速而一直飞到太阳里，其实在距小太阳很远的距离他们就被蒸发了。

在空心地球，进入太空也是一件很容易的事，只需要跳进赤道上的五口深井（也叫地门）中的一口，向下（上？）堕落一百公里穿过地壳，就被空心地球自转的离心力抛进太空了。

现在，伊依一行为了看诗云也要穿过地壳，但他们走的是南极的地门，在这里地球自转的离心力为零，所以不会被抛入太空，只能到达空心地球的外表面。他们在南极地门控制站穿好轻便太空服后，就进入了那条长一百公里的深井，由于没有重力，叫它隧道更为恰当。在失重状态下，他们借助于太空服上的喷气推进器前进，这比在赤道的地门中堕落要慢得多，用了半个小时才来到外表面。

空心地球外表面十分荒凉，只有纵横的中子材料加固圈，这些加固圈把地球外表面按经纬线划分成了许多个方格，南极点正是所有经向加固圈的交点。伊依一行走出地门后，看到自己身处一个面积不大的高原上，地球加固圈像一道道漫长的山脉，以高原为中心放射状地向各个方向延伸。

抬头，他们看到了诗云。

诗云处于已消失的太阳系所在的位置，是一片直径为一百个天文单位的旋涡状星云，形状很像银河系。空心地球处于诗云边缘，与原来太阳在银河系中的位置也很相似，不同的是地球的轨道与诗云不在同一平面，这就使得从地球上可以看到诗云的一面，而不是像银河系那样只能看到截面。但地球离开诗云平面的距离还远不足以使这里的人们观察到诗云的完整形状，事实上，南半球的整个天空都被诗云所覆盖。

诗云发出银色的光芒，能在地上照出人影。据说诗云本身是不发光的，这银光是宇宙射线激发出来的。由于空间的宇宙射线密度不均，诗云中常涌动着大团的光雾，那些色彩各异的光晕滚过长空，好像是潜行在诗云中的发光巨鲸。也有很少的时候，宇宙射线的强度急剧增加，在诗云中激发出粼粼的光斑，这时的诗云已完全不像云了，整个天空仿佛是一个月夜从水下看到的海面。地球与诗云的运行并不是同步的，所以有时地球会处于旋臂间的空隙上，这时透过空隙可以看到夜空和星星，最为激动人心的是，在旋臂的边缘还可以看到诗云的断面形状，它很像地球大气中的积雨云，变换出各种宏伟得让人浮想联翩的形体，这些巨大的形体高高地升出诗云的旋转平面，发出幽幽的银光，仿佛是一个超级意识没完没了的梦境。

伊依把目光从诗云收回，从地上拾起一块晶片，这种晶片散布在他们周围的地面上，像严冬的碎冰般闪闪发亮。伊依举起晶片对着诗云密布的天空，晶片很薄，有半个手掌大小，正面看全透明，但把它稍倾斜一下，就看到诗云的亮光在它的表面映出的霓彩光晕。这就是量子存储器，人类历史上产生的全部文字信息，也只能占它们每一片存储器的几亿分之一。诗云就是由 10 的 40 次幂片这样的存储器组成的，它们存储了终极吟诗的全部结果。这片诗云，是用原来构成太阳和它的九大行星的全部物质所制造，当然还包括吞食帝国。

"真是伟大的艺术品！"大牙由衷地赞叹道。

"是的，它的美在于其内涵：一片直径一百亿公里的、包含着全部可能的诗词的星云，这太伟大了！"伊依仰望着星云激动地说，"我，也开始崇拜技术了。"

一直情绪低落的李白长叹一声："看来我们都在走向对方，我看到了技术在艺术上的极限，我……"他抽泣起来，"我是个失败者，呜呜……"

"你怎么能这样讲呢？"伊依指着上空的诗云说，"这里面包含了所有可能的诗，当然也包括那些超越李白的诗！"

"可我却得不到它们！"李白一跺脚，飞起了几米高，又在地壳那十分微小的重力下缓缓下落，"在终极吟诗开始时，我就着手编制诗词识别软件，这时，技术在艺术中再次遇到了那道不可逾越的障碍，到现在，具备古诗鉴赏力的软件也没能编出来。"他在半空中指指诗云，"不错，借助伟大的技术，我写出了诗词的巅峰之作，却不可能把它们从诗云中检索出来，唉……"

"智慧生命的精华和本质，真的是技术所无法触及的吗？"大牙仰头对着诗云大声问，经历过这一切，它变得越来越哲学了。

"既然诗云中包含了所有可能的诗，那其中自然有一部分诗，是描写我们全部的过去和所有可能与不可能的未来的，伊依虫子肯定能找到一首诗，描述他在三十年前的一天晚上剪指甲时的感受，或十二年后的一顿午餐的菜谱；大牙使者也可以找到一首诗，描述它腿上的某一块鳞片在五年后的颜色……"说着，已重新落回地面的李白拿出了两块晶片，它们在诗云的照耀下闪闪发光，"这是我临走前送给二位的礼物，这是量子计算机以你们的名字为关键词，在诗云中检索出来的与二位有关的几亿亿首诗，描述了你们在未来各种可能的生活，当然，在诗云中，这也只占描写你们的诗作里极小的一部分。我只看过其中几十首，最喜欢的是关于伊依虫子的一首七律，描写他与一位美丽的村姑在江边相爱的情景……我走后，希望人类和剩下的恐龙好好相处，人类之间更要好好相处，要是空心地球的球壳被核弹炸个洞，可就麻烦了……"

"我和那位村姑后来怎样了？"伊依好奇地问。

在诗云的银光下，李白嘻嘻一笑："你们很幸福地生活在一起。"

刘慈欣：中国科幻小说领军人物，被称为"以一己之力将中国科幻带到了世界水平"。曾获得1999—2006年中国科幻银河奖，多次获得华语科幻星云奖最佳长篇和最佳奖，2015年凭借《三体》获得第73届雨果奖最佳长篇小说奖，为亚洲作品首次获得此奖项。2017年6月，《三体3》荣获国际科幻大奖轨迹奖。

阿 房 宫

1

阿达父母死后，他依照遗愿，将父母的骨灰撒到大海里。

"爹啊，妈啊，你们忍心抛下我孤零零的一个吗？"

他对着怀里的骨灰袋念念叨叨。天还没亮，夜空的金星很亮，远方出现鱼肚白。他是从山东海边租的渔船，配了一个小的发动机，拉一根线就轰轰开动，船舱上盘着厚厚的渔网。他念叨的时候抹着泪，其实他没有眼泪，只是抹着脸，但觉得抹泪显得情真意切一些。他的眼泪在父母咽气的时候流过，现在已经没有了。

"爹啊，妈啊，你们还嫌我的人生不够倒霉吗？"

他抹了一阵泪，天开始亮了。不管人是死是活，海还是那片海，数千年如一日不变。他坐在船上看日出，天空变橙红，小半个太阳是淡金色，一点儿都不耀眼，这让他内心静下来。天亮之后，白云轻雾，天蓝如洗。海水是墨色，夹杂泥沙。他觉得很舒服，也倦了，只想这样静静地航行，不管航行到哪儿。

他慢慢睡着了。

再醒来的时候，他赫然发现前方有一座小岛。离得远，看不清大小。他在GPS上寻找，没有找到，就查下了岛的坐标，记在脑子里，准备回去查。他驾船向小岛驶去，岛的四周被雾气遮掩，看不清全貌，但可以看出岛很小，小得在地图上无法标注。他减了速，熄了引擎，靠惯性朝岛漂去。离得足够近时，他抛下锚，跳进水里，又顺着沙滩走到岛上。

岛上除了沙滩、一座小山和树，一无所有。树木郁郁葱葱，很迷人，但是似乎也没有太出奇的地方。他沿着小山绕岛半周，忽然发现一侧的树丛里似乎隐藏着一块竖立的石头。他扒开树丛过去看，发现那是一块无字碑，碑下有一条小路。

他很惊奇，沿着小路一步一步小心翼翼地走过去，心里产生一种莫名的紧张。

路的尽头是一道小门，那是一个山洞，洞口圆整，小门是铜质，门上有圆钉。

他尝试了一下，小门能推动。他轻轻推开门进去，洞里黑漆漆的，什么都看不见。门口透进的光只能照到几米的范围，能看见地面平整，似乎是石材铺就，刻有文字一般的纹理。他用手向四周探索，不知道洞内宽度。

"谁？"

突然，黑暗中响起一个声音。

他吓坏了，打了一个哆嗦，本能地反问道："谁？"

有片刻没有反应，他几乎以为是自己的幻听。

但是接下来，声音又响起来了。"向。"只是一声之后又没有了。十几秒之后才有下一个声音，"里。"然后又是十几秒，"走。"

他很紧张，有几分恐惧。在这样的地方待一会儿已经令他恐惧，更不用说还听到了这样奇怪的声音。但他不想逃走，他的好奇催促他向里走。他觉得自己的人生已经没什么可以失去，即使遇到危险也无所谓了。

他触摸到石壁，摸索着向深处走去。转过一个弯道，又一个弯道，他的眼前豁然开朗。

"哎哟妈呀！"他后退着惊呼起来。

这是一个非常大的石洞，或许已经处在山的腹地。洞的穹顶高昂，顶端的一个圆洞透入天光。在光束的照亮下，他吃惊地见到性质各异的人像，质地很像兵马俑，但是姿态样貌都不同。正对着他的是一个穿帝王袍的男人像，端坐在巨石上。在他身边，有相互依偎的一对男女，有长须的老人，也有年轻的书生，每个塑像都栩栩如生。

他情不自禁地凑上前，在塑像前挥手。太像真人了。他被那个穿帝王袍的人吸引，仔仔细细端详起来。人像与陶俑兵马俑颜色相仿，但是有着生命体才有的细微光泽，栩栩如生的面目，剑眉细眼，宽阔的下巴，面容沉静安稳，与一般画中的描述大不相同。他没有戴冠，但身上陶土制的袍子有着层层叠叠的厚度，显出华贵。他的眼睛遥望远方。

"刚才是谁？"他向空洞处喊。

2

他举目四望，海上茫茫一片，没有船只，也没有标志。

他只好一个人慢慢地划，划向虚无。

"爹啊，妈啊，我怎么这么倒霉啊？"他这次是真的哭了。

海上没有一个人影，阳光照耀着海面，他重复地划着，很久都像是没有动。暗蓝色无穷无尽，麻醉神经。他划着划着，怎么也划不到岸。在孤独而静谧的大海里，生命似乎融化在看不到尽头的一个人的重复劳作当中，回到生命本身。

他原本有机会长生不老，但他错过了。洞中声音告诉他，他所看到的所有人像都是不老之人。他们都是历史之人，来到此处，只求长生。一部分躯体化为木石，另一部分躯体变得无比稀薄，飘荡在高空，和木石本体有微弱的联系，生命流逝速度变成从前的几十分之一。因此一个人的生命也可以延长几十倍。这里有寻找桃花源的武陵人，有驾乘黄鹤去的修仙人，有七步成诗、赋里结缘的曹植和洛神，有才高八斗的江南才子唐伯虎，也有嬴政——那个坐着的穿帝王袍的人。

"秦始皇？"他叫起来，"他不是死了吗？"

"没人见到他死。他出海了。带三千童子。"

"那不是徐福吗？"

"那是告诉世人的故事。嬴政是第一个人。他准备很久了，做了太多试验。"

他也有机会得到永生。在声音的指引下，他甚至都拿到了一颗不老丹，就在他的口袋里。他只要将父母的骨灰撒入大海，就可以妥妥当当地回到洞里变成神仙了。可他哪里想得到，他一上船，就遇到了海盗。他不知道这年代竟然还有海盗，海盗从一个转角突然出现，将他劫上他们的船，搜光了他身上的财物，将他扔进一个橡皮艇，又将他的船拖走了。

"我注定倒一辈子霉了吗？"他哭道。他揣着不老丹，却不知道怎么做。

大海在他眼前展开，广袤、重复、平静、无边。

他越来越累，阳光的金色和蓝色让他头晕。

永生是不是就是这种感觉，他想，永远是重复，没个尽头。

他又睡着了。

3

再醒来的时候，他在一艘渔船上，已经到了大陆架附近。渔民把他从海里捡起来，丢到岸上。他打听了一下才知道，这儿已经是浙江了，距离北京数千里。他身上没有钱，没有手机，也没有证件。他不能买任何车票或机票，也没有吃的，不能住宿。

他借了电话，却发现记不起任何朋友的手机号，他只记得爸妈的号，可是他们死了。他忽然感到爸妈死得悲痛，就把手机还给大婶，一个人坐在街头哭了起来，有眼泪的。

他去网吧上网，没有身份证。去长途车站想偷偷蹭辆车，跟着人群挤上车，半路查票又被扔下来。回到原来的城市，想去找个小旅馆借宿一晚上。"我们这边不留叫花子啦，走啦走啦"，被扫出门外。最后，找一家餐馆讨了一些剩饭剩菜吃，一天一夜就只吃了这么一顿，吃起来又油又辣，他坐在路边狼吞虎咽地嚼着，用手抓着往嘴里塞，红油蹭到脸上，他用舌头去舔。吃到最后一口，美好的感觉随着掏空的塑料袋消散在空中，他又不觉悲从中来。

晚上他找了个公园睡，还好是夏天。椅子的木头硌得骨头生疼，他睡不着，看着天空。

"我这是倒了哪辈子霉，好好的日子不过，跑这儿受这活死人罪。"

他怨天怨地，怨自己干吗进那个破洞，再想到明明已经拿到不老丹马上就能颐养天年了却横生枝节，他又把海盗船上的人挨个在心里骂了一遍。他把让父母出事的列车诅咒了一番，父母当时只是重伤，只获得少量赔款，刚好够交医药费，最后还是保不住，家当都搭上了。狗日的当官的欺负人，他躺着骂骂咧咧。

现在是彻底孑然一身了，最后一点儿存款都丢在租来的渔船上了。

他的衣服尚完好，鞋泡了海水又走了一天，已经破了，头发和身体变得油腻，浑身发痒，他觉得自己已经臭了。他仰望星空，思考人生哲理，只有星星不嫌弃他。

他悟出了一个道理，有钱才是真的。

早上起来，他决定找个活儿干。他路过一个废品回收站，跑进去问。报纸和杂志九角钱一斤，纸箱子七角钱，塑料瓶一角钱一个，易拉罐也一样。他燃起了生活的希望，他开始跑各个小区，在公园的草坪里捡塑料瓶，从卖电脑的商厦背后抢着收购丢弃的纸箱。过了几天，他发现也能吃一顿饱饭了。

"三十五块啦。"他开始跟收废品的人讨价还价，"你会不会算算术啦？十五块加七块，是二十四块，这边的纸夹子是二十一公斤，就是十三斤，七角钱一公斤就是十一块，加起来刚好三十五块啦。你别看我人小就欺负人啊，我实打实天天干，下次还来找你啦。"

天气日渐寒冷，在公园睡已经有点凉了，他琢磨着找点更赚钱的事儿，好歹攒俩钱，能租个房子过冬。这天，在废品站旁的小马路上围观打麻将，他忽然听到了机会。

"人咧，就在命。"一个收废品的对另一个收废品的说，"张柱子上礼拜捡了个瓶子，就瓶口破了点，身子还行，找人一验，你猜怎么着咧？清朝的，卖了两千多块钱咧！"

他偷偷凑过去，问："你们知道哪儿有验古董的？"

说话的人转过头来看看他："知道咧，都找陈胖子。他是家传，懂的咧。"

"那你们知不知道，"他压低声音问，"唐代东西卖多少钱？"

"哎哟，那可值钱咧，几万块总有吧。"

"那秦代的呢？"

说话的人撇撇嘴，摇摇头："哎哟哟，这可不知道咧。有人拿过战国拓片，发大财咧。"

他于是央求那个人带他去找陈胖子。

"怎么着？你有货？"那个人上下打量他，"淘沙的？"

他连忙摇头，讪笑道："我要有那本事，还干这个吗？就是家里有点不知道年代的破烂，想找人看看。"

他于是做出了人生最重大的哲学选择。秦始皇爷爷，他心里想，对不起您嘞。

4

再出海的时候，阿达坐上了一艘高档小游艇。

他已经很久没有过这种待遇了，心里乐开了花，开了一罐啤酒，坐在舷窗边上看大海。大海柔情婉转，波涛激情洋溢地围绕在他身边。他跷着二郎腿开始嘚瑟，头发被吹着向后飘，感觉像 20 世纪 80 年代的电影明星。

陈胖子名叫陈旺，干这行十来年了，三十七八岁，正是当家之年。胖子一般面貌和善，陈胖子眼角下搭，笑起来就眯得没了，看起来更显和善。只是小眼睛看东西时又精光四射，透着一股电钻般的精明。他祖籍在北方，身材不高，剃了个光头。

陈胖子在驾驶室找航向，阿达一个人在休息舱逍遥。好一会儿，陈胖子才过来找他。

"你确定坐标没错？"

"我记性应该没问题，就是不知道是不是做梦。"

"啥……啥意思？"陈胖子一听这话，有点急了，"你到了这会儿说这话啥意思？"

"哈哈，没意思，逗个乐。"他说。其实他自己不怀疑经历的真实性，他的口袋里仍然揣着那颗不老丹。这药丸他从来没和陈胖子提过，这是他和那段回忆唯一的关联。

他也没提过长生不老的事，只说是徐福当年出海带走的宝贝，被他在一个小岛上发现了。他说得有板有眼，把洞窟构造和洞里的物件挑挑拣拣形容了一番，还说看见了"徐"字。

"此话当真？"陈胖子一听来劲了，"这可是大事，不能瞎说的。"

"我带你去看。"他说。

陈胖子跟他东拉西扯地聊天，大海的反光透过玻璃打在他的眉梢。陈胖子问他家世经历，他挑挑拣拣说了些：小时候上的学还不错，也曾经上过大学，没找着工作是赶上年景不好，流落到今日更是造化弄人。父母过世得委屈，天下好人净受欺侮，等将来飞黄腾达了，定要教训狗官给父母出气。陈胖子也说了点自家背景，祖上是淘沙的，父辈还有一两个人在做，但是太辛苦又危险，小辈基本上是不干了。他专做倒卖，离家远些也是为了安全。

忽然，阿达从舷窗里看见了小岛的影子。他惊叫了一声，跳起来指着窗外。

小岛出现在眼前。

岛和上一次没有什么分别，沙滩、树、山石。郁郁葱葱，从远处看上去是一座普通无人岛。他的渔船已经不在了，不知道是漂走了还是被拖走了。他顺着上次的路找山洞。无字碑比他记忆中隐蔽得多，他来来回回走了好几次，几乎都错过去了。最后又是无意中撞到了，似乎馅饼又一次从天上掉下来。

推开小门，他很担心声音又响起来，思忖着如何解释，所幸一片寂静。黑暗中穿过狭长的甬道，摸着石壁，他总觉得有人在暗中看着他。

"就是这儿了。"到了豁亮的大洞，他指着周围给陈胖子看。

陈胖子眼睛都瞪出来了，他是见过古墓的人。从他的神情看，四周的布置、地面的纹路和基座的设计都是富含深意的，他看一处低声惊叹一次。阿达的目光紧紧跟着他，他在人像面前上上下下地盯了好一阵子，眼睛几乎像是粘在了人像上，很久之后才将目光转到一旁的器物上。他没有动那些大物件，对小东西则是拿起又放下。

　　"九成是古物。"陈胖子最后说。

　　"那还等什么，搬啊。"阿达说。

5

　　当他再回到北京的家里时，他觉得已经过了两辈子。

　　他推开门，看到久违的蒙着厚厚尘土的沙发和厅柜，骨子里的亲切感伴随着对父母亡灵的回忆在心底纠缠。墙上的合影向他扑来。立在厕所边上的墩布还保持着母亲临走时摆放的角度。自从父母住院需要看护，他就没在家里住过，也没打扫，他看抹布都亲切极了。

　　他叫抬箱子的人把箱子放在客厅中央。老楼没有电梯，抬箱子的人已经累个半死，他连忙递水递烟。这是陈胖子亲自帮他找的货车司机和押货人，从浙江一路风尘仆仆开回北京。他连声称谢，给司机又塞了些钱，挥手送下楼。

　　见他们走远了，四周也没人，他才关上门，用刀子划开纸箱，从层层叠叠的海绵碎屑中，将秦始皇人像搬出来，把电视机挪到地上，让秦始皇端端正正地坐在厅柜中央。他端详人像，人像的肤色已经不像初次见到时那样润泽，开始变得粗糙，仿佛经过了风吹雨淋。

　　他从背包里拿出路上买的一罐可乐，打开拉环，靠在秦始皇旁边，半站半坐。他喝了几大口，打了个嗝，感觉内心畅快了。

　　"皇帝老兄，"他转头对人像说，"真是对不住您老人家了，我真不是故意把您弄来的。可我不也没办法吗？"

当时陈胖子非要带走秦始皇不可，一眼就看出他的价值是那洞里最顶尖的。阿达不同意，陈胖子问理由，他又说不出所以然。最后拗不过，他以自己带路有功为由，坚持要秦始皇，把一男一女让给陈胖子。陈胖子不知道那是曹植洛神，只见男子风姿绰约，女子顾盼生辉，想了想觉得满意就答应了。其他小物件两人各挑了些许，匣子和鼎只搬了两件。毕竟小游艇承载能力有限，太重了油不够用。上船的时候，陈胖子还恋恋不舍地回头。

他咕咚咕咚把剩下的可乐都灌下去，长叹了一口气。"皇帝老兄，你说这人世间的造化也真是难说，是不？你逍遥快活两千年，就被我这么卷走了。很讽刺吧？我知道是我错了，我太贪了。那洞里的宝贝，本来就没一件儿是我的。可你明白我当时的感觉吗？你是皇帝，从小要吃的有吃的，要喝的有喝的，你肯定不明白。我当时跑一天跑好几个公园，腿都断了，捡一天瓶子最后换了八块多钱，一盒盖饭都不够啊，想死的心都有了。你说你要是我，你会怎么着？你是英雄，英雄都是会把握机会的，你说是不？我知道，说到底还是我自己贪，不过小贪一下也无妨嘛。"

他从洞里挑的几样物件卖了二十几万，都是陈胖子经手。他知道也许还能卖得更高，但他没门没路，都靠着陈胖子，也就没有争执。这些钱可以解燃眉之急，能让他回家，还能去还欠下的房贷。

他说了好一阵子，没有声音。

"喂，你听见了吗？你生气了？"他又等了一阵子。

他心开始有点慌。

"皇帝老兄，你不是死了吧？"

还是没有声音。

完蛋了，他想，我把秦始皇给弄死了。

他脸色变白，觉得两千年的长生不老就这么一下子死了，实在太脆弱了，他有点内疚。他仔仔细细端详秦始皇的脸，在人像面前又蹦又跳，说各种好话，秦始皇仍旧没有一点儿声音。他想起在山洞里的山壁上一直有水滴下来，担心是缺水的问题，就把家里鱼缸的水引出来浇在人像身上，还是没有反应。

他折腾了一阵子，忽然想明白了，难道是假的？他琢磨道。在山洞里就听见一个不知道哪儿来的声音，根本不知道是谁，秦始皇也没说话。怎么就信了呢？长生不老怎么可能呢？靠，被骗了，真是太弱智了。

他的火气一下子冒起来，他本来还希望跟秦始皇打听一下不老丹的用法，等享受完人生再吃下去，这一下只想着把不老丹摔在地上，再踩个稀巴烂。他把易拉罐在手里捏瘪，易拉罐发出嘎啦嘎啦的声音。他觉得实在闷气，就下楼遛弯，小区里的老人正在下象棋，一个个不亦乐乎，似乎谁也不为了死亡和长生不老担忧。他看了生气，就出了小区，去了趟银行，查了一下，房贷还差六十万没还，把那二十万还上，再加利息，还有四十多万缺口。他更加生气了，站在街心叉着腰，心浮气躁。

晚上回到家，再跟秦始皇说话，还是没反应。

6

"这就是西安了。"

他伸手向前一指，转过头，对后座坐着的秦始皇说。

塑像的表情一如往昔，眼睛看着远方，没有发出任何声音。

他已经习惯了和秦始皇塑像说话，反正平时也没有别的人跟他说话。秦始皇端坐在租来的小货车驾驶舱的后座，将窄窄的空间填充得满满当当，头顶几乎能碰到车顶。秦始皇面色端庄凝重，但是身旁是用球星海报封上的窗户。回头看过去，滑稽得可以。他看着笑出声，觉得自己的人生真是太 TM 酷了，竟然能用小货车拉着秦始皇回老家。

"你看，广告牌上是阿房宫，当年你的宫殿耶。"他已经不着恼了，甚至吹起了口哨。他将车子开下公路，开上农村边的一条土路，停车，找了个没人的地方，把秦始皇搬下车，挖了些土，胡乱抹在塑像身上，抹得深浅不均，遮住塑像光滑崭新温润的脸，一边抹，一边接着吹口哨。

接着，他驶回市区，来到约定的地点，给约定的人打电话。"我要现金。"他说。

7

从羊肉泡馍馆出来，他打着饱嗝，一边走一边哼歌："死了都要爱，嗯嗯嗯嗯嗯嗯嗯嗯……"

他刚美美吃了一顿，又喝了两杯小酒，脸色泛红，脚踩浮云，沉浸在人生得意须尽欢的境界中，摇摇晃晃回旅馆。他下午交了货收了钱，心里一片祥云。他没坐电梯，一步一顿走上楼梯。到了三楼，刚转过楼梯口，他就看见秦始皇端坐在自己家外面。

擦！他顿时酒醒了一半。

他怀疑自己看错了，闭上眼睛晃晃脑袋想再看。结果还没睁眼，小腿上就被踹了一脚，一个趔趄摔到地上，然后背上又被来了一脚。他睁眼想抬头看，什么都看不清，只见得一阵拳头像落雨点似的砸到自己身上，胸和肚子上各挨了几拳，他用手去护，脑袋上又被砸了，脑袋磕到地板，直冒金星。等拳头停了，他觉得自己已经晕了，站不起来了。

他被人拎了起来。两个年轻的小伙儿从两边抓着他的胳膊说："开门，拿钱！"

他从口袋里掏出门卡打开门，两人二话不说，将他扔在地上，进门就搜，看到钱箱还在桌上原封不动，查看了之后夹在胳膊底下，表情很满意。

"小子，敢骗人！"一个带头的又蹲下来，用手指戳着他，"电话里说得有鼻子有眼的，还说找行家验过，呸！这么个新货就出来招摇，你就是造假也得敬业点啊。我们老大最讨厌被忽悠，以前都是我们直接带回去验货，看行货才给钱，这次给你钱，是卖你个天大的人情，你小子胆大包天啊来跟我们玩心眼？！你以为你跑了就找不着你？做梦呢吧，早就 GPS 了！我告诉你，我们现在是高科技！我老大验过这脑袋，根本不是陶土，谁知道是什么新材料，你还敢说是从阿房宫那儿挖的，跑我们这儿现眼来了？这叫关老爷庙前耍大刀！"

两个人拍拍他的脸，又把秦始皇推倒在地，听见哐当一声，才心满意足下楼去了。

他疼了好一会儿，才从地上爬起来，揉哪儿都疼。他嘴里骂骂咧咧，骂那两个小子不得好死，又怨自己倒霉，最后把一腔怒火都撒在秦始皇身上。他站起身踢塑像，踢了一脚脚尖生疼，更生气了，恨不得把塑像砸了。最后犹豫了一下终于还是没舍得，就把塑像拖回屋里。他找纸巾擦眉毛上的血，对着镜子仍然骂街。

他忽然听见一个声音，吓得一激灵。"什么？"他转过身。

好一阵子没有回应。他刚小心翼翼地转回头擦伤，声音又响了。

"水。"

他手里的纸巾一哆嗦掉了。"我勒个去！"他转过身看着秦始皇，"是你说话？是你吗？可别吓我，我胆儿小，你没死吗？死了没有？"

"水。"声音又重复道。

他连忙将秦始皇搬到厕所里，摆在久没人用的脏兮兮的浴缸里，打开水龙头，哗哗地放了一阵子，又不敢淹得太多，看没过底座一小层就停了下来。

"好。"声音说。

"皇帝爷爷，给您跪了。"他坐在马桶上，绝望地看着秦始皇，"您说到底还是没死啊？那您在北京纯属逗我玩呢是吧？这安的是什么心啊？您心里有气，就恨不得看我今天是吧？可这一趟您也没少受罪啊。您知道自己要被卖了，怎么就不吱一声呢？还让我给您弄了一身泥，您也没落着好啊不是吗？皇帝老爷子，求求您再别逗我了行吗？"

"好。"声音又说。

"那您这到底是怎么回事啊？您能跟我说道说道吗？"

秦始皇开始用十几秒一个字的超慢速语言和阿达对话，就像山洞里那个声音。秦始皇的声音更沉厚悠远，说话更言简意赅。秦始皇说现代语言，这一点他倒不奇怪。在洞中的声音就说现代语言。按洞中声音的解释，他们能看到世间极广阔的范围，又经过无数岁月，早已听过一切演变的语言。他不知道洞中的声音是谁，他猜就是徐福本人。

秦始皇又简明扼要地解释了他们的存在形态，像树一样，依水而活。如世界上最稀疏的树，有最细小的叶子，太细小以至于肉眼无法看清。这是什么状态他还是无法想象。极为稀薄，稀薄得几乎像空气一样，可以飘飞极远，却不消散，不解体，和本体保持着气若游丝的联系，靠本体提供能量来源。本体外层是石化表层，如同无生命的岩石；内层是植物般的韧皮组织，赖水生长，可以离开水，但是不能太久。一般以半月为最，而他掐指一算，从他们离开小岛至今，差不多刚好十五天。

"哦，"他听完哈哈地笑了，"合着你这是实在绷不住了，才开口低头是吧？我当是有多深谋远虑呢，你早说啊，早说我不就给你浇水了吗？你说你非拿什么架子啊？在北京我怎么逗你你都不说话，千里迢迢跑这儿来了，一顿折腾，最后还不是得开口？"

"无妨。"秦始皇说。

"还嘴硬。"他接着笑道，"得嘞，你省省吧。以后啊你都得求着我了，所以你最好趁早低头服个软，给我这身伤赔个不是，要不然，嘿，我就偏不给你浇水。"

"三日一次即可。"秦始皇说。

"哎哟喂，还这么拽。"他从马桶上站起来，居高临下地走到坐着的秦始皇面前笑道，"有性格，我喜欢。"他弯腰瞪着秦始皇，"你以为你是秦始皇就牛啊？你以为还是当皇上的时候哪？还这么大言不惭的。有本事你现在就站起来！真是认不清形势，到这分儿上就该低个头。要不然我凭什么给你浇水？我有什么好处？"

"我助你。"

"助我？助我干什么？"

"你想要什么？"

"我想要钱你有吗？"

"阿房宫复建，征集方案，我可助你。"

"征集方案？这是什么事？"

他忙打开电脑，上网一查。果然，最近阿房宫遗址公园建设立项，遗址保护和新博物馆建设都在向全世界征集方案。一等奖奖金100万，二等奖50万，三等奖20万。

哎哟，这个不错，他心想，秦始皇的方案，那是原汁原味正宗好方案，还能不获奖？

"行，那你可得给我说清楚了。"他对秦始皇说，"包括那些忽悠人的喻义什么的。"

"容易。"

"行，那就这么说定了。"

"此后每三日浇水。"秦始皇说。

"获奖就给你浇。"他说。

晚上，他躺在床上，琢磨着这一天的跌宕起伏。琢磨到最后，只觉得人间世事无常。以秦始皇的雄才大略和长生不老的技术，能想得到有一天沦为一个小人物的阶下囚，仰仗他的喜怒哀乐浇水过活吗？他料想秦始皇的嘴硬也硬不了几天。他又想着竞赛的事，秦始皇竟然知道这竞赛，让他颇感意外。但是想了想也自然。真按他们说的，一个人飘荡在空中，美国都能看见，还能看不见眼皮子底下发生的一点儿事吗？想到这里，他又觉得讽刺，一个人能够尽览天下事，却只能靠别人浇水活着，这种长生不老到底是酷还是不酷呢？

8

在距离征集截止日还有五天的时候，他将方案交了上去。据说一个月就出结果，他计划留下来等着，省得拿了奖还要从北京再开过来。反正西安从来没来过，权当旅游。

秦始皇的方案果然不错，庄重堂皇不说，而且处处和天文地理相合。长度、宽度、位置的南北东西、立柱的设置和次序都有讲究。堂中设置水渠，以玻璃覆盖，形状既合银河，又与渭河相仿，取天地呼应之意。正堂和侧堂并非完全对称，而是与天上星宿相应，他反正也听不懂，只是秦始皇说一句，他就记一句，什么奎宿、参宿、毕月乌，照猫画虎写下来就是。最后的图他也画不出来，就记了个大概，在网上找了个建筑系大学生帮忙画了，这些学生也不多问，平时接这种活儿多得是，结账就行。

他在西安巡游的日子逍遥快活。北京的二十万反正没有都交房贷，留在手里花也宽裕。他想着马上要有一百万到手，前面的钱花了也罢。他去看看大雁塔，又去看看华清池，闲了就跑省博物馆，去找文物局的人问竞赛的结果什么时候出来。他在路边印了假名片，称自己来自某外资小事务所。有所期盼心情就好，他回来给秦始皇浇水就殷勤得多。

"哎，我问你啊。"他一边浇水一边聊天，"我这两天听说你当时的好多技术特别牛，很神奇，都是谁帮你发明的啊？"

"世有异人，不可常理相待。"

"谁啊？"

"我即异人。"

"靠，受不了你了。"他说，"我只问你，是不是外星人来过？"

"何出此言？"

"他们说，在阿房宫附近出土的瓦当，直径快一米，我们小时候家里房上的瓦当，不过十厘米，你弄这么大瓦当是给谁的？还有人说当初你造十二金人，是因为'长人'来长安，你是仿造他们。而且你的城市规划都按天文，咸阳宫和阿房宫和渭河，正好组成星宿图，从咸阳宫到山东琅琊行宫，是一条正东直线分毫不差，这都是怎么弄的？还有，铸剑的技术，我听说有些镀膜的方法，现在人们都搞不清是怎么镀的。难道这些都没外星人帮你？谁信啊？就说你这长生不老术吧，这么牛的技术，难道是你自己研究出来的？"

秦始皇沉默了片刻。"世有异族人。"他说。

"什么族？"他来了兴致，"外星人吧？"

"不可说。"

"为什么？"

"我有诺。"

"切，"他连忙说，"这都多少年过去了。哪辈子的老皇历了。当初那些人早不在了吧？谁知道你说给谁听了。你放心，你就告诉我一个人，我保证谁也不说出去。我孤家寡人一个，能告诉谁呢？你就当是给晚辈讲历史总可以了吧？"

"有诺即有诺。"

"没事，你怕什么。"他不甘心，"这都两千年过去了，有诺也早废了。"

秦始皇哼了一声，表示不屑："诺言岂可因时而废？"

"老顽固！"他不满地嘟囔了一句。

他想着早晚有一天能把话套出来，可他没想到，这件事秦始皇至死都没说过一个字。他从没料到这世上真有千年之诺。

这件事是他心上痒痒的好奇，总是没有结果，也有点儿腻烦。有时候，他听了其他消息，也问点儿别的。

"他们说你的阿房宫当时压根儿没建是吗？"

"建了台基。"

"对，是这么说的。"他想了想问道，"那《史记》里怎么说你建阿房宫大得没边，项羽烧了三个月烧不完？"

"那书杜撰甚多。"

"那你为什么不建了呢?"

"末世之征已现。"

"哦? 什么末世之征?"

秦始皇沉了沉才说:"为时有所成, 抑商市而重建工。建工太快, 耗资太巨, 资费无可回收, 劳工起怨意, 流散。失金银, 失人心。"

"嘿, 你还挺明白啊。"他乐了, "我以为只有后世这么说呢。"

"竖子何知?"秦始皇不屑一顾, "你无帝王之心。"

"嘿, 你这人。"他生气了, 辩白道, "你自以为了不起吧? 有什么资格在这儿鄙视我? 你要是有本事, 别让你家王朝二世而亡啊。帝王之心? 帝你的大头鬼。总共就二十来年, 再没有更短命的王朝了吧? 你也不看看自己现在在哪儿, 厕所里, 不是王座上!"

终于, 一个月过去了, 竞赛结果出来了。他的设计只拿了三等奖, 让他大失所望, 原本以为的一百万变成了二十万, 缩水了一大半。但打听了一下, 一等奖空缺, 他也就稍有安慰。他计划领了奖就回家, 但秦始皇让他再等等。他问为什么, 秦始皇也不答。于是, 他又住了一些天, 拿着钱在无聊中度过。

9

又过几天, 阿房宫博物馆的建设方案正式出台了。他跑去一看, 吃了一惊。一清二楚, 方案和自己提交的草图一致, 可是最终的设计图纸上, 写的却是别人的名字。

他有点傻了。他连忙揪住周围人, 打听那个人是谁。问了两三个人都跟他打哈哈, 似乎不知道那人是一件非常可笑的事情。找到第四个人, 一个头发稀疏的憨厚老头, 才把他拉到一边, 跟他小声说了其中机关。

"嗨，看你是个小年轻，估计第一回参赛，我就跟你实话实说吧。"老头把手摇了摇，"这类竞赛以后少参加吧，大奖肯定是空缺的，二等奖和三等奖的方案就被组委会拿来用了。你说你不知道那名字是谁？按理说不应该啊，学古建的能不知道他？咱们当地的头号人物，古建界也是响当当的名字。省里头为了树牌子，能写自己人就写自己人，这事儿你也没辙。你们的比赛方案都是概念图，就是个 Idea，人家可以说工程图是全新的创造。这里产权保护弱得不能再弱了，打起官司来，你们占不到什么便宜。"

"那就这么算了？"他觉得不忿，"新阿房宫上好歹应该写个我的名字吧？"

老头笑了："你也不小了，怎么这么不省事。你看现在哪个楼上写设计师名字？不全都写捐钱人的名字？你就算捐个门槛、捐个座儿，都能刻个名字，捐个 Idea 可没戏。"

老头实诚地拍拍他的肩膀，对他的幼稚表示充分包容和鼓励。他在原地愣了好久。

回到宾馆，他把遭遇跟秦始皇说了，希望得到愤慨的支持。谁料，秦始皇一点儿都不觉得惊讶，仿佛早就预料到了。他不但不同情，还觉得无所谓。

阿达不满了："喂，你怎么说话呢，这么些天，我好歹还算仗义吧？每天挺有功劳吧？你不站在我这头说话，倒向着当权的。"

"你？"秦始皇却说，"有何功劳？"

"我每天给你浇水不算功劳？"

"为善以求名，为恶以逐利。如此而已。"

"嘿，你这是怎么说话的，你有没有点儿良心啊？"

他气得乱发一阵牢骚。但说完，底气又不足了。他确实是为了名利才留下秦始皇，此番不满也是因为名未得。可是不知为什么，他总觉得这样说出来的不是他。他很讨厌这样说，想来想去却无可辩驳。越是觉得无话可辩，他心底的火气越大，仿佛多日以来的辛勤细致全都化为怒火。秦始皇见他生气，却也没有一句宽慰的话，他便更生气。

"好吧，好。"他最后说，"既然你这么不领情，那就算了，白费了我这么多工夫。我就一不做二不休。总还能捞着点名，好过费了半天劲不讨好。"

他将秦始皇捐给了新阿房宫博物馆。

10

送秦始皇去阿房宫的那天，他目送着工作人员将秦始皇从车里搬下来，用一辆小车推进遗址保护区的临时办公楼，他突然觉得有点失落。他坐在车里好一会儿，直到所有人的身影消失在视线中。他回头看看车后座，空空如也，球星海报还像刚来西安那天一样招摇。

晚上，他回到旅馆，第一次觉得无事可做。没有浇水的任务，也没有人可以聊天。他把电视打开，百无聊赖地调台，宾馆电视只有中央电视台和寥寥几个地方台，播的全是电视购物。他把窗户打开，想透透气，却只能胡思乱想。去厕所的时候，总觉得浴缸里空得要命。

第二天，他开始有点后悔。秦始皇这个人说话确实傲慢，令人讨厌，但除此之外也没有大过。把他捐出去倒没什么，只是以后若没人给他浇水，半个月之后就该死了。为了一句话，至于把他就这么弄死了吗？他有点内疚起来。毕竟答应过他。现在钱有了，锦旗也拿到了，把他丢一边，似乎有点那个。

他想到这里，又开车回到阿房宫遗址。白天人来人往，他好不容易等到晚上。他从保护区一边的矮金属栅栏翻进去，找到临时小楼的窗户。一个窗户一个窗户看进去，看到第六个，终于看到秦始皇坐在里面。这是一间杂物堆放室，工具和临时物件摆得很整齐。他敲窗户，跟秦始皇打招呼，又试着拨了拨。窗户并没有锁死。这是遗址保护区建的临时办公楼，地处偏僻，又没什么值钱事物，因而防盗的措施并不严谨。他用小棍把窗户拨开。

"嘿嘿，怀念我没有？"他从窗户爬进屋，对秦始皇故意嬉笑着说，"昨天没有人给你浇水吧？难受了吧？你何苦呢，别那么嘴硬，就什么都有了。"

秦始皇却没有欢迎之情。

"你来做什么？"秦始皇冷冰冰地问他。

"我怕你渴死，再来给你浇两次水啊。"他说，"说好了，这两次算你欠我的。"

秦始皇说："绝境中有害人之心，顺境中却有不忍人之心。可以。"

"你说什么？"他听得清楚，却不甚明白。

秦始皇反问他："你来，是因为可怜我？"

不知为什么，他脸有点红："也不全是，也是因为我答应过你啊。现在三等奖也是得奖，我还是得按约定才对。"

秦始皇又点评似的说："懂诺，可以。"

他又有点儿恼了："你今天怎么回事？神神道道的。你到底要不要我浇水？不要就算了，我走了啊。"

秦始皇这时说了一句让他很惊讶的话。

"你可以帮我了。"

他打了个激灵："你说什么？"

秦始皇像是知道一切："你想一想，这些天你做了什么？"

"我做了什么？"

他感觉紧张，不明白秦始皇的话。但他想了一会儿，忽然隐约觉得有些东西不对。起初只是模模糊糊有个困惑，但偶尔有一句话闪入他的大脑，突然就变成他满脑子的担忧之处。那句话很普通，但让他觉得很怪。

他送秦始皇进入了阿房宫。

他在心里反复重复这句话，总觉得有些看不清的东西砸到心里。他吓了一跳。

"难道，这一切都是你故意的？"他问秦始皇。

秦始皇似乎微笑着看着他："你觉得呢？"

"你一步一步计划，让我千里迢迢把你从小岛上带到北京，再带到西安，最终带到这里。是吗？最终你的目的就是回到阿房宫，对不对？"

"都是你自己的决定。"

"可这太奇怪了，这是怎么一回事，怎么做到的？是阴谋吗？"

"不是阴谋。"秦始皇说，"我只是略可预言。"

他警觉起来："怎么预言？"

"凭常识预言。"秦始皇似乎很了解他的心思，"比如说现在，我知道你想去秦陵。"

"秦陵？"

他心里一惊，这并不是他此刻内心所想。这预言是错的，但他的确莫名地紧张。

"你带我去秦陵，我给你看宝物。"秦始皇说。

他又是一惊，宝物？秦陵的宝物？是的，此话说完，他确实想去秦陵了，压都压不住。

"但你要答应，永不可告知他人。"

"这个好说。"他承诺道。

11

次日夜里，他按照约定来到阿房宫，找来一辆小平板车，将秦始皇从窗口搬出，在粗糙颠簸的土地上推。他不知道这是要去哪里，秦始皇没有说明。他从网上查过，从阿房宫到秦陵要穿过西安城，有六十多公里，秦始皇却说不必开车。

夜半在荒凉的遗址前行，让他有一种肃然之感。他们所在的区域是阿房宫遗址，只留一座巨大的夯土台基，一公里长，半公里宽，六七米高，杂草丛生，荒凉空寂。遗址博物馆就是围绕这唯一存留的真实证据。这是他第一次在这遗址区域中走，他逛过新建的阿房宫公园，就在这座遗址外，一墙之隔，崭新整齐，白天总是游人如织，吵闹喧嚷。在那座阿房宫逛，他不觉得如何触动，感觉帝国不过是一场宏阔的大戏。然而此时，在这座巨大的遗址之畔，他却忽然有了一种震撼的感觉，觉得帝国是真的，那种粗糙却坚实的东西，覆盖着实实在在的千年风沙。

秦始皇指挥他向南走，来到遗址南侧。他看到一座小高台，在台基西南角，大约十几米高，很像是卫士，俯瞰着广阔的台基。他们来到台基正南，一侧是台基，另一侧能看见开阔的空地，像是一个广场。

"居中有土梁，将土梁挖开，向内一米。"秦始皇说。

他于是拿起备好的铁锹，向台基正中一道不太显眼的土梁挖去，挖断土梁，继续向内。不一会儿，铁锹触到了挖不动的硬面。硬面似乎有磁力，铁锹一触过去，就被吸引，需要费力拔出。他把硬面外的土都挖到一边，露出一片竖直的平整的墙，依然是黄土色泽，质地上和周围看不出差别。他又仔细清了清，面上似乎有人工雕琢的痕迹。

"过来。拿下我腕上之物。"秦始皇又说。

他回到小车边上，弯腰看过去，这才发现，秦始皇手腕上，隐藏在袖口里有一块玉佩式的物件，紧贴肌肤，颜色材质都与人像无异，不仔细看完全不会注意。他伸手过去试了试，发现是靠简单的小机栝连在身上，轻轻挪动几下，就取了下来。

"将水符嵌于门上。"秦始皇说。

他看了看手里的物件，水波绕成如意造型。他回到黄土墙边，发现黄土墙面上有凹槽，乍看上去像是平常坑洞，但他将水符扣上去，还没碰到，就感受到强烈的吸引，最后他的手几乎是被拉着贴了上去。水符扣进，严丝合缝。

接着，就像是他在很多电影中看到的一样，一条向下的通道显露出来。不仅墙面塌陷，连地面也有一部分塌陷。他心中略称奇，但未多想。他取下水符，背上秦始皇，打开手电，进入通道。通道一直向北，往台基里延伸，斜插入台基地下。这是一条相当长的阶梯，笔直向下约几百米长，大致通到台基的正下方。

阶梯尽头是一个小平台，平台有光，显然通往另一条通道。到了平台上，他看到前方是一条隧道，隧道里有一辆铜车，铜车停在木质轨道上。

　　他将秦始皇放在铜车的后座上，发现竟然惊人地合适，秦始皇的人像非常合适地嵌入，就像是活人舒舒服服地坐在沙发里。他自己坐上赶车人的位置。铜车有轼，可以做扶手，却没有辕，套不得马。铜车车轮嵌在木轨凹槽内，如同火车。

　　"然后呢？"他问秦始皇。

　　"以水符扣车头。"

　　他低头看，果然车头最前方有一个同样形状的凹槽，将水符扣进去，发出咔嗒一声如同解锁。接着，缓慢地，车轮开始滚动。车向前移动，速度不快，却平稳而不停息，随着木轨的拼接有规律地轻微颠簸。隧道两侧的墙壁上每隔几米就有一盏苍白的小油灯。

　　他说："你这水符也太先进了，没有引擎也能开车啊。"

　　秦始皇轻蔑地哼了一声，说："这是下坡。"

　　"哦。"他讪讪地笑道，"难道一路都是？"

　　"平地与下坡交替。"

　　"哈，原来如此。"他笑了，但想了想又问，"不过，那一会儿回来怎么办啊？"

　　秦始皇陷入短暂的沉默。

　　片刻之后，秦始皇说："轮与轨皆镀有磁性，回程时轨道磁性会交替变化，前引后斥，推轮前行。"

　　"哇，这么高级！"他惊叹道，"这些都是异人传授？"

　　"是。"

　　"我前几天听说南阳那边发现一段秦代木轨铁路，千年不腐，也是这样的吧？他们说你建的驰道实际上是马车的铁路网，有这么回事吗？"

　　"轨道未曾铺完。"

　　"那就是有啦？太厉害了。"他啧啧叹道，"真了不起。"他心底的痒又被勾了起来，"哎，那些到底是什么人啊？事到如今你也应该信任我了吧？"

秦始皇一如既往没有回答。但是这一次，他的口气却不同以往，异常郑重其事。

"我年少登基，年轻时遇异人，讲天下之事，带我见很多奇物。"秦始皇说，"那时起，我便知道我须做非同常人之事。"他顿了顿，"皇考本非名异人，因遇异人，更名异人。"

"嗯。然后呢？"

"然后我建立了自己的帝国。"

"然后呢？"

"没有然后了。"

"啊，完了？"他诧异了，"你这讲故事的也太不敬业了吧。好不容易赶上你愿意讲，我这正洗耳恭听呢，这就讲完啦？你这等于什么也没说啊。你建立了帝国，然后怎么样了？异人哪儿去了？你后来又为什么跑到那个小破岛上？你倒是讲讲啊。"

"我去东海，"秦始皇说，"因为我需要长生。"

"哦，对，这点早就想问了。"阿达说，"你放着好好的皇帝不当，非要求什么长生呢？又没有好吃的，也没有女人，连动都不能动，你图什么呢？"

"你不懂。你无帝王之心。"

"哈哈，又来了。"他坐在车头感觉很爽，谈话也轻佻，"帝王之心？那你倒是说说看，有帝王之心的人又图什么？"

秦始皇却很严肃："我要守望帝国。"

他扑哧一声笑了："真伟大啊！果然有帝王之心。可是你想没想过，你搞长生不老搞得惊天动地，把基业都毁了。你一走，大秦江山都丢了。又如何？"

"我非大秦族人，为何在意他家江山？"

阿达一凛，秦始皇这话吓了他一跳。"什么意思？"他脱口而出。但转念就明白过来，"你是说，吕……"他猜想秦始皇说的是相父吕不韦的事。他很想继续问下去，问问吕不韦、太后到底是怎么回事，可是秦始皇严肃的口气让他不大不敢问，于是说，"那好吧，就算你不是嬴家人，那也是你开创的帝国啊。你不好好守着，跑到岛上干什么？你说你守望，可是帝国毁了还守望什么？"

"帝国何尝有毁？"

他一愣："什么意思？秦二世而亡，你儿子被灭掉，难道不是毁了？"

"帝王无子孙，只有子民。"秦始皇回答得很平静，"你难道不知道，为何帝王要称自己孤或寡人？"

他怔了怔："不是因为唯我独尊吗？"

"孤就是孤。帝王只知其一人，所以称孤。在其下万人皆同，子孙亦不例外。"

"这是什么意思？"

"对帝王而言，唯帝国重要。继承帝国的，无论是否子孙，都无所谓。"

"难道……"他有点儿明白了，"难道你觉得后世……也都是你的帝国？"

"是。"

阿达张了张嘴，呆愣了一会儿没发出声音，这答案超出他的常识范围。"这……这大梦也做得太美了吧。"

"有何不对？"

他一时说不出哪里不对，只觉得奇异。他想了想说："你要说汉唐这些汉人王朝也罢，可是元啊、清啊，这都是外族人，怎么能说是你的帝国？"

"帝国所在，何分种族？"

"那分什么？不分子孙，也不分种族，凭什么说是你的帝国？"

"千年秦制，一脉相承。"

"哈，得了吧。"阿达说，"虽然我历史不好吧，但好歹我们中学也学过。秦朝施暴政，不得人心，后世都要反秦政，怎么说是一脉相承？"

秦始皇反问他："你可知帝国最忌什么？"

"不知道啊，内乱？"

"帝国所忌有几件事：夺富人之财，夺穷人之命，夺书生之口，夺邻人之信。我徙贵族，苦劳工，坑儒生，令邻里妻子相互告。结果我国力虽强，四海寰宇无可匹敌，但四忌皆犯，只可维持十年。如果你是后世帝王，你会如何？"

"呃……尽量避免吧。"

"是，此乃帝王头上唯一高悬之剑。若无此威胁，帝王即可为所欲为。"

"你说你故意做给后世看？"

"我非为世人，只为自身帝国千秋万载。"

阿达心里一震，不知道应该说些什么。"但……但代价太大了吧？你杀了多少人啊？"

"死死生生，世间皆然，有何稀奇！"

"可是你自己不死，却让别人去死。"

"我亦会死。时刻到了，我自然会死。"

阿达沉默了好一会儿，一时间思绪有点乱。"其实，"他说，"我们老师原来上课总说，如果当时你没传位给胡亥，而是扶苏，也许秦朝也不至于崩溃，扶苏还是很好的人。"

"没有用的。"秦始皇说，"大势如此，无力回天。扶苏亦不能应对。我让他在长城脚下躬耕终老，也算尽我所能了。"

秦始皇的声音在隧洞里幽深沉厚，隐隐有回声。阿达听得有点发愣，秦始皇说了太多话，有太多他没想过的问题。他试图思考那些有关历史的往事，但思绪就像前方隧道，黑漆漆的看不到边界。他回想秦始皇最初的话，一些话似乎有了不一样的意味。铜车还在有条不紊地行驶着，苍白小灯照亮脚下轨道，向远处延伸成黑暗里的两条珠子。他隐隐听到水流的声音，不是岩壁的滴答声，而是宏伟却低沉的河流的声音。

"这是哪里？"他问秦始皇。

"渭河之下。"

原来如此。这样的设置很明智。入口在阿房宫台基之下，确保无人偶然发现，隧道一路深入地下，又沿渭河，确保不会被人无意截断。只是不知道出口在哪里。

他们又沉默地行驶了好一会儿，车子似乎转弯，水声渐渐收敛了。

他的眼睛向前方看去，看到了轨道尽头，一座小平台，和上车时的平台相仿。最震撼的是小平台后面一座巨大的水车，水车被一条瀑布冲击，有一半浸入瀑布，另一半露在外面。离得近了，能看得清楚，水车至少有三十米高，在瀑布的水流下旋转。周围环境似乎是山岩内部，有泥土、野草和岩石在水流两侧，隐约可见。瀑布像是内瀑布，水量充足，速度不快，但很稳定。水车上有一个地方不是扇叶，而是可以载人的小露台。随着水车的旋转，小露台缓缓上升，高处是另一个小平台。

他下了车，将秦始皇从车上背下来，站到平台上，待水车的小露台转到眼前登上去，到高处的平台下来。平台连接着另一条非常长的台阶，台阶缓缓向上，看不见尽头。

他背着秦始皇沿台阶走上去，用手电照着脚下。他不知道走了多久，也许只有几十米，也许有几百米。他和秦始皇都没有再说话，或许是都被即将到来的命运所震慑，直觉让他们保持沉默。他不再有任何说笑的冲动，内心升腾起的紧张感压制了其他一切感觉。脚下台阶漫长，秦始皇在背上也很重，但有那么一瞬，他似乎希望台阶更漫长一些。他觉得他能猜到尽头是什么地方，但不想去想。

12

尽头的门是头顶的一块石板。他放入水符，石板缓缓转开。

他走上去，爬出头顶的洞口。

他站定了，环视四周。一片漆黑，看不清什么。他用手电照射爬出来的洞口，赫然发现那是一个巨大的石棺。石棺顶盖向一侧滑开，可以看见顶盖上雕刻的龙和祥云。顶盖上同样有一个水符形状的凹槽，大概是出入的开关。

这下他明白了，他们走出的地方是秦始皇的石棺。没有人知道秦始皇未死，因而没有人知道石棺内是一条通道，这是最安全的通道。他将秦始皇放在身旁地上。

"这就是你的陵寝了？"他问秦始皇。

"是。"秦始皇已经沉默了好一会儿，声音有点僵硬。

"我看书里写的机关、山石、车马、水银河流，都在周围吗？"

"那些在外室。所有机关都是为了防人进入，如果你看到，你就要死了。"

他略感失望，他本来期待能看到许多精妙器物。

于是他问接下来应该做些什么。秦始皇没有回答他，却似乎发出一声叹息。

"你怎么了？"他问。

秦始皇没说话。

"喂，到底怎么了？"他有点紧张，拍拍秦始皇。

"人行千里，终于一归。"秦始皇说。

"哟，你还怀旧了啊。"他笑道，"伤感什么，你这是衣锦还乡啊，长生不老的。"

"魂归故里而已。"秦始皇说。

"什么意思？"他被秦始皇的语气吓了一跳，"正想问你呢，你这次为什么回来啊？"

秦始皇恢复了平素的语气："秦陵恐将开启。"

"你是说挖掘？旅游？应该没那么快吧？我听说目前也只在研究。"

"迟早之事，需早做准备。"

"做什么准备？"

"帝国已逝，需备将来。"

"帝国……什么？"

"帝国已逝已久，至今已百年。"秦始皇说。阿达觉得秦始皇的话越来越悲凉，也越来越令他费解了，"自秦至清，两千余载，万事皆有覆亡之理。当今之人，谁也不懂帝国根底。需另起炉灶，将治国之事传于他人。"他顿了顿，阿达还没来得及说话，他又说，"我问你，你知道我为何焚书坑儒？"

阿达愣了一下。"你不是说你想给后世做反面典型吗？"他试探着问。

"不是。"秦始皇说，"是他们说的一些话，误导帝王。他们希望帝国建立在善人之上，可帝国需建立在常人之上。"

"……常人？"

"像你这样的人。"

"我？"他大吃一惊，"和我有什么关系？"

"你可知我如何能使你带我来秦陵？"秦始皇又不回答，反问他，"事若欲有所成，必顺常人之性，此乃成事之理。"秦始皇的声音出奇平静，"我可一路至此，帝国之可以长久存在，原因都在于此。"

"这是什么意思？"

"这意思你终究会懂。"秦始皇不再解释了，他顿了顿，说话更慢了，"那些书生，虽然误国，却也不是毫无用处。终究是故人，虽逝不远。至魂飞魄散之时，倒也有点怀念他们。现在，你将我置于棺盖之上。"

他不知道秦始皇为什么忽然冒出这样一句奇怪的话，他等着他继续说，可是秦始皇没有。他看了看，石棺盖中央，果然有一块空着的区域，有细线围成的形状，像是卡槽。他把水符放在石棺的凹槽内，石棺合上，又把秦始皇小心翼翼地放在石棺顶盖中央。底座和石棺中央的凹陷嵌合得完美。

摆完之后，他问秦始皇还要干什么，秦始皇没有回答。有一瞬间，石室完全陷入黑暗与寂静。

接着，忽然，石棺顶盖上的细缝开始发光，光芒顺着细缝延伸，一路走下去，在地板上向四个方向分别绕了一个很美的花形，又一路向下。他这才发觉自己站立的是一个小高台，往四个方向都有向下的台阶。光芒的细线很快爬到底端，向四面八方铺展，迅速扩大面积，变成细细密密地毯一般的光的海洋。他被这海洋广阔的面积惊到，那是看不到边的宽阔大堂，而他所站立的高台是大堂中央极小的四角锥型岛屿。

柱子突然亮了，接着是屋顶。他看到黑色的立柱上雕刻盘旋的金色的龙，肃杀而峥嵘。秦朝尚黑，这颜色给人的感觉和后世喜爱的红色完全不同。接着是近处的两侧墙壁，让阿达震惊的是，墙壁两侧竖立着十几尊巨大的人像，每一尊有十几米高，动作面容皆生动狰狞，五官小而不突出，但表情变换丰富。雕塑是暗金色，衣饰镌刻细致。随着光线亮起，雕塑的四周开始有幻影生成，都是雕塑本身的模样，仿佛灵魂飘出体外。

这时，在他身后响起秦始皇低沉的声音："我本常人，因遇异人而成非常之事。这本非异事，换作他人亦可以。遇异人非寻常之境遇，你有此经历乃需把握，能懂多少需看你自身。你送我至此，我亦只能送你至此。再久远的路，也终有尽头的时刻。"

秦始皇的声音越来越低，后面几句话几乎有点模糊。阿达屏住呼吸竖着耳朵，他看到，从石室高昂的穹顶下慢慢有一个身影出现，从高处飘飘悠悠下落，逐渐凝聚，成形，有轮廓和色泽出现，越来越小，从庞然如一座庙堂大小的稀薄逐渐凝为可见的人形，仍然很庞大，辨识不出面目与肢体。但阿达看出，那就是他一路护送的石像的样子。人形在飘，忽隐忽现，和墙壁两侧雕塑身前的幻影仿佛遥遥呼应。

大厅的屋顶突然亮起，金光四射，让已经习惯了黑暗的阿达一下子不适应，挡住了眼睛。屋顶似乎有光锥投下，在大厅中央的空气中照射出平原与高山的幻影。

"江山常易，唯势永存！"

秦始皇最后的话，厚重如雨夜沉雷。四周的雕像幻影像是离墙而出，飘到了山岳上方，秦始皇的影子也以迅雷之势向前飘去，只是到了一处又退回。阿达在明亮的灯光中赫然发现，雕塑幻影的衣着竟然是衣裤，而不是秦时长袍，面孔五官的比例也异常怪异。幻影最终没有相遇，只像呼啸的风一阵吹过。中央的平原与高山开始变化，有人迹和城市像蝼蚁般涌出，接着有商旅和军队在平原上翻滚流动。阿达听到一个声音，不是秦始皇的声音，而是某一种平稳而丝毫不带感情色彩的声音，诵读着某些典籍似的文字。文字用词极简，虽然是古体，但阿达竟也听懂了大半。声音先讲述了民之势如水就下，然后开始讲治理的道理。许多意思简明扼要，却和阿达熟悉的说法大有不同。阿达惊异地听着，呆在当场。忽然，一阵风似的气流从他身后涌出，他一个踉跄摔倒，再爬起来的时候，所站之处有金冠与宝剑的幻影。他不由得伸手去拿，却是空空如也。

这时，大厅地面的灯也亮了，空中的山川平原消失了，现出让他震撼到的画面：大堂前侧，竖立着极多书生模样的彩色陶俑。他吓了一跳，他不知道兵马俑还可以做成书生。两侧立柱打出光，斜斜的凝聚的光，打在书生俑身上，人影突然开始浮动。他再次被惊得目瞪口呆。每一个书生俑身上都浮动出一个人影，鲜活清晰。人影袍袖宽大，在空气中浮动，俯仰天地，慷慨陈词，似乎在激烈辩论中。四周响起了更多声音，不知道是从哪个角落里散发出来，高低错落轰鸣，说着一些他能听见却听不清楚的话。

"……收天下财……危难，豪族不救……"

"横征暴敛，发民于役……百姓不堪其苦……"

"……所禁言论甚多，使忠臣不敢进言……"

大堂继续不断亮起，整个空间笼罩在明亮的金色中，立柱一对接着一对，射出光芒，照亮一排又一排衣着色彩斑斓的兵马俑。他猜想影像就来自那些色彩。他完全被震慑了，好长时间忘了言语。光亮还在延伸，大堂一点一点展露全部面积。文人模样的兵马俑后面是武官，身着昂扬的战服，头戴盔甲，手握刀剑，影像在空间里相互展露拳脚。而再到后排，是大片普通士兵的兵马俑，和出土的墓坑里见到的一样，只是彩色的，空中影像集体跪拜，发出如山的呼喝。万岁，万岁，万万岁。

他俯瞰这一切，满怀惊吓，第一次感觉到帝王的威仪与惶恐。

他听着，记着，书生像逐渐黯淡下去。

最终，当书生的人影消失，光亮逐渐黯淡，只剩下两侧立柱还亮着时，他才缓缓回过神来。

"天哪，太牛了。"阿达还沉浸在影像中无法自拔，喃喃地对秦始皇说，"我算是知道你说的帝王是怎么回事了。"

秦始皇没有回答。

"你从小岛上回来，就是为了再享受一次吗？"他问。

没有回答。

"你是把你坑掉的书生都做成影像了吗？"

没有回答。

他又等了好一会儿，还是没有任何声音。

他心里想到了什么，开始害怕了。他又说又问，可是无论说什么，秦始皇都寂静无言。他慌了，使尽浑身解数，就像他第一天把秦始皇搬到家里时一样，甚至比那次还慌张和急迫。他隐约明白了结果，可却不愿意去想。他希望就像是第一次上当一样，再一次被秦始皇哄骗。可是他又说了很久，无论怎样真诚和坦率，都还是没有任何回答。

他坐倒在黑暗里，最终逼自己承认：秦始皇死了。他在自己的陵墓里死去了。

他惊叫起来。

13

当他走出阿房宫台基上的小门，他发现天空是亮的，泛着红色。刚才的荣耀和震撼全都不见了，他心里充满悲伤和惊恐。临走的时候他扣水符的手在颤抖，生怕棺盖再也打不开。

他有点糊涂，看了下表。凌晨4点50分。他们是午夜下去，差不多两个小时到那边，他又花了两个小时回来。手表应该没错。这个季节，无论如何这时都不应该天亮。他又抬眼仔细看看，才发现天并没有亮，亮光来自两侧的地面，来自台基上和广场上，是地面的亮光将天空映红了。

他连忙跑到一旁的小高台前，沿西北角的坡道拾级而上。俯瞰整个台基和广场，他赫然看清了一切。正是小高台上发出了光束，在台基上和广场上分别照射出了壮阔的影像，真切而清楚，是宫殿和楼阁，台基上有一座宏阔的殿，形状和他所画的图纸非常像，只是尺度比他画的大许多。那并不是寻常人所处的殿堂，它的存在，本身就是为了某种高远的生命。在他背后的广场上则是一片高低错落的楼阁，两道连廊沿广场两侧对称延伸，小楼和亭台沿连廊交错布置，中央是花园，树影婆娑，掩映着连廊的飞檐翘角。群山峻岭般绵延的建筑群，层层叠叠，繁复而诱人，让人忘我。这一面完全是人类居住的尺度，与另一面巨大的前殿在夜空下遥遥相对。依稀看去，两片楼阁中依稀有着活动的人影，身材相差十倍的身影分别在两侧宫殿穿梭。他们有时候遥相呼应，有时候又并肩而立。

图像模糊了，消失了。宫殿图像被千军万马的战场取代，喊杀与哀号穿过旷野，帝王的身影出现又消失。然后是躬耕的人群早出晚归，在循规蹈矩的荷锄中出生逝去。然后又是奔腾的厮杀，繁华的宅邸，贫穷的蜷缩。因贪欲而丢失的世界。他站着看，忘了时间，岁月像是进入了永生的通道。

他终于看到了阿房宫真正的样子，那是一座幻影的宫殿。

天亮了，影像消失了，那是帝国最后的余晖。

尾声1

阿达回到北京，继续自己卑微倒霉的人生。他找到一个快递员的工作，每天起早贪黑，骑电动车去各个小区送货。房贷还差二十万没有还。

有一天，他突然在街上看到了陈胖子。穿着打扮非常华贵，一看就是老板的模样。他从一辆奔驰上下来，头上抹着油，跟旁边的人互相让着，走进一家餐厅。阿达跟着追了上去，转进旋转门，被两旁的服务员拦住了。

"先生您有预订吗？"服务员问。

他指着正在向电梯走的陈胖子说："我找陈旺。"

"您找陈总啊。"服务员说。

"我不找陈总，我找陈旺！"

"是，陈总在牡丹厅。"

他跑到牡丹厅，抓住陈胖子的衣袖，没等陈胖子反应就激动地问出一系列问题：你怎么来北京了？你怎么发家致富了？这才一两年怎么就成老总了？你是不是又去山洞了？是不是把所有东西都偷出来卖了？其他那些人像你弄到哪儿去了？说啊，你说啊。

陈胖子尴尬地把他拉到楼道，赌咒发誓说自己再也没拿过山洞里的东西。

"我还想问你呢。"陈胖子说，"我确实去过那个小岛，可是再也找不见那个洞了。怎么回事啊？你还能找见吗？"

他说自己也没去过，又问陈胖子如何发达起来。

"我也不知道，"陈胖子笑着说，"不过还得托你的福。当时把那对儿雕塑拿我家之后，我的运气就开始出奇地好，不知道是什么神仙。"

阿达后来去过陈胖子家一次，发现他把曹植和洛神依墙而放，放在电视墙一侧的大理石水池中，水池本身庸俗粗糙，还顶了一个滚动的大理石球，但是将雕塑放入就雅致多了。

尾声2

阿达后来攒了点钱，又去了两次小岛，小岛还能找到，只是那个洞再也找不到了。电视里能看到阿房宫博物馆兴建的新闻，造型就是秦始皇原初的设计。

他有时候自己躺在床上想这一切，越来越觉得一切都是命中注定。从他第一次登上小岛，山洞就是故意敞开等他进去的。平时山洞则隐藏起来，这能解释得通。否则如此容易发现的山洞，怎么可能两千年没有被世人知道？这么一想，他忽然觉得之前的一切变得滑稽了。

为什么选了我呢？他想。

他仔细琢磨着那句话：顺常人之性。

他琢磨这话，又琢磨自己。渐渐地，更多话浮上心头，似乎有意义，又似乎乱七八糟。为善以求名，为恶以逐利。绝境中有害人之心，顺境中却有不忍人之心。在非常特殊的时候，我会干涉。四忌皆犯。遇到异人不是人人能有的经历。帝国已逝，需有人有所为。这些话逐渐在他心里形成一个模糊的轮廓，让他觉得凛然，似乎自己的整个人生都不一样了。

秦始皇是选择了死，他想，只不过他究竟希望对我说什么呢？他希望我做什么呢？

世界还是利欲的世界，但对于有目的的人，世界却不同了。

他从来没把秦陵的密道告诉过别人，他开始明白秦始皇对重诺的拣选和坚持。

尾声 3

最初的那颗不老丹被他一直带在身上，已经辗转好多地方，沾染了不少尘土油腻，怎么看都像是一枚弄脏了的普通的丸药。他曾经想试试吃下去会怎么样，但一方面是觉得不可能如此简单，必然要配上其他的技术，另一方面也怕吃下去会有危险。但要是扔了，他又觉得不甘心。

最后他决定给他的狗吃。如果吃下去就长生不老，那他得一条不老狗也不错。他切碎了拌进狗粮喂狗吃下去，结果狗就昏睡了，至今没醒来。狗倒是也没死，还有呼吸，但就是怎么都无法叫醒了。他在想，如果当初他拿了不老丹就吃，是不是如今还依然在睡。

后来，阿达真的做了经天纬地的大事，成就了非常宏阔的事业，也使得千百万人的命运发生了改变，成了大人物。他在晚年常常回想自己经历过的改变了命运的那段旅程。有一天夜里，他睡着了，做了一个梦，梦里又做了一个梦，梦醒的时候，他发现自己在海上，坐在一条破渔船里，怀里抱着父母的骨灰，正要去撒。

郝景芳：知名青年作家，本科和研究生先后就读于清华大学物理系和天体物理中心，后获得清华大学经管学院博士学位。

其科幻小说先后斩获首届九州奖和 2007 年银河奖读者提名奖。

2016 年，其小说《北京折叠》获得第 74 届雨果奖。这是继刘慈欣的《三体》之后，我国作家第二次获得该项国际科幻大奖。

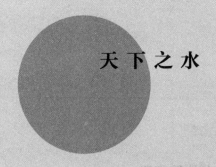

天下之水

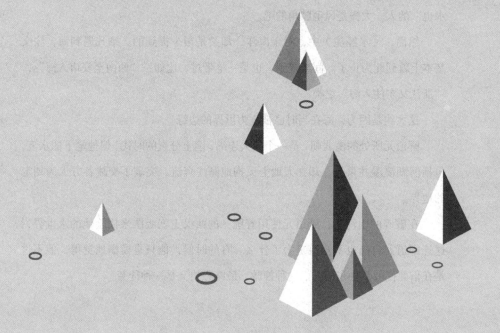

一、孤独的水路行者

天下之多者，水也。生于北方的郦道元，一天发出了这样的感喟。

在他生活的那个时代，较之今天，北方水草要丰盈得多，然而，人类真正了解到水之浩大，还是郦氏死去一千多年后的事情。精确的科学考察表明，以海洋为主体的水占据了地表面积的百分之七十以上——恰好与人体中的水分含量一致。

那么，世界本身，是否便是一种有机体呢？这却是一件需要长久考察和求证的事情。

不管怎么说，对于以陆地为大本营的中国，能够在那时便说出"天下之多者，水也"的人，大概是凤毛麟角的吧。

然而，《水经注》中，对于海洋，却又是很少提到的。举凡遇到海，注文基本上就到此为止了。间或提到，也是一笔带过，比如："西南至安市入海"，"浙江又东注入海"之类。

这大约是因为，海在当时已被视为世界的边缘。

郦道元所处的南北朝，是一个战火连绵、国土分裂的时代。但他笔下的水流，包括河湖溪瀑井泉等，却在大地上无拘地倾注奔流，突破了交战各方人为划定的地界。

在破碎的山河上，郦道元使用着统一的西汉王朝版图来描绘他的水世界，这连郦道元自己也不知道是为了什么。有的时候，他只是模糊地觉得，他不过是在借此挽救某种东西，而这种挽救，最终恐怕又是一种徒劳。

他十分希望能够弄清自己行为的意义，因为他深知自己对于水的执着，已是一个不可能被常人猜透的谜团了。他了解那么多的水，而对自己的心灵呢？

身为尚书郎，在陪同北魏孝文帝巡游时，每当中途歇息，郦道元便将起自己的袖子，观看手臂上脉搏的偾张，这时，内心就会泛涌起上述的冲动。

他也曾看到了许多死于兵乱的人，看到了他们裸露于皮肤之外的蛛网似的血管，还有尚没有气绝的怦怦脉象，以及从此将不能起到营养作用的体液。大地上的水，与人体中的水，比例到底有没有不同呢？此时，他困惑了。

但刚愎自用的帝王是不会这样去认识世界的，还有枕戈待旦的将军们，以及忙于宫廷倾轧的大臣们。郦道元成了水路上孤独的行者。

就是在这样的时刻，他突然有一天梦到了红色的水。

他初以为是无处不在的血流成的河——这每每使他尝试拼绘完整而纯正的水图的努力化为乌有。但即刻他发现不是。

那耀目的色彩，几乎丧失了水的本相，而如同霞云或者雷电，只君临了一刹那，却使他大叫着醒来，并痴痴地长坐。

星光如水一样源源流下来，注入他宽大柔和的衣领，凉飕飕地顺着坚直的脊柱往下淌。

他醒来后便回忆着，那红色之水的背景，是一大片说不清颜色的压抑暗色物质，在无边无际、厚重无声地蠕动，使人感到憋闷。

但是，这便是对水的真实回忆吗？——世上大概是无这样的水的，因此，或者，梦是对尚未纳入郦道元视野的某种水的预示？

几天来，他反复梦到这个场景。红色的水势越来越浩大，直到有一天，天下的水，都变成了红色。

看上去，像是在用一种水统驭万种水啊。

梦中之水，便成了一种意淫。

这时，郦道元突然产生了去黄河孟门瀑布看看的冲动。他以为，大概只有那里的崩浪万寻、悬流千丈，才能一举荡平心中似不该有的疑虑，也是满足那久蓄的亢奋与饥渴。

但就在前去的路途上，他认识到了自己更隐秘的意识，那是在担心，红色的水是首先从那里溢出来的吧。但是，为什么是这样的担心呢？为什么是黄河孟门呢？黄色并非是红色的补色。

不管怎么说，内心充满对红色水流的迷恋与恐惧，郦道元来到了孟门。这大约是孝文帝太和二十一年（公元497年）的事情，郦道元已经三十二岁了。

二、"堪影"

在孟门，郦道元并没有看到红水。但黄河之水魔女般乱发狂舞的景象，又似乎象征并暗示着各式水存在的可能，其中也包括郦道元尚不知道的水。

这时候，郦道元心灵有所感应，突然回头，见距孟门瀑布百米开外有片竹林，却是怪异之事。在他的知识体系中，应该是往南一些的地方才有这种植物吧。那么，这是一种品质殊异的竹了。

秀气的青竹与狂暴的黄河，形成了强烈的映衬关系。

这一片清湍如水的翠色，不禁惹得郦道元满心喜悦，缘竹而去。曲径通幽，光影叠乱，巉岩参差，不一时，竟听到了潺潺水声，不若黄河的粗犷，而像小女子轻歌。郦道元愈发欢欣。

水声时大时小，忽远忽近，似是一溪，在山石岩壁间一路跑跳而去。他干脆安下心来，与它捉起了迷藏，时左时右，忽前忽后，其乐无穷。

突然水声大作，分明已到近前。然而趋步前往，水声又小将下去。眼前一亮，并无溪流，却是人面般大小一潭，颜色赭红，四面修竹环绕，风息云止，却见水面涨落不定，如有数条大鱼在其下翻腾鼓噪。

疑惑之间，却见竹影中有一草庐，柴扉虚掩。推门而入，见一人沉睡于竹席上。此时，外间水声又骤然大作。

郦道元垂手竦立，不久，那人醒来，见有客临，延坐奉茶。细观此人，眉坠于肩，手长过膝。郦道元知是隐士，肃然起敬。

茶水却碧绿清冽，不见红色。由此可知不是那潭中之水所沏。此时，门外水声又哗然一片。

郦道元道："我观之，此处并无鲜活水源，外间不过一潭死水尔，本该静谧无声，缘何作此巨鸣，且流沫山腾？"

老者正色道："客人有所不知，此非凡水，而是一方生灵。"

郦道元大惊，老者复引领其至潭边。

却见那水，已趋安静，发出喃喃细声，似与老者轻语。郦道元击掌称奇。

"此等怪物，其质与水无异，其形随物化成，唤作'堪影'。"老者道。

"如何却栖身于此？"

"三年前的一个晦夜，孟门雷雨交集。清晨，门前便多了此潭红水。我始不觉有异，后渐知其非凡水。"老者说罢，又轻唤数声，那水又作翻腾状，而水声竟可变化，如雄狮、健男；又如妇人、幼蝉。而郦道元试作声呼之，水却置之不理，又似有嗔羞状，若闺中少女初见陌生男人。

郦道元语告老者，称近来夜夜梦见红色之水，方赶来此。老者不禁叹息。

郦道元复详观此水，只见其通体透明，不含杂质，清洁澄深，漏石分沙，又仿佛有漆胶的质感。他恍若置身梦中，伸手略试水面，却被一阵皮肤般的温热所袭，手往里走，却黏黏地陷住了，急拔而出。水哧然一声，似作笑。

他便与老者回到室中。老者称，日久已能辨知水声，如此便常与堪影交谈，已了解到其传奇身世。

堪影告诉老者，它已忘记了自己所来何朝何代，甚至，亦不知是来自过去或是未来。

它只记得，祖上是与人类无异的生物，生活在陆地上。后来发生了世界大战，陆地生态体系遭到毁灭，全族才将自己改造为适宜水生的形态，下到水中避难。

最初，它们仍接近于人类模样，但在千万年中几经演化，终于抛弃了旧有的形体，把生命寄寓于流水——世界即我，我即世界，以为如此便会永生。

然而，某一天，新的灾难不期而至，其族不得不离开水世界，迁徙向一个陌生的空间。

可是，不幸的事情发生了，不知是哪个环节出了差错，它在路途中阴差阳错被抛遗到了这个世界，未能抵达其目的地。

"它曾经寄生并又与之相融的水世界到底在哪里呢？"郦道元道。

"那便是海洋啊。"

"那么，是整个海洋的大迁徙了！"郦道元看着小小水潭，怔住了。

"是的，海洋即是堪影，堪影即是海洋。"老者黯然说。"它救赎自己的努力，终于是失败了。"北人郦道元对海洋所知不多，此时却万丈心潮轰然涨落。他无法想象那浩渺的大海，与这浅薄的水潭，竟是同一样东西。而海之蓝色，又是何时变化成红色的呢？——如堪影所说，到底是在过去，还是在未来？他深深地糊涂了。但可以肯定的却是，海洋眼下仍在远处无知地起伏，如同郦道元从未踏足南方，海洋又何曾来到此地了呢？

"它是多么可怜的生灵啊。在这里，还能生存多久呢？"

"恐怕，时日不多了吧。"

"如果把它重新置于一处活水中呢？"说这话时，郦道元眼前出现了孟门的黄河大水，正鼓足劲向它自己也不曾见过的大海奔流。回想起自己前半生与水打交道的经历，郦道元是多么希望能够救助堪影啊。

"那样的话，这生命会迅速扩散，成为新的海洋。这是它化育自己的方式。天下的水将成为红色。它即是一，一即是众。"老者微微蹙眉。

"那么……"

"那么，我们的世界将成为水的世界，而这个世界上便不再有我们习称的水了。"

闻此言，郦道元顿然绝望了。

是夜，郦道元宿于隐者的茅屋。三更时分，他醒来了，听见外面传来呜咽之声。

他不禁思忖，当初，那异类是否不小心自己毁了自己呢？难以想象，有一种生命、有一个世界竟由水来架构而成。

呜咽声越来越大。堪影在哭泣吗？

或者，它在呼唤同类——天下之水？但郦道元深知，那些水却是没有灵魂的。

他不禁对此水曾筹谋转移的目的地产生了好奇。它在哪里呢？所谓海洋之外的新的逃逸空间，恐怕是不好想象的。

大概是习以为常了吧，那老者却没有被水声吵醒，鼾声大作，不知做着什么好梦。郦道元心烦意乱，披衣走出茅屋。

夜色至浓处，天庭上有一处星云狰狞。这遥远太空中的神秘花环，从来没有如此地低垂迫近，直若要坠落头顶。郦道元觉得它像一摊溅开的水渍，他全身一震。在那后面，幽暗地浮动着一种他从来没有认真想过的东西。他难以形容它是什么，而它也的确超越了他为人的感悟力。

水声更悲戚了。水面虎虎跃起，形成一根三尺高的柱头，似要与那不可名状的世界亲近，但相距却实在是太遥远了。最后，水柱垂头丧气地放弃了努力，落下来，卧伏着不动了。

郦道元感到，说是空间吧，却分明是空间以外的存在，拥有超越一切的力量和简单至极的结构，却看不到也摸不着，乃至连想象力也给幽禁了。这种别扭的体验，是第一次侵入他定型的人生。他想，面对这样的无以用言语表述的存在，水也好，人也好，又怎么能如此容易地救赎自己呢？

一种刻骨铭心的无由之痛，使他欲放声大哭。此时，他却感到水潭如一只眼睛在惊讶而怯怯地注视着他，于是便羞惭地控制住自己的感情。

然而，对于海洋来说，超越空间的"空间"，究竟意味着什么？而一团水流的生灵，又是如何发现这奇妙的存在的呢？如果它们真的去了那里，又将以什么样的形态生存下去呢？恐怕，不再是水了。

世间之一切，本是无固有之形态的。

此时，郦道元突然意识到此水与自己的关系，内心不禁涌出一阵极大的恐惧。

他僵然伫立，束手无策，直到霞光来临，一切才噩梦般成了过去。

而那水却不动弹了，红色中透射出一层灰翳。他慌张地用手去拨弄，感到它正在凝结、冰冷、塌陷。

"死了。"他一惊，转头去看茅舍，却见它也在一片灰色的迷雾中慢慢隐遁。

他扑过去，双手去推那扇就要退行入虚无的薄薄竹门，却推了一个空。面前除了一堆青色山石，什么都没有。

回首一看，天空中有一个陌生的银色圆点，在苍白的太阳附近，局促地明灭了一下，便消失了。

刹那间，他感到了许多个世界的存在。而他所在的这一个，不一定便是最真实的。

过了很久，郦道元才恹恹地离去。他看到黄河仍在奔涌，才松了一口气。

三、无路可逃

返回洛阳，郦道元把这一段经历，写入了《水经注》。

此后，他更加勤奋而逼真地记录世上各种水的情况，仿佛是担心它们有朝一日会悉数遁去。

但直到很久以后，他都不愿去海边。对海的记载，也颇潦潦，后世的研究者说，这不符合他认真的学者个性。

孝昌三年（公元527年），雍州刺史萧宝寅的反状暴露，朝廷命郦道元为关右大使深入险境与叛将谈判。这道授命其实是郦道元的政敌们设计的阴谋，欲借叛将之手置他于死地。

对此，郦道元是非常清楚的，但他仍慨然而去，心中想着的是那一潭曾阅尽沧桑却终究无路可逃的红水。

连水也无路可逃之处，那究竟是一种什么样的境地呢？

水啊，你这形成世界的关键元素，你这无坚不摧的至柔之物，竟也走入了这样的结局，这大约便是"天下之多"更深的一层含意吧。地理学家此时的心情，已是无法用言语来形容了。

结果，郦道元终于在阴盘驿亭（今陕西临潼附近）蒙难。他的血液从尸身上泉涌而出，渗入泥土，汇入万千条水流，最后去了他不曾涉足的大海。

在不久后洛阳的一场战斗中，《水经注》的数卷文献竟不幸被烧掉了。后世的人们不知道郦道元究竟还曾记录了什么。

现在，我们只能读到郦道元关于孟门瀑布的描述。他仅用一百三十一字，便将其水流冲交、素气云浮之景观，做成了千古绝唱，使后人扼腕叹息。

孟门瀑布，即今壶口瀑布。据考证，其位置距当年郦道元造访之地，已北移了五千余米。

公元第三个千年到来前的最后一个春夏之交，壶口瀑布浑黄的水流突然变得碧绿澄清。据在黄河岸边生活了大半辈子的人讲，这种情形，还是第一次见到。而水流今后还将变为什么颜色，却没有一个人说得上来。但壶口瀑布将在百年后消失的消息，却是由此间最权威的新闻机构发布的。

韩松：科幻作家，1991 年进入新华社，历任记者、《瞭望东方》杂志副总编、执行总编、对外部副主任兼中央新闻采访中心副主任等职。六届中国科幻银河奖得主，在首届华语科幻星云奖上与刘慈欣共同获得最佳作家奖，代表作有中短篇小说集《宇宙墓碑》、长篇小说《2066 之西行漫记》《让我们一起寻找外星人》《红色海洋》等。

晋阳三尺雪

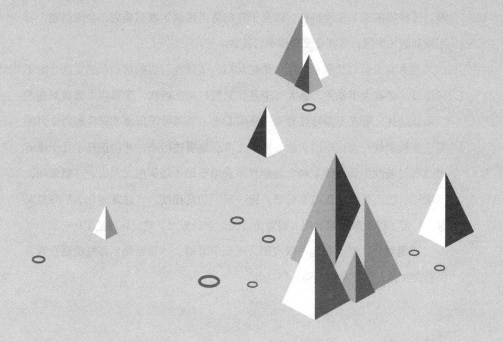

一

　　赵大领着兵丁冲进宣仁坊的时候，朱大鲧正在屋里上网，他若有点与官府斗智斗勇的经验一定会更早发现端倪，把这出戏演得更像一点儿。这时是未时三刻，午饭已毕，晚饭还早，自然是宣仁坊里众青楼生意正好的时候，脂粉香气被阳光晒得漫空蒸腾，红红绿绿的帕子耀花游人眼睛。隔着两堵墙，西街对面的平康坊传来阵阵丝竹之声，教坊官妓们半遮半掩地向达官贵人卖弄技艺；而宣仁坊里的姐妹们对隔壁同行不屑一顾，认为那纯属脱裤子放屁，反正最终结果都是要把床搞得嘎吱嘎吱响，喝酒划拳助兴则可，吹拉弹唱何苦来哉？总之宣仁坊的白天从不缺少吵吵闹闹的讨价还价声、划拳行令声和嘎吱嘎吱摇床声，这种喧闹成了某种特色，以至于宣仁坊居民偶尔夜宿他处，会觉得整个晋阳城都毫无生气，实在是安静得莫名其妙。

　　赵大穿着薄底快靴的脚刚一踏进坊门，恭候在门边的坊正就感觉到今时不同往日，必有大事发生。赵大每个月要来宣仁坊三四次，带着两个面黄肌瘦的广阳娃娃兵，哪次不是咋呼着来、吆喝着走、嚷得嗓子出血才对得起每个月的那点巡检例钱。而这一回，他居然悄无声息地溜进门来，冲坊正打了几个唯有自己看得懂的手势，领着两个娃娃兵贴着墙根蹑手蹑脚向北摸去，"虞候呵，虞候！"坊正踉踉跄跄追在后面，把一双手胡乱摇摆，"这是做什么！吓煞某家了！何不停下歇歇脚，用一碗羹汤，无论要钱要人，应允你就是了……"

　　"闭嘴！"赵大瞪起一双大眼，压低声音道，"靠墙站！好好说话！有县衙公文在此，说什么也没用！"

坊正吓得一跌，扶着墙站住，看赵大带着人鬼鬼祟祟走远。他哆哆嗦嗦拽过身旁一个小孩，"告诉六娘，快收，快收！"流着清鼻涕的小孩点点头，一溜烟跑没了影，半炷香时间不到，宣仁坊的十三家青楼噼里啪啦扣上了两百四十块窗板，讨价声、划拳声和摇床声消失得无影无踪，谁家孩子哇哇大哭起来，紧接着响起一个止啼的响亮耳光。众多衣冠凌乱的恩客从青楼后院跳墙逃走，如一群受惊的耗子灰溜溜钻出坊墙的破洞，消失在晋阳城的大街小巷。一只乌鸦飞过，守卫坊门的兵丁拉开弓瞄准，右手一摸，发觉箭壶里一支羽箭都没有，于是悻悻地放松弓弦。生牛皮的弓弦反弹发出"嘣"的一声轻响，把兵丁吓了一跳，他才发现四周已经万籁俱寂，这点微弱的响声居然比夜里的更鼓还要惊人。

下午时分最热闹的宣仁坊变得比宵禁时候还要安静，作为该坊十年零四个月的老居民，朱大鲧对此毫无察觉，只能说是愚钝至极。赵大一脚踹开屋门的时候，他愕然回头，才惊觉该到了表演的时刻，于是大叫一声，抄起盛着半杯热水的陶杯砸在赵大脑门上，接着一使劲把案几掀翻，字箕里的活字噼里啪啦掉了一地。"朱大鲧！"赵大捂着额头厉声喝道，"海捕公文在此！若不……"他的话没说完，一把活字就撒了过来，这种胶泥烧制的活字又硬又脆，砸在身上生疼，落在地上碎成粉末，赵大躲了两下，屋里升起一阵黄烟。

"捉我，休想！"朱大鲧左右开弓丢出活字阻住敌人，转身推开南窗想往外跑，这时一个广阳兵举着铁链从黄雾里冲了出来，朱大鲧飞起一脚，踢得这童子兵凌空打了两个旋儿"啪"地贴在墙上，铁链撒手落地，当下鼻血与眼泪齐飞。赵大几人还在屋里瞎摸，朱大鲧已经纵身跳出窗外，眼前是一片无遮无挡的花花世界，这时候他忽然一拍脑门，想起宣徽使的话来："要被捕，又不能易被捕；要拒捕，又不能不被捕；欲语还休，欲就还迎，三分做戏，七分碰巧，这其中的分寸，你可一定要拿捏好了。"

"拿捏，拿你奶奶，捏你奶奶……"朱大鲧把心一横，向前跑了两步，左脚凌空一绊右脚，"啊呀"惨叫着扑倒在地，整个人结结实实拍在地面上，"啪！"震得院里水缸都晃了三晃。

赵大听到动静从屋里冲了出来，一见这情景，捂着脑袋大笑道："让你跑！给我锁上！带回县衙！罪证一并带走！"

流着鼻血的广阳兵走出屋子，号啕大哭道："大郎！那一筐箩泥块儿都让他砸碎了，还有什么罪证？咱这下见了红，晚上得吃白面才行！咱妈说了跟你当兵有馒头吃，这都俩月了连根馒头毛都没看见！现在被困在城里，想回也回不去，不知道咱妈咱爹还活着没，这日子过得有啥球意思！"

"没脑子！活字虽然毁了，网线不是还在吗？拿剪刀把网线剪走回去结案！"赵大骂道，"只要这案子能办下来，别说吃馒头，每天食肉糜都行！……出息！"

二

小人物的命运往往由大人物一句话决定。

那天是六月初六，季夏初伏，北地的太阳明晃晃挂在天上，晒得满街杨柳蔫头耷脑，明明没有一丝风，却忽然平地升起一股小旋风，从街头扫到街尾，让久未扫洒的路面尘土飞扬。马军都指挥使郭万超驾车出了莅武坊，沿着南门正街行了小半个时辰，他是个素爱自夸自耀的人，自然高高坐在车头，踩下踏板让车子发出最大的响声。这台车子是东城别院最新出品的型号，宽五尺、高六尺四寸、长一丈零两尺，四面出檐，两门对掩，车厢以陈年紫枣木筑成，饰以金线石榴卷蔓纹，气势雄浑，制造考究，最基础的型号售价铜钱二十千，这样的车除了郭万超此等人物，整个晋阳城还有几人驾得起？

四只烟囱突突冒着黑烟，车轮在黄土夯实的地面上不停弹跳，郭万超本意横眉冷目睥睨过市，却因为震动太厉害而被路人看成在不断点头致意，不断有人停下来稽首还礼，口称"都指挥使"，郭万超只能打个哈哈，摆手而过。车子后面那个煮着热水的大鼎——就算东城别院的人讲得天花乱坠，他还是对这台怪车满头雾水，据说煮沸热水的是猛火油，他知道猛火油是从东南吴地传来的玩意儿，见火而燃，遇水更烈，城防军用来把攻城者烫得哇哇叫，这玩意儿把水煮沸，车子不知怎的就走了起来，这又是什么道理？——正发出轰隆轰隆的吼声，身上穿的两裆铠被背后的热气烤得火烫，头上戴的银兜鍪需用手扶住，否则走不出多远就被震得滑落下来遮住眼睛，马军都指挥使有苦自知，心中暗自懊恼不该坐上驾驶席，好在目的地已经不远，于是取出黑镜戴在鼻梁上，满脸油汗地驰过街巷。

车子向左转弯，前面就是袭庆坊的大门，尽管现在是礼崩乐坏、上下乱法的时节，坊墙早已千疮百孔，根本没人老老实实从坊门进出，但郭万超觉得当大官的总该有点当大官的做派，若没有人前呼后拥，实在不像个样子。他停在坊门等了半天，不光坊正没有出现，连守门的卫士也不知道藏在哪里偷偷打盹儿，满街的秦槐汉柏遮出一片阴凉地，唯独坊门处光秃秃的露着日头，没一会儿就晒得郭万超心慌气短汗如雨下，"卫军！"他喊了两声，不见回音，连狗叫都没有一声，于是怒气冲冲跳下车来大踏步走进袭庆坊。坊门南边就是宣徽使马峰的宅子，郭万超也不给门房递帖子，一把将门推开风风火火冲进院子，绕过正房，到了后院，大喝一声："抓反贼的来啦！"

屋里立刻一阵鸡飞狗跳，霎时间前窗后窗都被踹飞，五六个衣冠文士夺路而出，连滚带爬跌成一团。"哎呀，都指挥使！"大腹便便的老马峰偷偷拉开门缝一瞧，立刻拍拍心口喊了声皇天后土，"切不可再开这种玩笑了！各位各位，都请回屋吧，是都指挥使来了，不怕不怕！"老头刚才吓得幞头都跌了，披着一头白发，看得郭万超又气又乐，冷笑道："就这点胆子还敢谋反，哼哼……"

"哎呀，这话怎么说的？"老马峰又吓了一跳，连忙小跑过来攀住郭万超的手臂往屋里拉，"虽然没有旁人，也须当心隔墙有耳……"

一行人回到屋里，惊魂未定地各自落座，将破破烂烂的窗棂凑合掩上，又把门闩插牢。马峰拉郭万超往胡床上坐，郭万超只是大咧咧立在屋子中间，他不是不想坐，只是为了威风穿上这前朝遗物的两裆铠，一路上颠得差点连两颗晃悠悠的外肾都磨破。老马峰戴上幞头，抓一抓花白胡子，介绍道："郭都指挥使诸位在朝堂上都见过了，此次若成事，必须有他的助力，所以以密信请他前来……"

一位极瘦极高的黄袍文士开口道："都指挥使脸上的黑镜子是什么来头？是瞧不起我们，想要自塞双目吗？"

"啊哈，就等你们问。"郭万超不以为忤地摘下黑镜，"这可是东城别院的新玩意儿，称作'雷朋'，戴上后依然可以视物，却不觉太阳耀目，是个好玩意儿！"

"'雷朋'二字何解？"黄袍人追问道。

郭万超抖抖袖子，又取出一件乌木杆子、黄铜嘴的小摆设，得意扬扬道："因为这个玩意儿能发出精光耀人双眼，在夜里能照百步，东城别院没有命名，我称之为'电友'，亦即电光之友。黑镜既然可以防光照，由'电友'而'雷朋'，两下合契，天然一对，哈哈哈……"

"奇技淫巧！"另一名白袍文士喝道，一边用袖子擦着脸上的血，方才跑得焦急，一跤跌破了额头，把白净无毛的秀才变成了红脸的汉子，"自从东城别院建立以来，大汉风气每况愈下，围城数月，人心惶惶，汝辈却还沉溺于这些、这些、这些……"

马峰连忙扯着文士的衣袖打圆场："十三兄，十三兄，且息雷霆之怒，大人大量，先谈正事！"老头在屋里转悠一圈拉起帘子把窗缝仔细遮好，咳嗽一声，从袖中取出三寸见方的竹帘纸向众人一展，只见纸上蝇头小楷洋洋洒洒数千言。

"咳咳。"清清嗓子，马峰低声念道："（广运）六年六月，大汉暗弱，十二州烽烟四起，人丁不足四万户，百户农户不能赡一甲士，天旱河涝，田干井阑，仓廪空乏。然北贡契丹，南拒强宋，岁不敷出，民无粮，官无饷，道有饿殍，马无暮草，国贫民贱，河东苦甚！大汉苦甚！"

念到这里，一屋子文士同时叹了一声"苦"，又同时叫了一声"好"。唯独郭万超把眼一瞪："酸了吧唧的念什么呐！把话说明白点儿！"

马峰掏出锦帕抹了把额头上的汗珠，"是的是的，这篇檄文就不再念了。都指挥使，宋军围城这么久，大汉早是强弩之末，宋主赵光义是个狠毒性子的人，他诏书说'河东久讳王命，肆行不道，虐治万民。为天下计，为黎庶计，朕当自讨之，以谢天下'。君不见吴越王钱弘俶自献封疆于宋，被封为淮海国王；泉、漳之主陈洪进兵临城下之后才献泉、漳两郡及所辖十四县，宋主赐就诏封为区区武宁军节度使；如今晋阳围城已逾旬月，宋主暴跳如雷，此事已无法善终，一旦城破，非但皇帝没得宋官可做，全城的百姓也必遭迁怒！覆巢之下岂有完卵，指挥使，莫使黎民涂炭，黎民涂炭啊！"

郭万超道："要说实在的，我们武官也一个半月没支饷了，小兵成天饿得嗷嗷叫。你们的意思是刘继元小皇帝的江山肯定坐不住，不如出去干脆投降宋兵，是这个意思吗？"

此言一出满座大哗，文士们愤怒地离席而起破口大骂，把君君臣臣父父子子君使臣以礼臣事君以忠的话翻来覆去说了八十多遍，马峰吓得浑身哆嗦，"诸君！诸君！隔墙有耳，隔墙有耳啊……"待屋里安静了点儿，老头驼着背搓着手道："都指挥使，我辈并非不忠不孝之人，只是君不君，臣不臣，皇帝遇事不明，只能僭越了！第一，城破被宋兵屠戮；第二，辽兵大军来到，驱走宋兵，大汉彻底沦为契丹属地；第三，开城降宋，保全晋阳城八千六百户、一万两千人的性命，留存汉室血脉。该如何选，指挥使心中应该也有分数！宋国终归是汉人，辽国是鞑靼契丹，奴辽不如降宋，就算背上千古骂名也不能沦为辽狗！"

听完这席话，郭万超倒是对老头另眼相看，"好。"他挑起一个大拇指，"宣徽使是条有气节的好汉子，投降都投得这么义正词严。说说看要怎么办，我好好听着。"

"好好。"马峰示意大家都坐下，"十年前宋主赵匡胤伐汉时，老夫曾与建雄军节度使杨业联名上疏恳请我主投宋，但挨了顿鞭子被赶出朝堂，如今皇帝天天饮宴升平不问朝中事，正是我们行事的好时机。我已密信联络宋军云州观察使郭进，只要都指挥使开大厦门、延厦门、沙河门，宋军自会在西龙门砦设台纳降。"

"刘继元小皇帝怎么办？"郭万超问。

"大势已去的事后，自当出降。"马峰答道。

"倒罢了。但你们没想到最重要的问题吗？东城别院那关可怎么过？"郭万超环视在座诸人，"现在东西城城墙、九门六砦都有东城别院的人手，他们掌握着守城机关，只要东城那位王爷不降，即便开了城门宋兵也进不来啊！"

这下屋里安静下来。白袍文士叹道："东城别院吗？若不是鲁王作怪，晋阳城只怕早就破了吧……"

马峰道："我们商议派出一位说客，对鲁王动之以情、晓之以理。"

郭万超道："若不成呢？"

马峰道："那就派出一名刺客，一刀砍了便宜王爷的狗头。"

郭万超道："你这老头倒是说得轻巧，东城别院戒备森严，无论说客还是刺客哪有那么容易接近鲁王身边？那里有那么多稀奇古怪的玩意儿，只怕离着八丈远就糊里糊涂丢了性命吧！"

马峰道："东城别院挨着大狱，王爷手底下人都是戴罪之身，只要将人安插下狱，不愁到不了鲁王身边。"

郭万超道："有人选了吗？说客一个，刺客一名。"他目光往旁边诸人身上一扫，诸多文士立刻抬起脑袋眼神飘忽不定，口中念念叨叨背起了儒家十三经。

郭万超一拍脑袋："对了，倒是有个人选，是你们翰林院的编修，算是旧识，沙陀人，用的汉姓，学问一般，就是有把子力气。他平素就喜欢在网上发牢骚，是个胸无大志满脑袋愤怒的糊涂车子，给他点银钱，再给他把刀，大道理一讲，自然乖乖替我们办事。"

马峰鼓掌道："那是最好，那是最好，就是要演好入狱这场戏，不能让东城别院的人看出破绽来，罪名不能太重，进了天牢就出不来了，又不能太轻，起码得戴枷上铐才行。"

"哈哈哈，太简单了，这家伙每日上网搬弄是非，罪名是现成的。"郭万超用手一捉裤裆部位的铠甲，转身拔腿就走："今天的事儿天知地知你知我知，我这就找管网络的去，人随后给你带来，咱们下回见面再谈。走了！"

穿着两裆铠的武官丁零当啷出门去，诸文士无不露出鄙夷之色，窗外响起火油马车震耳欲聋的轰轰声，马峰抹着汗叹道："要是能这么容易解决东城别院的事情就好了，诸君，这是掉脑袋的事情，需谨慎啊，谨慎！"

三

朱大鲧不知道捉走自己的兵差来自哪个衙门，不过宣徽使马峰说了，刑部大狱、太原府狱、晋阳县狱、建雄军狱都是一回事情，谁让大汉国河东十二州赔个盆光碗净，只剩下晋阳城这一座孤城呢？他被铁链子锁着穿过宣仁坊，青楼上了夹板的门缝后面露出许多滴溜溜乱转的眼睛，坊内的姐姐妹妹嫖客老鸨谁不认识这位穷酸书生？明明是个翰林院编修，偏偏住在这烟花柳巷之地，要说是性情中人倒也罢了，最可恨几年来一次也未光顾姐妹们的生意，每次走过坊道都衣袖遮脸加快脚步口中念叨着"惭愧惭愧"，真不知道是惭愧于文人的面子，还是裤裆里那见不得人的东西。

唯有朱大鲧知道，他惭愧的是袋里的孔方兄。宋兵一来翰林院就停了月例，围城三月，只发了一斛三斗米、五陌润笔钱。说是足陌，数了数每陌只有七十七枚夹铅钱，这点家当要是进暖香院春风一度，整月就得靠麸糠果腹了。再说他还得交网费，当初选择住在宣仁坊不仅因为租金便宜，更看重网络比较便利，屋后坊墙有网管值班的小屋，遇见状况只要蹬梯子喊一声就行。每月网费四十钱，打点网管也得花几个铜子儿，入不敷出是小问题，离了网络，他可一日也活不下去。

"磨蹭什么呢，快走快走！"赵大一拽锁链，朱大鲧踉跄几步，慌乱用手遮着脸走过长街。转眼间出了宣仁坊大门，拐弯沿朱雀大街向东行，路上行人不多，战乱时节也没人关心铁链锁着的囚犯，朱大鲦一路遮遮掩掩生怕遇见翰林院同僚，幸好是吃饱了饭鼓腹高眠的时候，一个文士也没碰着。

"大……大人。"走了一程，朱大鲦忍不住小声问道，"到底是什么罪名啊？"

"啊？"赵大竖起眉毛回头瞪他一眼，"造谣惑众、无中生有，你们在网络鼓捣的那些事情以为官府不知道吗？"

"只是议论时政为国分忧也有罪吗？"朱大鲦道，"再说网络上说的话，官府何以知道？"

赵大冷笑道："官家的事儿自有官家去管，你无籍无品的小小编修，可知议论时局造谣中伤与哄堂塞署、逞凶殴官同罪？再说网络是东城别院搞出来的玩意儿，自然加倍提防，你以为网管是疏通网络之职，其实你写下的每一个字都被他记录在案，白纸黑字，看你如何辩驳！"

朱大鲦吃了一惊，一时间不再说话。"突突突突……"一架火油马车突烟冒火驶过街头，车厢上漆着"东城廿二"字样，一看就知是东城别院的维修车。"又快到攻城时间啦。"一名广阳兵说道，"这次还是有惊无险吧。"

"嘘，是你该说的话吗？"同伴立刻截停了话头。

前面柳树阴凉下摆着摊，摊前围着一堆人，赵大跟手下娃娃兵打趣道："刘十四，攒点银子去洗一下，回来好讨婆娘。"

刘十四脸红道："莫说笑，莫说笑……"

朱大鲦就知道那是东城别院洗黥面的摊子。汉主怕当兵的临阵脱逃，脸上要墨刺军队名，建雄军黥着"建雄"，寿阳军黥着"寿阳"，若像刘十四这样从小颠沛流离身投多军的，从额头至下巴密密麻麻黥着"昭义武安武定永安河阳归德麟州"，除了眼珠子之外整张脸乌漆墨黑，要再投军只好剃光头发往脑壳上纹了。东城那位王爷想出洗黥面的点子，立刻让军兵趋之若鹜，用蘸了碱液的细针密密麻麻刺一遍，结痂后揭掉，再用碱液涂抹一遍缠上细布，再结痂长好便是白生生的新皮。正因为宋军围城人心惶惶，才要讨个婆娘及时行乐，鲁王爷算是抓准了大伙的心思。

几人走过一段路，在有仁坊坊铺套了一辆牛车，乘车继续东行。朱大鲦坐在麻包上颠来倒去，铁链磨得脖子发痛，心中不禁有点儿后悔接了这个差使。他与马军都指挥使郭万超算是旧识，祖上在高祖（后汉高祖刘知远）时同朝为官，如今虽然身份云泥，仍三不五时一起烫壶小酒聊聊前朝旧事。那天郭万超唤他过去，谁知道宣徽使马峰居然在座，这把朱大鲦吓得不轻。老马峰可不是平常人，生有一女是当朝天子的宠妃，皇帝常以"国丈"称之，不久之前刚退下宰相之位挂上宣徽使的虚衔，整座晋阳城除了拥兵自重的都指挥使和几位节度使，就属他位高权重。

　　"这不是谋逆吗？"酒过三巡，马峰将事由一说，朱大鲦立刻摔杯而起。

　　"司马温公说'尽心于人曰忠'，《晏子》言'故忠臣也者，能纳善于君，不能与君陷于难'，君子不立危墙之下，朱八兄须思量其中利害，为天下苍生……"老马峰扯着他的衣袖，胡须颤巍巍地说着大道理。

　　"坐下坐下，演给谁看啊。"郭万超啐出一口浓痰，"谁不知道你们一伙穷酸书生成天上网发议论，说皇帝这也不懂那也不会，大汉江山迟早要完，这会儿倒装起清高来啦？一句话，宋狗一旦打破城墙，全城人全得完蛋，还不如早早投了宋人换城里几万人活命，这账你还算不清吗？"

　　朱大鲦站在那儿走也不是坐也不是，犹豫道："但有鲁王在城墙上搞的那些器械，晋阳城固若金汤，听说前几天大辽发来的十万斛粟米刚从汾水运到，尽可以支持三五个月……"

　　郭万超道："呸呸呸！你以为鲁王是在帮咱们？他是在害咱们！宋狗现在占据中原，粮钱充足，围个三年五年也不成问题，三月白马岭一役宋军大败契丹，南院大王耶律挞烈成了刀下鬼，吓得契丹人缩回雁门关不敢动弹，一旦宋人截断汾水、晋水，晋阳城就成了孤城一座，你倒说说这仗怎么打得赢？再说那个东城王爷不知道从哪儿钻出来的，搞出那么多稀奇古怪的玩意儿，他是真心想帮我们守城？我看未必！"

　　话音落了，一时间无人说话，桌上一盏火油灯毕剥作响，照得斗室四壁生辉。

这灯自然也是鲁王的发明，灌一两二钱猛火油可以一直燃到天明，虽然烟味刺鼻，熏得天花板又黑又亮，可毕竟比菜油灯亮堂得多了。

"……要我怎么做？"朱大鲶慢慢坐下。

"先讲道理，后动刀子，古往今来不都是这么回事儿？"郭万超举杯道。

四

鲁王确实不知道从哪里钻出来的。宋兵围城之前没人听过他的名号，河东十二州一丢，东城别院的名字开始在坊间流传。一夜之间晋阳城多了无数新鲜玩意儿，最显眼的是三件东西：中城的大水轮和铸铁塔，城墙上的守城兵器，还有遍布全城的网络。

晋阳城分西、中、东三城，中城横跨汾水，大水轮就装在骑楼下方，随着水势日夜滚动。水轮这东西早被用来灌溉农田碾米磨面，谁也没想到还能有这么多功用，吱吱嘎嘎的木头齿轮带动了铸铁塔的风箱，城头的水龙与火龙，绞盘，滑车。铸铁塔有几个炉膛，风箱吹动猛火油煮沸铁水，铸出来的铁器又沉又硬，比此前不知方便了多少倍。

城墙上的变化更大，鲁王爷给城墙铺上两条木头轨道，用绳索拉着两头，扳下一个机簧，水轮的力量就扯着轨道上的滑车飞驰起来，从大厦门到沙河门就算驾快马也须一炷香时间才能赶到，坐上滑车，只消半袋烟时间就能到达。第一次发车的时候，绑在上面的几个小兵吓得嗷嗷乱叫，坐多几次觉得有趣，食髓知味，就成了滑车的管理员，整日赖在车上不肯下来。滑车共有五辆，三辆载人，两辆载炮，大炮与汉人惯用的发石机没什么不同，就是改用水轮拉紧牛皮筋，再不用五十名大汉背着绳索上弦；抛出的亦不再是石块，而是灌满猛火油的猪尿脬，尿脬里装一包油布裹着的火药，留一条引线出来，注满猛火油后将口扎紧，发射前将捻子点燃。

鲁王爷在墙头挂满泥礌。守城缺不了滚木礌石，但木头丢下一根少一根，石头扔下一块少一块，围城久了只怕连房顶都得拆了往下扔。东城别院就搞了个阴损毒辣的发明，用黄泥巴掺上稻草铸成五尺长、两尺粗的大泥柱子，表面嵌满大铁蒺藜，铁蒺藜专门泼上脏水等它生出黑不黑、红不红的铁锈，因为鲁王爷说这样会让宋兵得一种叫"破伤风"的怪病。选上好黄泥用草席盖上焖一星期煨成熟泥，加上糯米浆、碎稻草和猪血反复捶打，这样铸成的泥礌每个重达两千六百斤，金灿灿，冷森森，泛着黄铜一样的油光，通体长满脏兮兮的生锈铁蒺藜，着实是件杀人利器。泥礌两端挂上铁锁链拴在城墙上，宋军一来，数百个大泥柱子劈头盖脸砸下，把云梯、冲车、盾牌和兵卒一齐砸得粉碎，这厢绞盘一转，水轮之力嘎吱嘎吱将铁链卷起，沾满了血的泥礌又晃晃悠悠升上城墙。

宋人在泥礌下吃了苦头，后来只让老弱病残和契丹降卒作先锋，趁泥礌把弃卒砸扁时发动井栏、云梯和发石机猛攻。这时滑车上的猪尿脬炮就到了开火时机，一时间数百个红彤彤、骚哄哄、软囔囔的尿脬漫天飞舞，落在宋军中化作火球四下延烧，灼得木头毕剥作响、兵卒吱哇乱叫，空气中立时弥漫着一股果木烤肉的芳香。最后就到了弓箭手出场，专拣宋军中有帽缨的家伙攒射，因为众所周知，只有将官头上才飘着鸟毛。不过羽箭数量稀少必须省着点用，一人射个三五箭便归队休息，一场大战就此结束，城下一片烟熏火燎鬼哭狼嚎，城上汉人遥遥指点战场计算着杀人的数量，每杀一个人，在自己手上画一个黑圈，凭黑圈数量找东城别院领赏钱。按照鲁王爷计算，近几个月死在城下的宋兵已达两百万之众，不过看那吹角连营依然无边无际，大家就心照不宣谁都不提统计口径的问题。

一座晋阳城守得固若金汤，怕大伙在城内闲得无聊，鲁王爷又发明了网络。他先搞出了一种叫活字的东西（据自己说是剽窃一位毕昇毕老爷的发明，不过谁也没听说过这位了不起的老爷），先做一个阴文木雕版的《千字文》，然后用混合了糯米稻草和猪血的黄泥巴压在雕版上面晒干，最后整个揭下来切成烧肉大小的长方块，用泥磲边角料制作的阳文活字就完成了。将一千个活字放在长方形的字箕里面，每个活字后面用机簧绷上一缕蚕丝，一千缕蚕丝束成手腕粗细的一捆，这个叫"网"。字箕放在屋子里，蚕丝从墙根穿出到达网管的小屋，每捆蚕丝末端都截得整整齐齐套上一个铁网，每一缕丝线末尾绑着个小钩，挂在铁网上面。网管小屋只有个天棚遮雨，四壁挤挤挨挨挂满网线，若两台字箕之间要说话，找到两条网线将铁网一拧，"咔嗒"一声锁好一千个小钩，两捆蚕丝就连了起来，这个叫"络"。

网络一连好，就可以通过字箕对话了，这厢按下一个活字，小机簧将蚕丝拉紧，那厢对应位置的活字就陷了下去。虽然从天地玄黄，宇宙洪荒，日月盈昃，辰宿列张密密麻麻一千个字里面选出要用的活字很费眼力，可熟手自然能打得飞快。有学究说汉字博大精深，千字文虽然是开蒙奇书一本，可要拿来畅谈宇宙人生，区区一千个字怎么够用？鲁王爷却说这一千个字彼此并不重复，别说畅谈宇宙，古往今来大多数好文章都能用这一千个字做出来，真真是够用得很啦。

《千字文》里实则有两个"洁"字重复，东城别院删掉了一个字，换上一个有弯钩符号的活字。因为两人通过网络对谈的时候，又要打字，又要盯着字箕看对方发来的字句，分心二用太难，鲁王爷就规定说完一句话之后要按下这回车键，表示自己的话说完了，轮到对方说话。为什么叫"回车"，王爷没解释。

起初网络只能两人对话，后来鲁王爷又发明了一种复杂的黄铜钩架，能够将许多网线同时挂在一起，一个人按下活字，其他人的字箕都会收到信息。这时候又出现了新的问题，八名文士聊天，一个人说完话按下回车，其余七个人会同时抢着说话，这时字箕就会抽筋似的起起伏伏，好似北风吹皱晋阳湖的一池黑水。为了解决这个问题，东城别院发售了一种附加字箕，上面有十个空白活字，在用黄铜钩架组成网络的时候，大伙先将对方的雅称刻在空白活字上面。八名文士的小圈子，每个人的附加字箕都刻上八个人的称号，谁要发言，按下代表自己的活字，谁的活字先动，谁就有说话的权利，直到按下回车键为止。朱大鲦最喜欢把代表自己的"朱"字使劲按个不停，此举自然遭到了圈子内的严正谴责，因为此举不仅对其他人发言的权利造成干扰，更容易把网线搞断。鲁王爷一开始把这种制度叫作"三次握手"，后来又改叫"抢麦"，这几个字到底是啥意思，王爷也没解释。

蚕丝固然坚韧，免不了遭受风吹雨打虫蛀鼠咬和朱大鲦此类浑人的残害，断线的事情时有发生。有时候聊着天，有人忽然大骂"文理狗屁不通辱骂先贤有失文士的身份"，那说明有活字的蚕丝断了，本来写的是"子曰：尧舜其犹病诸"，结果变成了"子曰：尧舜病诸"，这不光骂了尧舜先帝，更连孔圣人都坑进去了。此时就要高声喊"网管！"，给网管些小钱让他检查网线，顺便到坊市带两斤烙饼回来。网管会断开网线，找到断掉的蚕丝打一个结系紧，若不花点钱跟网管搞好关系，他会把绳结打得又大又囊肿，导致网络拥堵速度慢如老牛拉车；要是铜钱给足了，他就拿小梳子将蚕丝理得顺顺滑滑，系一个小小的双结，然后把两斤八两烙饼丢进窗口，喊一声"妥了！"——这就是朱大鲦荷包再窘迫也要花钱打点网管的原因。

东城别院的守城器械收买了军心，稀奇古怪的小发明收买了民心，网络则收买了文士之心。足不出户，坐而论道，这便利自三皇五帝以来何朝何代曾经有过？宋兵围城人人自危，再不能出晋阳城攀悬瓮山观汾水赏花饮酒，关起门来文墨消遣反而更觉苦闷，若不是网络铺遍西城，这些穷极无聊的读书人还不反了天去？一国囿于一城，三省六部名存实亡，举月无俸禄，天子不早朝，青衫客们成了城中最清闲无用的一群人，唯有在网络上作作酸诗吐吐苦水发发牢骚。有人喜爱上网，自然有人敬鬼神而远之，有人念鲁王爷的好，自然也有人背地里戳他脊梁骨，这位谁都没见过真容的王爷是坊间最好的话题。

朱大鲦做梦也没想到自己第一次与王爷扯上关系，居然是被马峰、郭万超派去游说投降之事。是战，是降，大道理他自己还没想明白，但既然文武二相都这么看重自己，他只能怀揣降表和利刃硬着头皮上前了。

五

牛车吱吱嘎嘎向前，经过一所馆驿，这两进带园子的馆驿是鲁王爷初到晋阳城时修建的，漆成橙色，挂着蓝牌，上写两个大字"汉庭"。"汉庭"指的是"大汉的庭院"，这馆名固然古怪，比起鲁王爷后来发明的新词来倒不算什么了。

鲁王爷搬到东城别院之后，馆驿围墙上凿出两扇窗来，一扇卖酒，一扇卖杂耍物件。酒叫"威士忌"，意指"威猛之士也须忌惮三分"，用辽国运来的粟米在馆驿后院浸泡蒸煮，酿出来的酒液透明如水、冷冽如冰，喝进嗓子里化为一道火线穿肠而过，比市酿的酒不知醇了多少倍。一升酒三百钱，这在私酿泛滥的时候算得上高价，可好酒之徒自然有赚钱换酒的法子。

"军爷，射一轮吧！"

朱大鯀扭过头，看见城墙底下站着十数个泼皮无赖，站在茅草车上冲城外齐声高喊。城墙上探出一个兵卒的脑袋，见怪不怪道："赵大赵二，又缺钱花了？这回须多分我些好酒上下打点，不然将军怪罪下来……"

"自然，自然！"泼皮们笑道，又齐声喊，"军爷，射一轮！军爷，射一轮！"

不多时，城外便传来宋军的喊声："言而有信啊！五百箭一斗酒，你们可不能给我们缺斤短两啊！"

"自然自然！"泼皮们一听四下散开，不知从哪里推出七八辆载满干草的车子摆在一处，捂着脑袋往城墙下一蹲，"军爷，射吧！"

只听得弓弦嘣嘣作响，羽箭唰唰破空，满天飞蝗越过墙头直坠下来簌簌穿入草堆，眨眼间把七八辆茅草车钉成了七八个大刺猬。朱大鯀远远看得新鲜，开口道："这草船借箭的法子也能行得通？"

赵大啐道："呸！这帮无赖买通了宋兵，说重了可是里通外国的罪名。围城太久箭支匮乏，皇帝张榜收箭，一支箭换十文钱，这些无赖收了五百箭能换五千钱，买一斗七升酒，一斗吊出城外给宋兵，两升打点城上守军，剩下五升分了喝，喝醉了满街横睡，疲懒之辈！"他扭头瞪眼大喝一声："督！大胆！

没看到我吗？"

众泼皮也不害怕，嘻嘻哈哈行礼，推着小车一溜烟钻进小巷，朱大鲧就知道这赵大嘴上说得轻巧，肯定也收了泼皮的供奉。他没有点破，只叹一声："围城越久，人心越乱，有时候想想不如干脆任宋兵把城打破罢了，是不是？"

赵大嚷道："胡说什么！再说忤逆的话拿鞭子抽你！"朱大鲧始终摸不准此人是不是马峰派出的接应，也就不再多说。

日头毒辣，牛车在蔫柳树的树荫里慢慢前行，驶出了西城内城门，沿着官道进入中城。中城宽不过二十丈，分上下两层，下一层有大水轮、铸铁塔诸多热烘烘吵闹闹的机关，上一层走行人车马，路两旁是水文、织造、冶锻、卜筮的官房，路面尽用枣木铺成。晋阳中城是武后时并州长史崔神庆以"跨水连堞"之法修筑而成，距今已逾三百年，枣木地板时时用蜂蜡打磨，人行马踩日子久了变成凝血般的黑褐色，坚如铁石，声如铜钟，刀子砍上去只留下一条白痕，拆下来做盾牌可抵挡刀剑矢石，就算宋人的连环床弩都射不穿。围城日久，枣木地板被拆得七七八八，路面用黄土随意填平，走上去深一脚浅一脚，碰到土质疏松的地方能崴了牛蹄子。

赵大吩咐一声"下车"，着一个小兵赶着牛车还给坊铺，自己牵囚犯步行走入中城。今年河东干旱，汾水浅涸，朱大鲧看一条浊流自北方蜿蜒而来，从城下十二连环拱桥潺潺流过，马不停蹄涌向南方，不禁赞道："大辽、大汉、宋国，从北到南，一水牵起了三国，如此景致当前，当赋诗一首以资……"

话音未落，赵大狠狠一巴掌抽在他后脑勺，把幞头巾子打得歪歪斜斜，也把朱大鲧的诗性抽得无影无踪。赵大抹着汗骂道："老子出这趟差汗流了一箩筐，你这穷酸，还在那边叽叽歪歪惹人烦，前面就到县衙，闭嘴好好走路！"朱大鲧立刻乖乖噤声，心中暗想等恢复自由之身一定在网上将你这恶吏骂得狗血喷头，转念又一想，此行若是马到成功，说服了东城别院鲁王爷，大汉就不复存在，晋阳城尽归宋人，到时候还能有网络这回事情吗？一时之间不禁有点迷茫。

一路无言，穿中城进入东城，东城规模不大，走过太原县治所，在尘土纷飞的街上转了两个弯进了一座青砖灰瓦的院子，院子四面墙又高又陡，窗户都钉着铁栏杆。赵大与院中人打个招呼交接文书，广阳兵推搡着朱大鲦进了西厢房，解开锁链，喊道："老爷开恩让你独个儿住着，一日两餐有人分派，若要使用钱粮被褥可以托家里人送来，逃狱罪加一等，过两天提审，好好跟老爷交代罪行，听到没有？"

朱大鲦觉得背后一痛，跌跌撞撞摔进一个房间，小卒们哗棱棱挂上铁链嘎嘣一声锁上门转身走了。朱文人爬起来揉着屁股四处打量，发现这屋里有榻、有席、有洗脸的铜盆和便溺的木桶，虽然光线暗淡，却比自己的破屋整齐干净得多。

他在席上坐了，摸摸袖袋，发现一应道具都完好无损：一本《论语》，舌战鲁王爷时要有圣贤书壮胆；一只空木盒，夹层里装着宣徽使马峰洋洋洒洒三千言的血书檄文，血是鸡血，说的是劝降的事儿，不过其义正词严的程度令朱大鲦五体投地；一柄精钢打造六寸三分长的双刃匕首，匹夫之怒，血溅五步，一想到这最终的手段，朱大鲦体内的沙陀突厥血统就开始蠢蠢欲动。

六

醒来的时候，朱大鲦才知道自己不知何时睡着了。窗口斜进来一线夕阳，天色已晚，过道里有脚步声响起，朱大鲦慢腾腾爬起来活动一下身体，从栅栏缝隙里向外看去。

临行前马峰说已在狱中安插了内应，会在合适的时机现身。此刻一名狱卒打着个油纸灯笼晃悠悠走来，右手拎着食盒，口中哼着小曲，走到这间牢房停了下来，用灯笼把儿将栅栏一敲："喂喂，吃饭。"说着从食盒中捏出两张胡饼卷上酱菜，从栅栏缝隙里递进来。

朱大鲦接胡饼赔笑道："多谢，多谢！上差是不是有什么话要带给学生的？"

狱卒闻言左右看看，放下食盒，从怀中摸出一张纸条来，低声道："喏，自己点灯看，别给别人瞧见。将军嘱咐过，尽人事，听天命，若依他的话，成与不成都有你的好处在里面。"言毕又提高音量，"瓮里有水自己掬来喝，便溺入桶，污血、脓疮、痰吐莫要弄脏被褥，听到没有？"

拎起食盒，狱卒挑着灯笼晃悠悠走了，朱大鲧三口两口吞下胡饼，灌了几口凉水，背过身借着暗淡残阳看纸上的字迹。看完了，反倒有点摸不着头脑，本以为狱卒是都指挥使郭万超派来的，谁知纸上写的是另一回事情，上写着："敬启者：我大汉现在很危险，兵少粮少，全靠守城的机械撑着，最近听闻东城别院人心不稳，鲁王爷心思反复，要是他投降宋国，大汉就无可救药哉，看到我信，希望你能面见王爷把利害说清楚，让他万万不能屈膝投降。他在东城别院里不见外人，只能出此下策，要为了我大汉社稷着想，请一定好好劝王爷坚持下去，总有一天能打赢宋国噫！——杨重贵再拜。"

这段话文字不佳，字体不妙，一看就是没什么学问的粗人手笔，落款"杨重贵"听着陌生，朱大鲧想了半天才想起来那是建雄军节度使刘继业的本名，他本是麟州刺史杨信之子，被世祖刘崇收为养孙，改名刘继业，领军三十年战无不胜攻无不克，号称"无敌"，如今是晋阳守城主将。落款用本名，显示出他与皇帝心存不和，这一点不算什么秘密，天会十三年（969年）闰五月，宋太祖决汾水灌晋阳城，街道尽被水淹，满城漂着死尸和垃圾，刘继业与宰相郭无为联名上书请降，被皇帝刘继元骂得狗血淋头，郭无为被砍头示众，刘继业从此不得重用。

当年主降，如今主战，朱大鲧大概能猜出其中缘由。无敌将军虽然战功彪炳、杀人无数，却耳根子软、眼眶子浅，是条看到老百姓受苦自己跟着掉眼泪的多情汉子。当年满城百姓饿得嗷嗷叫，每天游泳出门剥柳树皮吃，晚上睡觉一翻身就能从房顶掉进一人多深的臭水里淹死，刘继业看得心疼，恨不得开门把宋兵放进来拉倒；如今粮草充足，全城人吃饱之外还能拿点余粮换点威士忌喝、买点小玩意儿玩、到青楼去消费一番，物质和精神都挺满足，刘继业自然心气壮了起来，只愿宋兵围城一百年，把宋国皇帝拖到老死才算报当年一箭之仇。东城别院盘踞在东城不见外客，除了囚犯之外谁也接触不到这位鲁王爷，刘将军写了封大白话的请愿书留在监狱里，想通过某位忧国忧民的罪犯在鲁王爷耳畔吹吹风。

"哦……"朱大鲦恍然大悟，把纸条撕碎了丢进马桶，尿了泡尿毁灭行迹。送饭的狱卒并非自己等待的人，而是刘继业安排的眼线，这事真是阴差阳错奇之怪也。

窗外很快黑了，屋里没有灯，朱大鲦独个儿坐着觉得无聊，吃饱了没事干，往常正是上网聊天的好时间。他手痒痒地活动着指头，暗暗背诵着《千字文》——若对这篇奇文不够熟悉，就不能迅速找到字箕中的活字，这算是当代文士的必修课了。

这时候脚步声又响起，一盏灯火由远而近，朱大鲦赶紧凑到栏杆前等着。一名举着火把的狱卒停在他面前，冷冷道："朱大鲦？犯了网络造谣罪被羁押的？"

翰林院编修立刻笑道："正是小弟我，不过这条罪名似乎没听说过啊……上差是不是有什么话要带给学生的？"

"哼。跪下！"狱卒忽然正色道，左右打量一下，从怀中掏出一样明晃晃、金灿灿的东西迎风一展。朱大鲦大惊失色扑通跪倒，他只是个不入编制的小小编修，但曾在昭文馆大学士薛君阁府邸的香案上见过此样物事，当下吓得浑身瑟瑟乱抖，额头触地不敢乱动，口中喃喃道："臣……罪民朱大鲦接……接旨！"

狱卒翘起下巴一字一句念道："奉天承运，皇帝诏曰：朕知道你有点见解，经常在网上议论国家大事，口齿伶俐，很会蛊惑人心，这回你被人告发受了不白之冤，朕绝对不会冤枉你的，但你要帮朕做件事情。东城别院朕不方便去，晋阳宫请的话，鲁王爷不愿意来，满朝上下没有一个信得过的人，只能指望你了。你与朕是沙陀同宗，乙毗咄陆可汗之后，朕信你，你也须信朕。你替朕问问鲁王，朕以后该怎么办？他曾说要给朕做一架飞艇，载朕通家一百零六口另加沙陀旧部四百人出城逃生，可以逆汾水而上，攀太行山越雁门关直达大辽，这飞艇唤作'齐柏林'，意为飞得与柏树林一样高。不过鲁王总推说防务繁忙无暇制造飞艇，拖了两个月没造出来。宋兵势猛，朕心甚慌，爱卿你替朕劝说鲁王造出飞艇，定然有你一个座位，等山西刘氏东山再起时，给你个宰相当当。君无戏言。钦此。"

"领……领旨……"朱大鲧双手举过头顶，感觉沉甸甸一卷东西放进手心，狱卒从鼻孔哼道："自己看着办吧。要说皇帝……"摇摇头，他打着火把走开了。

朱大鲧浑身冷汗站起来，把一卷黄绸子恭恭敬敬揣进衣袖，头昏脑涨想着这道圣旨说的事情。郭万超、马峰要降，刘继业要战，皇帝要溜，每个人说的话似乎都有道理，可仔细想想又都不那么有道理，听谁的，不听谁的？他心中一团乱麻，越想越头疼，迷迷糊糊不知过了多久，又有脚步声传来，这回他可没精神了，慢慢踱到栏杆前候着。

来的是个举着猛火油灯的狱卒，拿灯照一照四周，说："今天牢里只有你一名囚犯，得等到换班才有机会进来。"

朱大鲧没精打采道："……上差是不是有什么话要带给学生的？"这话他今天都问了三遍了。

狱卒低声道："将军和马老让我通知你，明天巳时一刻东城别院会派人来接你，鲁王爷又在鼓捣新东西正需要人手，你只要说精通金丹之道，自然能接近鲁王身边。"

朱大鲧讶道："丹鼎之术？我一介书生如何晓得？"

狱卒皱眉道："谁让你晓得了？能见到王爷不就行了，难道还真的要你去炼丹吗？把胡粉、黄丹、朱砂、金液和《抱朴子》《参同契》《列仙传》的名字胡诌些个便了，大家都是不懂，没人能揭你的短去。记住了就早早睡，明天就看你了，好好劝说！"说完话他转身就走。走出两步，又停下来问，"刀带了没？"

七

不知不觉天色亮了。有喊杀声遥遥传来，宋兵又在攻城，晋阳城居民对此早已司空见惯，谁也没当回事。有狱卒送了早饭来，朱大鲧端着粟米粥仔细打量此人，发现昨夜只记住了灯笼、火把和油灯，根本没记住狱卒的长相，也不知这位究竟是哪一派的人手。

喝完粥枯坐了一会儿，外面人声嗡嗡响起，一大帮身穿东城别院号服的大汉涌进院子。狱卒将朱大鲧捉出牢房带到小院当中，有个满脸黄胡子的人迎上前来："这位老兄，我是鲁王爷的手下，王爷开恩，狱中囚犯只要愿进别院帮工就能免除刑罚，你头上悬着的左右不是什么大罪名，在这儿签字画押，就能两清。"这人掏出纸和笔来，笔是蘸墨汁的鹅毛笔，——在鲁王爷发明这玩意儿以前谁能想到揪下鸟毛来用烧碱泡过削尖了就能写字？

朱大鲧迷迷糊糊想要签字，黄胡子把笔一收："但如今王爷要的是会炼丹的能人异士，你先告诉我会不会丹鼎之术？实话实说，看老兄你一副文绉绉的样子，可别胡吹大气下不来台。"

"在下自幼随家父修习《参同契》，精通大易、黄老、炉火之道，乾坤为鼎，坎离为药，阴阳纳甲、火候进退自有分寸，生平炼制金丹一壶零二十粒，日日服食，虽不能白日升仙，但渐觉身体轻捷、百病不生，有将欲养性、延命却期之功。"朱大鲧立刻诌出一套说辞，为表示金丹神效，腰杆用力"啪啪"翻了两个空心筋斗，抄起院里的八十斤石鼓左手换右手，右手换左手，在头顶耍两个花，扑通一声丢在地上，把手一拍，气不长出，面不更色。

黄胡须看得眼睛发直，一群大汉不由得"啪啪"拍起手来。身后狱卒偷偷竖起一个大拇哥，朱大鲧就知道这位是马峰派来的内应。"好好，今天真是捡到宝了。"黄胡子笑着打开腰间小竹筒，将鹅毛笔蘸满墨汁递过来，"签个名，你就是东城别院的人了，咱们这就进府见王爷去。"

朱大鲧依言签字画押。黄胡须令狱卒解开他脚上镣铐，冲狱中官吏走卒作个罗圈揖，带着众大汉离开小院。一行人簇拥着朱大鲧走出半炷香时间，转弯到了一处大宅。这宅子占地极阔，楼宇众多，门口守着几个蓝衫的兵卒，看见黄胡须来了便笑："又找到好货色了？最近街坊太平，好久都没有新人入府呐。"

黄胡子应道："可不是？为了找个会炼丹的帮手，王爷急得抓心挠肝，这回算是好了。"

朱大鲦好奇地打量着这座府邸，看门楼上挂着块黑底金字的匾，匾上龙飞凤舞写着一个"宅"字。他没看明白，揪旁边一名大汉问道："仁兄，请问这就是鲁王的东城别院对吧？为何匾额没有写完就挂了上去？"大汉嘟囔道："就是王爷住的地方。这个匾写的不是什么李宅孙宅王爷宅，而是鲁王爷的字号，他老人家平素以'宅'自夸，说普天下没人比他更宅。后来就写成了匾挂了上去。"朱大鲦满头雾水道："那么'宅'到底是什么意思？"大汉道："谁知道啊！王爷说什么就是什么吧！"

别院门口聚着一群人，有皇家钦差、市井商贾、想沾光的官宦、求申冤的草民、拿着自个儿发明的东西等赏识的匠人、买到新鲜玩意儿玩腻了之后想要退货的闲人、毛遂自荐的汉子和卖弄姿色的流莺。看门的蓝衫人拿着个簿儿挨个登记，该婉拒的婉拒，该上报的上报，该打出去的掏出棍子狠狠地打，拿不定主意的就先收了贿赂告之说等两天再来碰运气，秩序算是井井有条。

黄胡须领众大汉进了东城别院。院子里是另一番气象，影壁墙后面有个大水池，池子里有泉水喷出一丈多高，水花四溅，蔚为壮观。黄胡子介绍道："这个喷水池平时是用中城的水轮机带动的，现在宋兵攻城，水轮机用来拉动滑车、投石机和铰轮，喷水池的机关就凭人力运动。别院中有几十名力工，除了卖力气之外什么都不会，跟你这样的技术型人才可没法比啦。"朱大鲦听不懂他说的新词儿，就顺着他手指方向一看，果然看见五名目光呆滞的壮汉在旁边一上一下踩着脚踏板，踏板带动转轮，转轮拉动水箱，水箱阀门一开一合将清水喷上天空。

绕过喷泉，钻进一个月亮门进到第二进院子，两旁有十数间屋子，黄胡须道："城中贩卖的电筒、黑眼镜、发条玩具、传声器、放大镜等物都是在此处制造的，内部购买打五折，许多玩意儿是市面上罕有的，有空的话尽可以来逛逛。"

说话间又到了第三进院子，这里架着高高的天棚，摆满黑沉沉、油光光的火油马车零件，一台机器吭哧吭哧冒着白烟将车轮转得飞快，几个浑身上下油渍麻花的匠人议论着"汽缸压力""点火提前角""蒸汽饱和度"此类怪词，两名木匠正叮叮当当造车架子，院子角落里储着几十大桶猛火油，空气里有一种又香又臭的油料味道。这种猛火油原产海南，原本是守城时兜头盖脸浇下去烧人头发用的，到了鲁王手上才有了诸多功用。黄胡须说："晋阳城中跑的火油马车都是此处建造，赚得了别院大半银钱，最新型的马车就快上市贩卖了，起名叫作'保时捷'，保证时间，出门大捷，听起来就吉利！"

继续走，就到了第四进院子，这个地方更加奇怪，不住有叽叽呀呀叫声、噼里啪啦爆炸、酸甜苦辣怪味、五彩斑斓光线传来，黄胡须道："这里就是别院的研究所，王爷的主意如天花乱坠一转眼蹦出几十个，能工巧匠们就按照王爷的点子想方设法把它实现。最好别在这儿久留，没准出点什么意外呐。"

一路走来，众大汉逐渐散去，走到第五进院子的只有黄胡子与朱大鲶两人。院门口有蓝衣人守卫，黄胡须掏出一个令牌晃了晃，对了一句口令，又在纸上写下几个密码，才被允许走进院中。听说朱大鲶是新来的炼丹人，蓝衣人把他全身上下摸了个遍，幸好他早把圣旨藏在牢房的天棚里，而匕首则藏在发髻之中。朱大鲶是个大脑袋，戴着个青丝缎的蹻脚幞头，蓝衣人揪下幞头来瞧了一眼，看见他头上鼓鼓囊囊一包黄不溜丢的头发，就没仔细检查。倒是从他袖袋中搜出的《论语》引起了怀疑，蓝衣人上下打量他几眼，哗哗翻书："炼丹就炼丹，带这书有什么用？"。

这本《论语》可不是用鲁王发明的泥活字印刷的坊印本，而是周世宗柴荣在开封印制的官刻本，辗转流传到朱大鲶手里，平素宝贝得心尖肉一般。朱大鲶肉痛地接过皱皱巴巴的书钻进院子，只听黄胡须道："这一排北房是王爷的起居之所，他不喜别人打扰，我就不进去了，你进屋面见王爷，不用怕，王爷是个性子和善的人，不会难为你的。……对了，还不知老兄怎么称呼？方才签字时没有细看。"

朱大鲶忙道："姓朱，排行第一，为纪念崇伯起名为鲶。表字'伯介'。"

黄胡须道："伯介兄，我是王爷跟前使唤人，从王爷刚到晋阳城的时候就服侍左右，王爷赐名叫作'星期五'。"

朱大鲦拱手道："期五兄，多谢了。"

黄胡须还礼道："哪里哪里。"说完转身出了小院。

朱大鲦整理一下衣衫，咳嗽两声，搓了搓脸，咽了口唾沫，挑帘进屋。屋子很大，窗户都用黑纸糊上，点着四五盏火油灯。两个硕大的条案摆在屋子正中，上面满是瓶瓶罐罐，一个人站在案前埋头不知在摆弄什么。朱大鲦手心都是汗，心发慌，腿发软，踌躇半晌，鼓起勇气咳嗽一声，跪拜道："王爷！晚生……在下……罪民乃是……"

那人转过身来，朱大鲦埋着头不敢看王爷的脸。只听鲁王道："可算来了！赶紧过来帮忙，折腾了好几天都没点儿进展，想找个懂点初中化学的人就这么难吗？你叫什么名字？跪着干什么，赶紧站起来，过来过来。"王爷一连串招呼，朱大鲦连忙起身垂头走过去，觉得这位王爷千岁语声轻快态度和蔼，是个容易亲近的人，唯独说话的音调奇怪非常，脑中转了三匝才大概听出其中意思，也不知是哪里的方言。"小人朱大鲦，是个犯罪之人。"他拘谨迈着步子走到屋子中间，脚下叮叮当当不知踢倒多少瓶罐，不是他眼神不好使，是屋里塞满什物实在没有下足的地方。

"哦，小朱。你叫我老王就行。"王爷踮起脚尖拍了拍他的肩膀道，"个子真大，有一米九吗？听说你是翰林院的啊，真看不出来还是个搞学问的人。吃饭了没？没吃我叫个外卖咱们垫吧垫吧，要是吃过了就直奔正题吧，今儿个的试验还没出结果呢。"

这话说得朱大鲦一阵迷糊。他偷偷抬眼一看，发现这王爷根本不像个王爷，个头不高，白面无须，穿着件对襟的白棉布褂子，头发短短的像个头陀，看年纪二十岁上下，就算笑着说话眉间也有愁容。"王爷所说小人听不太懂……"不知这奇怪王爷到底是什么来路，朱大鲦惶恐鞠躬道。

王爷笑道："你们觉得我说话难懂，我觉得你们才是满嘴鸟语，刚来的时候一个字儿都听不明白，你们说的官话像广东话、像客家话，就是不像山西陕西话，我又不是古代文学专业的，还以为古代北方方言都差不多呢！"

这些话朱大鲦倒是每个字都能听懂，其中意思却天女散花、维摩不染，一丝一毫没传进耳中。他满脸流汗道："小人学识粗浅，王爷所说的话……"

鲁王将手一挥："听不明白就对了，也不用你听明白。过来扶住这个烧瓶。对了，戴上口罩，你是学过炼丹术的人，不会不知道化学实验中有毒气体的危害吧？"

朱大鲦呆在当场。

八

桌上的水晶瓶里装着朱大鲦一辈子没见过、没闻到过的奇怪液体，有的红，有的绿，有的辛辣扑鼻，有的恶臭难当。王爷给他戴上口罩，指使他扶住一只阔口的小瓮，"拿这根棍子慢慢搅拌，速度千万别快了，听见没？"

这话朱大鲦听得懂。他战战兢兢搅着瓮里的黑绿色汤汁，这东西闻起来有股海腥味，热乎乎的如一瓿野菜羹。鲁王介绍道："这是溶在酒精里的干海带灰。你们古代人管海带叫'昆布'，这是从御医那儿要来的高丽昆布，《汤头歌》说'昆布散瘿破瘤'，意思说这玩意儿能治粗脖子病。……哦对了，《汤头歌》是清朝的，我又搞混了。"说着话，他取出另一只小罐，小心地除去泥封，罐里装满气味刺鼻的淡黄色汁液，"这是硫酸。你们炼丹的管这个叫'绿矾'对不对？也有叫镪水的，《黄帝九鼎神丹经诀》说'煅烧石胆获白雾，溶水即得浓镪水，使白头人变黑头人，冒滚滚呛人白雾，顿时身入仙境，十八年后返老还童。'你应该对这个不陌生。"

朱大鲦不懂装懂连连点头："王爷所言正是。"

王爷道："叫老王就行，王爷什么的，听着牙碜。我开始了啊，慢慢搅和，可别停。"他在桌案上斜斜支起三扇白纸屏风，戴上口罩，将罐中绿矾水缓缓倾入小瓮之中。朱大鲦只觉一股又酸又臭的气味直冲鼻腔，隔着棉布熏得脑仁生疼，眼中不禁流下泪来。这时只见小瓮中徐徐升起一朵紫色祥云，飘飘悠悠舒卷开来，朱大鲦吓得浑身一凉，却听王爷笑道："哈哈哈，终于成了！只要这土法制碘的试验能够成功，我的大计划就算成了一多半！继续搅别停啊，等整罐都反应完成了再说，我得算算一斤干海带能做出多少纯碘来——想不想听听我是怎么造出硫酸和硝酸的？这可是基础工业的万里长征第一步啊。"

"想听，想听。"朱大鲦只知道顺嘴答应。

王爷显得兴致很高："我中学的时候化学学得不赖，上大学专业是机械制造，总算有点底子在，才能搞到今天这个局面。刚开始想按炼丹术用石胆炼硫酸，谁知全城也凑不出两斤来，根本不够用的；后来偶尔看到炼铁的地方堆着几千斤黄铁矿石，这不是捡到宝了吗？烧黄铁矿能得到二氧化硫，溶于水得到亚硫酸，静置一段时间就成了硫酸，最后用瓦罐浓缩，当年陕北根据地军工厂就是这样土法制硫酸的。硫酸解决了，硝酸就没什么难度，最大的问题是硝石的数量太少，还要拿来制造黑火药，害得我发动整个别院的人去刮墙根底下的尿碱回来提炼硝酸钾，搞得整个院子臊气哄哄的，臭不可闻，幸好城里人素有贴墙根随地乱尿的习惯，若非如此，晋阳城的工业基础还打不牢靠哩。"

朱大鲦脸红道："有时尿来势不可当，无论男女脱裤就尿，也是人之常情。乡人粗鄙，让王爷见笑了。"

说话间两罐已并做一罐，紫云消失不见，王爷将白纸屏风平铺在桌上，拿小竹片在上面一刮，刮下一层紫黑色粉末来。"海带中的碘在酸性条件下容易被空气氧化，这样就制造出碘单质来了。很好，等我布置下去让他们照方抓药批量生产，再进行下一个试验。"他转身穿过大屋，坐在屋角的字箕前噼里啪啦敲打起来。朱大鲦走过去瞧着，发现这位奇怪王爷打起字来快如闪电，眼睛都不用瞅着活字，盲打的功力着实了得，不禁开口道："王爷这台字箕似乎型号不同啊。"

"叫老王，叫老王。"鲁王道，"原理一样，不过每个终端用了两套活字系统，下面一套用来输入，上面一套用来输出。瞧着。"他按下回车键结束会话，站起来抓住一个曲柄摇动起来。曲柄带动滚筒，滚筒卷着一尺五寸宽的宣纸，宣纸匀速滚过字箕，字箕中刷过墨汁的活字忽然起起伏伏动了起来，将字迹嗒嗒印在宣纸上，朱大鲧弯腰拈起宣纸，读道："'试验结果记录无误，已着化学分部督办——回车。'……这样清楚方便多了，白纸黑字，看起来就是舒服！何时能在两市发售，我辈定当鼎力支持！"

王爷笑道："这只是个半成品，2.1版本会按照打印机原理将输出文本印在同一行上，不会像现在这样东一个字西一个字看得费劲。你也喜欢上网？到了这个时代我最不习惯的就是没有网络，所以费尽心机搞了这么一套东西出来，总算找回一点儿宅男的感觉啦。"

"王爷千岁……老王。"朱大鲧偷偷抬眼瞧着王爷的脸色，改口道，"小人斗胆问一句，您原籍何处，是中原人士吗？毕竟风骨不同呢。"

鲁王闻言叹息道："应该问是哪个朝代的人吧？我所在的年代，距离现在一千零六十一年三个月又十四天。"

朱大鲧不确定他是在开玩笑还是说疯话，扳着指头一算，赔笑道："这么说来，您竟是（汉）世宗孝武皇帝时候得道、一直活到现在的仙人！"

王爷悠悠道："不是一千年以前，是一千年以后——还隔着九千亿零四十二个宇宙。"

九

王爷的疯话朱大鲧听不懂，他也没心思弄懂，因为下一个试验开始了。鲁王将一块镀银铜板放进一只雕花木箱，把刚才制得的一小盅纯碘搁在铜板旁，盖好箱盖，在旁边点起一只小泥炉来稍稍加热。不多时，氤氲紫气从箱子缝里四溢出来——好家伙，这就炼出仙丹来了——朱大鲧如此思忖道，依王爷吩咐小心摇着扇子，大气都不敢出一口。

等了一会儿，鲁王挪开小火炉，揭开箱盖，用软布垫着小心翼翼将铜板拎出来，只见那亮铮铮的银面上覆盖了一层黄不溜丢的东西，朱大鲧偷偷探头向箱中望了一眼，没发现什么灵丹妙药，可王爷满脸喜色手舞足蹈道："真成了真成了！你瞧，这层黄澄澄的东西叫作碘化银，用小刀刮下来装瓶放暗处保存就可以了。我还会变一个把戏：把这块铜板摆在暗处曝光十几分钟，然后用水银蒸气显影，再用盐水定影，洗净晾干之后铜板上就会有一副这屋子的画像了，保证分毫不差！这是达盖尔银版摄影法，利用的是碘化银易被光线分解的特性，不过我们搜集碘化银备用，下次再变给你看吧！"

朱大鲧疑惑道："没有画师，何来画像？……另外，这黄粉有什么奥妙之处，喝下去能身轻体健白日飞升吗？"

王爷笑道："可没那么神。碘化银在我们那个年代主要就两个用途，一个是感光剂，刚才说过了。另一个嘛，等用到的时候你自然能知道。"他边说话边动手，将铜板上粉末刮进一只小瓷瓶仔细收好，摘下口罩伸了个懒腰："行了，上午的活儿干完了，我把碘化银的制备方法传出去之后就可以歇一会儿了，没吃饭呢吧？等会儿一起吃。你长得人高马大，手还挺巧，不愧是炼过丹的人。有些问题要问你，可别走远了，我去去就来。"

鲁王坐到字箕前开始噼里啪啦打字，不时摇动滚筒吐出长长的宣纸，捧着纸页边看边点头。朱大鲧在屋里束手束脚什么都不敢碰，生怕搞坏了什么东西，触犯了什么神通。这会儿他终于想起此行的目的，伸手在袖袋里一摸那本《论语》，深深吸一口气，低头道："王爷，小人有一事不明，想要请教。"

"说吧，听着呢。"字箕前的人忙着咯吱咯吱卷宣纸桶，没顾上回头。

朱大鲧问道："王爷是汉人还是胡人？"

"别矫情，叫老王。"对方答道，"我是汉族人，北京西城长大的。我妈是回民，我随我爸。"

朱大鲧已经习惯无视王爷的疯话："王爷是汉人，为何偏居晋阳不思南国呢？"

王爷答道："说了你也不明白，我是汉人，但不是你们这个年代的汉人。

105

我知道五代十国梁唐晋汉周都是胡夷戎狄建立的国家，你多半也是胡人，可我的计划一实现就能回到出发点，到时候你们这个宇宙的这个时间节点与我就连屁大点儿的关系都没有了，知道吗？"

朱大鲧走近一步："王爷，宋军围城一事何解？"

王爷回答："解不了，一没兵二没粮，又不能批量生产火枪。燧发枪虽然容易造，可黑火药用到的硫黄根本不够，全城搜刮来几十斤，只够大炮隔三岔五打几发吓唬人用。话说回来，想灭了宋朝人是没戏，撑下去倒是不难，只要赵光义一天没发现辽国送粟米过来的水下通道，晋阳城就能多撑一天。一个空桶绑一个满桶，从汾河河底成排滚过来，这招你们古代人肯定想不到。"

朱大鲧提高音量："可百姓疾苦不得温饱，守军伤疲日夜号嘶，晋阳城多守一日，几万居民就多苦一天啊王爷！"

"咦，问得好。"鲁王从凳子上转过身来，"每个来我别院打工的人都是欢天喜地，不光能免了刑罚，还能挣到铜子儿，唯独你说话与别人不同。来聊聊吧，这几个月真没跟正常人说过话。我掉到这个地方来已经——"他从怀里摸出一张纸瞧瞧，在上面打了个叉，"——已经三个月零七天半了。距离观测平台自动返回还剩下二十三天半，时间紧迫，不过从进度来说应该能赶上。"

朱大鲧只听懂了对方话里淡淡的乡愁，立刻朗声道："子曰：父母在，不远游，游必有方。父在，观其志；父没，观其行；三年无改于父之道，可谓孝矣。王爷离家日久，必当思念父母，狐死首丘，乌鸦反哺，羊羔跪乳，马不欺母……"

王爷叹口气："好吧，咱俩还不是一个频道的。你先闭嘴听我说行吗？"

朱编修立刻闭起嘴巴。

王爷悠悠道："你肯定不知道什么叫平行宇宙理论，也不明白量子力学，简单说两句吧。我叫王鲁，是一名普普通通的宅男、穿越小说业余作者和时空旅行从业人员，在我们那个时代由于多重宇宙理论的完善，人人都可以从中介那里花点小钱租借一个观测平台进行时空旅行，此前人们认为彼此重叠的平行宇宙数量在 $10^{(10^{118})}$ 个左右，不过随后更精确的计算结果指出，由于平行宇宙选择分支结果的叠加，同一时间存在的宇宙数量只有区区三十万兆个左右，这些宇宙在无数量子选择中不断创生、分裂、合并、消亡，而就算彼此之间差异最大的两个平行宇宙也具有惊人的物理相似性，只是在时间轴上的距离越来越远。这挺无聊，因为人类深空探索的脚步一直停滞不前，对宇宙全景的了解仍然非常浅薄，即使在我到达过的最远宇宙人类的触角也只不过到达近在咫尺的半人马座；这也挺有趣，因为波函数发动机的发明使我们随随便便都能跨越平行宇宙，从拓扑结构来说，去往越相似的宇宙，所需的能源就越少，目前最先进的观测平台可以把旅行者送到三百兆个宇宙之外的宇宙，而我们这种业余人士租用的设备最多是在四十兆的范围内徘徊。"

朱大鲧连连点头，偷偷摸着袖袋里的东西，心里盘算着等王爷的疯话说完了是该掏出匕首动之以情，还是拿出《论语》晓之以理。现在屋里没有别人，是动手的大好时机，沙陀人不是不想立即发动，只是自己心里还有点迷惑，没想好到底该按哪位大人物的指示来行动。

拿起茶杯喝了口茶，王爷接着说："我接了个活儿，是北大历史系对五代十国晚期燕云十六州人口数量统计的研究课题，你们这样的平行宇宙处于时间轴的前端，是历史研究的最好观测场所。别以为持有时空旅行许可证的人很多，要经过系统的量子理论、计算机操作、路面驾驶和紧急状况演习等培训与考试后才能上岗，若要接团体游客的话还得去考《时空旅行导游许可证》啊。由于平行宇宙的物理相似性，我在北京宣武门启动观测平台穿越九千亿零四十二个宇宙后来到这里，计算一下公转自转因素，应该准确地出现在幽州地界。谁知道这个观测平台超期服役太久了，波函数发动机居然在旅行途中水箱开锅了，我往里头加了八瓶矿泉水、一箱红牛饮料才勉强撑到目的地，刚到达这个宇宙发动机就顶杆爆缸彻底歇菜，坠毁在山西汾河岸边的一个山沟沟里。我携带的行李、装备和副油箱全部完蛋，花了十天时间好不容易修好发动机，却发现能源全都漏光了，凭油路里那点儿残油顶多能蹦出两三个宇宙去，那顶什么用啊，最多差了几个时辰的光景。"

这时候外面喊杀声逐渐增强，看来是宋军开始攻击东城城门，王爷回头瞧了一眼字箕上唰唰打出的宣纸报告，啪啪敲打了几个字，笑道："没事儿，例行公事罢了，我调两台尿脬炮过去就行……说到哪儿了？哦对，波函数发动机勉强能启动，转速一提高就烧机油冒蓝烟跟拖拉机似的，关键是没油啊，人口统计的活儿是别想了，这趟私活儿没在民政部多重宇宙管理局备案，不敢报警，逮住就是三到五年有期徒刑啊！要回家的话得想办法弄到能源才行，我实在没辙了，就把东西藏在山沟沟里，溜溜达达到了晋阳城。"

"王爷，您说没有油，城里有猛火油啊？"朱大鲧忍不住插嘴道，"街上马车尽是烧猛火油的。"

老王叹道："要是烧油的还发什么愁啊。这么说吧，油箱里装的不是实实在在的油，而是势能，平行宇宙间的弹性势能。想要把油箱充满，就得制造出宇宙的分裂，当一个宇宙因为某种选择而分裂出一个崭新的宇宙的时候，我就可以搜集这些逃逸掉的势能作为回家的动力了。这势能不是熵值那种虚无缥缈的东西，就好比一根竹竿折断变成两根，'啪'的一声弹开的那种力道吧？我是不太懂啦，总之必须制造出足够大的事件，使得宇宙产生分裂才行。要怎么做到这一点呢？比如历史上来说，今年三月十四日有个人从晋阳城头一脚踏空跌死在汾河里，这事情有二十位目击者看到，被记载在某本野史当中，倘若三月十四日这天我揪住此人的脖领子救了他一命，一个改变产生了，可它不够大，因为在所有已发生的十万兆宇宙当中，有一千亿个宇宙里他同样得救了，在这个时刻其中一个宇宙的所有常数特征变得与我们现在存身的宇宙完全相同，所以两个宇宙合并了——当然身处其中的你我什么都感觉不出来，但势能是消减了的，还得从我的油箱中倒扣燃料哪……要使宇宙分裂，必须做出足够大的改变，大到在全部已发生的十万兆宇宙中没有任何一个先例。用坏掉的波函数计算机我勉强算出了一个可能性，一个在没有任何现代设备帮助的条件下能做到的可能性。"

朱大鲧没吭声，老老实实听着。

王爷忽然拉开抽屉拿出个册子来，念道："公元882年6月季夏，尚让率军出长安攻凤翔，至宜君寨忽然天降大雪，三天之内雪厚盈尺，冻死冻伤数千人，齐军于是败归长安。这事儿你知道吗？"

"黄巢之乱！"朱大鲦终于能搭上话了，"尚让是大齐太尉，中和二年六月飞雪之事在坊间多有流传，史书亦载。"

"就是这样。"老王道："我是个现代人，一没带什么死光枪、核子弹之类的科幻武器，二没有企业号和超时空要塞在背后支援，我能做到的只有利用高中大学学到的一丁点儿知识尽量改变这个时代。宋灭北汉是史实，在绝大多数宇宙的史书中都记载着五月初四宋军攻破晋阳城，汉主刘继元出降，五月十八日宋太宗将全城百姓逐出城外，一把火把晋阳城烧成了白地。而现在，我已经将这个日期向后拖延了一个多月，宋军不可能无限期地等下去，明眼人都看得出凭这个时代的原始攻城器械根本打不破我亲自加固过的城防。一旦宋军退走，历史将被完全改写，宇宙将毫无疑问地产生分裂！"说到这里，他把玩着装有碘化银的小瓷瓶开怀大笑道，"更别提我现在发明的东西了，这个小玩意儿将立刻改变历史，装满我观测平台的油箱！古代人最迷信天兆，夏天下一场鹅毛大雪，还有比这更能改变历史的事件吗？"

朱大鲦呆呆道："火烧……晋阳城？大雪？"

"多说无益，随我来！"王爷兴致勃勃地站起身来，牵着朱大鲦的袖子走到大屋西侧的墙边，他不知扳动什么机关，机梧嘎嘎转动起来，整面墙壁忽然向外倾倒，露出一个藏在重重飞檐之内的院落来。刺眼的阳光晃得朱大鲦睁不开眼睛，花了好一会儿才看清院里的东西，看了一眼，吃了一惊，因为院里的诸多陈设都是前所未见叫不出名字来的天造之物。几十名东城别院劳工正热火朝天干活儿，看见王爷现身纷纷跪倒行礼，鲁王笑吟吟地挥手道："继续继续，不用管我。"

"这边在检查热气球。"指着一群正缝制棉布的工人，王爷介绍道，"我答应给北汉皇帝造个飞艇让他能逃到辽国去，飞艇一时半会儿搞不出来，先弄个气球应景吧。我来到晋阳城以后造了几个新奇小玩意儿收买了几个小官，见到刘继元小皇帝，说能替他把晋阳城守得铁桶一样，他就二话不说给了我个便宜王爷来当，这点恩情总是要还给他的。"

转了个方向，是一群人正向黑铁铸造的大炮里填充黑火药，"这门炮是发射降雨弹用的，由于黑火药作为发射药的威力不足，所以要用热气球把大炮吊到天上去，然后向斜上方发射。这些天来我一直在观测气象，别看现在天气很热，每到下午从太行山脉飘来的云团可蕴含着丰富的冷气，只要在合适的时间提供足够的凝结核，就能凭空制造出一场大雪！"王爷笑道，"刚才我将配方传过去，另一处的化学工厂正在全力生产碘化银粉末，用不了多久就能制成降雨弹装填进大炮中去，热气球也已经试飞过一次，只等合适的气象条件就行啦！"

此时天气晴好，日光灼灼，远方的喊杀声逐渐平息，一只喜鹊站在屋檐喳喳乱叫。有火油马车轰隆隆碾过石板路，空气中有血、油和胡饼的味道。朱大鲦站在王爷身旁，浑身不能动弹，脑中一片糊涂。

十

墙壁关闭，屋里又昏暗下来。两人吃了点东西，王爷一边上网指挥城防和作坊工作，一边问了些炼丹的问题，朱大鲦硬着头皮胡诌乱侃蒙骗过去。

"啊，我得睡会儿，昨晚通宵未眠实在熬不住了。"王爷面容困倦地伸个懒腰，走向屋子一角的卧榻，"麻烦你看着点儿，万一有什么消息的话，叫醒我就行。"

"是，王爷。"朱大鲦恭敬地鞠个躬，看王爷裹着锦被躺下，没过一会儿就打起了鼾。他偷偷长出一口气，头昏脑涨地坐在那儿胡思乱想。方才鲁王说的话他没听懂，但朱大鲦听出了王爷的口气，这位东城别院之主根本就不在乎汉室江山和晋阳百姓，他是从另一个地方来的人，终究是要回那个地方去的。他创造出的百种新鲜物事、千般稀奇杂耍是为了收买人心、赚取钱财，他设计出的网络是为了笼络文人士族、传达东城别院命令，他售卖的火油马车、兵器和美酒是向武将示好，而那些救命的粮、杀人的火、离奇的雪归根结底都是为了一个目的，为了王爷自己。《韩非子》曰："今有人于此，义不入危城，不处军旅，不以天下大利易其胫一毛……轻物重生之士也。"这鲁王不正是杨朱"重生"之流？

朱大鲦心中有口气逐渐萌生，顶得胸口发胀，脑门发鼓，耳边嗡嗡作响。他想着马峰、郭万超、刘继业、皇帝的言语，想着这一国一州、一州一城、城中万户芸芸众生。梁唐晋汉周江山更替，胡汉夷狄杂处乱世，在这个不得安宁的时代，朱大鲦也曾想过弃笔从戎闯出一番事业，然而终安于一隅、每日清谈，不是因为力气胆识不够，而是胸中志向迷惘。上网聊天时文士们常常议论治国平天下的大道理，朱大鲦总觉得那是毫无用处的空谈，可除了高谈阔论文景之治、昭宣中兴、开元盛世，又能谈点儿什么呢？他要的只是一餐一榻一个屋顶，闲时谈天饮酒，吃饱了捧腹高眠，上网抒发抱负，有钱便逛逛青楼，自由自在，与世无争。可在这乱世，与世无争本身就是逆流而动，就连他这样的小人物也终被卷入国家兴亡当中，如今汉室道统和全城百姓的命运攥在他手里，若不做点什么，又怎能妄称二十年寒窗饱读圣贤书的青衫客？

朱大鲦从袖中擎出那柄精钢匕首。他知道无法说服王爷，因为这鲁王爷根本不是大汉子民，大道理都是假的，唯有掌中六寸五分长的铁才是真的，在这一刹那，一个三全其美的念头在朱大鲦心中浮现，他高大的身躯缓缓站直，嘴角浮出一丝笑意，鞋底悄无声息碾过地板，几步就走到了卧榻之前。

"……你要做什么！"王爷忽然翻身坐了起来，双目圆睁叫道，"我被蚊子咬醒了爬起来点个蚊香，你拿着个刀子想干吗？我可要叫人了唔唔唔……"

朱大鲦伸手将王爷的嘴捂个严严实实，匕首放在对方白嫩的脖颈，低声道："别叫，留你一条活路。我方才看见你用网络调动东城别院守城军队，靠的是字箕中一排木质活字，把活字交出来，告诉我调军的密语，我就不杀你。"

鲁王是个识趣的人，额头冒出密密麻麻一层汗珠，将脑袋点个不停。朱大鲦将手指松开一条缝，王爷呼哧呼哧喘着粗气从随身褡裢里拿出红色木活字丢在榻上，支支吾吾道："没有什么密语，我这里发出的指令通过专线直达守城营和化学工坊，除了我之外，没人能在网络上作假……你为什么要这样做？我守住了晋阳城，发明出无数吃的穿的用的新奇的东西供满城军民娱乐，满城上下没有人不爱戴我这鲁王，我到底有哪一点对不起北汉，对不起太原，对不起你了？"

朱大鲧冷笑道："多说无益。你是为自己着想，我却是为一城百姓谋利。第一，我要令东城别院停止守城，火龙、礌石、弩炮一停，都指挥使郭万超会立刻开放两座城门迎宋军入城；第二，宣徽使马峰正在宫中候命，城门一开，军心大乱，他会说服汉主刘继元携眷出降，可我要带着皇帝趁乱逃跑，让他乘那个什么热气球去往契丹；第三，我要将你绑送赵光义，以你换全城百姓活命，宋军围城三月攻之不下，宋主一定对发明守城器械的你怀恨于心，只要将你五花大绑送到面前，定能让他心怀大畅，使晋阳免受刀兵之灾。这样便不负郭、马、刘继业与皇帝之托，救百姓于水火，仁义得以两全！"

王爷惊道："什么乱七八糟！你到底是哪一派的啊，让每个人都得了便宜，就把我一个人豁出去了是不是？别玩得这么绝行不行啊哥们儿！有话咱好好说，什么事儿都可以商量着来啊，我可没想招惹谁，只想攒点能量回家去，这有错吗？这有错吗？这有错吗？"

"你没错，我也没错，天下人都没错，那到底是谁错了？"朱大鲧问道。

老王没想好怎么回答这深奥的哲学问题，就被一刀柄敲在脑门上，干脆利落地晕了过去。

十一

鲁王悠悠醒转，正好看到热气球缓缓升起于东城别院正宅的屋檐。气球用一百二十五块上了生漆的厚棉布缝制而成，吊篮是竹编的，篮中装着一支猛火油燃烧器和那门沉重的生铁炮。三四个人挤在吊篮里，这显然是超载，不过随着节流阀开启、火焰升腾起来，热空气鼓满气球，这黑褐色（生漆干燥后的颜色）的巨大飞行物摇摇晃晃地不断升高，映着夕阳，将狭长的影子投满整个晋阳城。

"成了！……成了！"鲁王激灵一下坐了起来，冲着天空哈哈大笑，此时正吹着北风，暑热被寒意驱散，富含水汽的云朵大团大团聚集在空中，是最适合人工降雪的气象。时空旅行者盯着天空中那越升越高的气球，口中不住念叨着："还不够还不够还不够，再升个两百米就可以发射了，就差一点儿，就差一点儿……"

他想站起来找个更好的观测角度，然后发现双腿没办法挪动分毫。低头一看，他发现自己被绑在一辆火油马车上面，车子停在东城街道正中央，驾车人被杀死在座位上，放眼望去，路上堆积着累累尸骸，汉兵、宋兵、晋阳百姓死状各异，血沿着路旁沟渠汩汩流淌，把干涸了几个月的黄土浸润。哭声、惨叫声与喊杀声在遥远的地方作响，如隐隐雷声滚过天边，晋阳城中却显得异样宁静，唯有乌鸦在天空越聚越多。

"我靠，这是怎么回事？"鲁王惊叫一声扭动身体，双手双脚都被麻绳缠得结结实实，一动弹那粗糙纤维就刺进皮肤钻心疼痛。鲁王一连叠咒骂着不敢再挣扎，呼哧呼哧喘着粗气。这时候一队骑兵风驰电掣穿过街巷，看盔甲袍色是宋兵无疑。这些骑兵根本没有正眼看鲁王一眼，健马四蹄翻飞踏着尸体向东城门飞驰而去，空中留下几句支离破碎的对话：

"……到的太晚，弓矢射不中又能如何？"

"……不是南风，而是北风，根本到不了辽土，只会向南方……"

"……不会怪罪？"

"……不然便太迟！"

"喂！你们要干什么，别把我一个人扔在这儿啊！"鲁王疯狂地喊叫道，"告诉你们的主子我会好多物理化学机械工程技术呢，我能帮你们打造一个蒸汽朋克的大宋帝国啊！喂喂！别走！别走……"

蹄声消失了，鲁王绝望地抬起眼睛。热气球已经成为高空的一个小黑点，正随着北风向南飘荡。"砰。"先看到一团白烟升起，稍后才听到炮声传来，铁炮发射了，鲁王的眼中立刻载满了最后的希望之光。他奋力低下头咬住自己的衣服用力撕扯，露出胸口部位的皮肤，在左锁骨下方有一行莹莹的光芒亮着，那是观测平台的能源显示，此刻呈现能量匮乏的红色。波函数发动机要达到百分之三十以上的能量储备才能带他返程，而一场盛夏的大雪造成的宇宙分裂起码能将油箱填满一半，"来吧。"他流着泪、淌着血、咬牙切齿喃喃自语，"来吧来吧来吧来吧痛痛快快地下场大雪吧！"

每克碘化银粉末能产生数十万亿微粒，五公斤的碘化银足够造就一场暴雪的全部冰晶，在这个低技术时代进行一场夏季的人工降雪，这听起来是无稽之谈，可或许是旅行者癫狂的祈祷得到应验，天空中的云团开始聚集、翻滚，现出漆黑的色泽和不安定的姿态，将夕阳化为云层背后的一线金光。

"来吧来吧来吧来吧！"

鲁王冲着天空大吼，"轰隆隆隆隆……"一个闷雷响彻天际，最先坠下的是雨，夹杂着冰晶的冰冷的雨，可随着地面温度不断下降，雨化为了雪。一粒雪花飘飘悠悠落在时空旅行者的鼻尖，立刻被体温融化，可紧接着第二片、第三片雪花降落下来，带着它们的千万亿个伙伴。

浑身湿透的旅行者仰天长笑。这是六月的一场大雪，雪在空中团团拥挤着，霎时间将宫殿、楼阁、柳树与城垛漆成粉白。鲁王低下头，看自己胸口的电量表正在闪烁绿色光芒，那是发动机的能量预期已经越过基准线，只要宇宙分裂的时刻到来，观测平台就会获得能量自动启动，在无法以时间单位估量的一瞬间之后将他送回位于北京通州北苑环岛附近那九十平方米面积的温馨的家。

"这是一个传奇。"鲁王哆嗦着对自己说，"我要回家了，找个安全点的工作，娶个媳妇，每天挤地铁上班，回家哪儿也不去就玩玩游戏，这辈子的冒险都够了，够啦……"

以目前雪堆积的速度，几十分钟后晋阳城就将被三尺白雪覆盖，可就在这时，二十条火龙从四周升起。西城、中城、东城的十几个城门处都有火龙车喷出的火柱，还有无数猪尿脬大炮嘣嘣射出火球，那是他亲手制造的守城器械，宋人眼中最可怕的武器。

"等等……"时空旅行者的目光呆滞了，"别啊，难道还是要把晋阳城烧掉吗？起码稍微迟一点儿，等这场雪下完……等一下，等一下啊啊啊啊啊！"

　　黏稠的猛火油四处喷洒，熊熊火焰直冲天际，这场火蔓延的速度超乎所有人的想象，久旱的晋阳城天干物燥，旅行者召唤而来的降水未能使干透的木头湿润，西城的火从晋阳宫燃起，依次将袭庆坊、观德坊、富民坊、法相坊、立信坊卷入火海，中城的火先点燃了大水轮，然后向西烧着了宣光殿、仁寿殿、大明殿、飞云楼、德阳堂。东城别院很快化为一个明亮的火炬，空中飞舞的雪花未及落下就消失于无形，时空旅行者胸口的绿灯消失了，他张大嘴巴，发出一声痛彻心扉的哀号："靠你大爷，就差一点点，一点点啊！"

　　浴火的晋阳城把黄昏照成白昼，火势煮沸了空气，一道通红的火龙卷盘旋而上，眨眼间将云团驱散，没人看到大雪遍地，只有人看到火势连天，这春秋时始建、距今已一千四百余年的古城正在烈火中发出辽远的哀鸣。

　　城中幸存的百姓被宋兵驱赶着向东北方行去，一步一回首，哭声震天。宋主赵光义端坐战马之上遥望晋阳大火，开口道："捉到刘继元之后带来见我，不要伤他。郭万超，封你磁州团练使，马峰为将作监，你们二人是有功之臣，望今后殚精竭虑辅我大宋。刘继业，人人都降，为何就你一人不降？不知螳臂当车的道理吗？"

　　刘继业缚着双手向北而跪，梗着脖子道："汉主未降，我岂可先降？"

　　赵光义笑道："早听说河东刘继业的名气，看来真是条好汉。等我捉到小皇帝，你老老实实归降于我，回归本名还是姓杨吧，汉人为何保着胡人？要打不如掉头去打契丹才对吧。"

　　说完这一席话，他策马前行几步，俯身道："你又有什么要说？"

　　朱大鲧跪在地上不敢抬头，眼角映着天边熊熊火光，战战兢兢道："不敢居功，但求无过。"

　　"好。"赵光义将马鞭一挥，"追郏城公，封土百里。砍了吧。"

　　"万岁！小人犯了什么错？"朱大鲧悚然惊起，将旁边两名兵卒撞翻，四五个人扑上来将他压住，刽子手举起大刀。

"你没错，我没错，大家都没错。谁知道谁错了？"宋主淡淡道。

人头滚落，那长大的身躯轰然坠地，那本《论语》从袖袋中跌落出来，在血泊中缓缓地浸透，直至一个字都再看不清。

时空旅行者创造的一切连同晋阳城一起被烧个干净。新晋阳建立起来之后，人们逐渐把那段充满新奇的日子当成一场旧梦，唯有郭万超在磁州军营里同赵大对坐饮酒的时候，偶尔会拿出"雷朋"墨镜把玩。"要是生在大宋，这天下会完全成为另一个模样吧？"

"宋灭北汉"在五代史中只有寥寥几语，一百六十年后，史家李焘终于将晋阳大火写入正史，但理所当然地没有出现旅行者的任何踪迹。

丙申，幸太原城北，御沙河门楼，遣使分部徙居民於新并州，尽焚其庐舍，民老幼趋城门不及，焚死者甚众。

——《续资治通鉴长编卷二十》

张冉：科幻作家，科学与幻想成长基金发起人，凭借处女作《以太》成为继王晋康之后第二位以出道作品获得银河奖、星云奖最高奖项的科幻作家，第二届"新概念"作文大赛一等奖获得者；代表作有《起风之城》《晋阳三尺雪》《大饥之年》《太阳坠落之时》等，近年来多次获得银河奖最佳中篇小说奖和华语科幻星云奖最佳中篇小说奖。

一览众山小

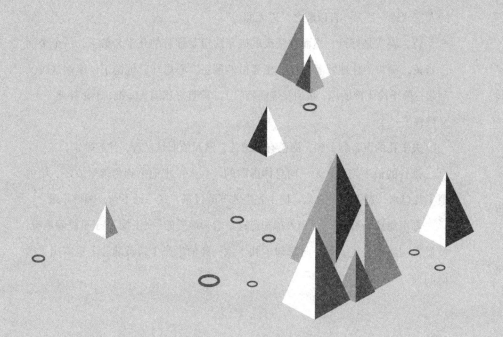

1

寒冬腊月，冷风呼号，夫子孔与众弟子被困郊野，孤立无援。

老实说，夫子孔在江湖上行走了这么多年，轻蔑、无视、仇恨、忽冷忽热、阴谋算计、阳奉阴违、软禁、陷阱乃至暗杀未遂……什么大风大浪没见识过？然而凭着耳聪目明和心中的正气，也一次次地逢凶化吉、遇难成祥，于是夫子孔就更加确信自己秉承天命，世俗的小人是绝不可能伤害得了他的。所以，这次被陈、蔡两国派来的一群乌合之众围困在荒郊野岭，虽然进退不得，饥寒交迫，夫子孔却仍旧从容不迫地给弟子们讲起《诗》和《乐》来。

"关关雎鸠，在河之洲……"夫子孔声音洪亮，完全不像是三天没吃饱饭的人，"诗三百，一言以蔽之，思无邪。"

诗，确实是好诗，然而在荒废的破草房里瑟缩着的几十名弟子，一个个面色蜡黄，额头不住地冒着虚汗，坐姿虽然端正，心思却已恍惚了，偏偏这时又刮起一阵干冷干冷的风，吹到发烧的脑门上，简直好比闷头一棍，于是扑通一声，又饿昏了一个。

夫子孔的声音顿了顿，面色有点愁苦，然而依旧是坐着，弹起琴来。

饿昏的伯牛先生，是一向身体虚弱的。众人忙把他抬到角落里放好，给他喂了几口水，过了好一会儿，伯牛先生才苏醒过来，却一动不动，懒得睁眼。

琴声悠扬，高雅庄重，众人都知道这是老师最爱的《文王操》，于是静静地听，慢慢就陶醉进去了，竟一时忘却了肚子饿，连伯牛先生蜡黄的脸上也露出了微微的笑。

一曲终了，余音绕耳，夫子孔望着空气深思起来，神色肃穆，仿佛已去古代拜会文王了。

然而，某个肚皮还是不争气地咕咕叫起来，一下把大家拉回了现实，众人都有点沉不住气了。

公良孺皱着眉走上前，向夫子孔行礼道："老师，我看他们不是会讲理的人，这样僵持着，是想把我们困死啊！不如让我去和他们打吧！"

公良孺是武术家，颇能打，上一次在蒲被围，就是他跟蒲人力战八百合，才逼得蒲人放了他们去卫国。然而非到不得已，夫子孔是一向不喜欢动粗的。

"唉，"夫子孔转过头，"你看那些人，又瘦又黑，衣衫褴褛，目光无神，你爱他们吗？"

公良孺不吭声。

"这些人都是奴隶，不知命，不知礼，不知言，然而奴隶也是人，所以也要爱他们，这便是仁啊。他们也是被迫来围我们的，打他们做什么呢？"夫子孔见他还不是很服，又补充道，"况且，你也几天没吃饭了吧，打得过吗？"

"那怎么办呢？"公良孺舔了舔干裂的嘴唇，有些气愤，若是两天前，他可以把他们全部打倒，然而那时夫子孔却不肯。

"如果上天让我背负着使命，这些盲流又能把我怎样呢？"夫子孔说完闭上眼。

公良孺只好沉着脸退下了。这时子路又气冲冲地走上来："老师，君子也有没辙的时候吗？"

夫子孔知道他子路是一根筋，所以并不生气，但他也明白大家现在心里都很不平了，所以放下琴，站起身，给众人出考题了："不是犀牛也不是老虎，却在旷野徘徊，为何会落到这地步呢？"

不知内情的人，定会以为夫子孔在出脑筋急转弯。众人虽习以为常，却还是面面相觑，除了几个高徒，其他人向来听不大懂夫子孔的话，况且又没力气，所以干脆不作声。

子路一脸埋怨："要我看啊，实践是检验真理的唯一标准，人家把我们困起来，我们又跑不了，这就说明，您的学说不够高明，德行还不够高，人家不信也不服。"

"伯夷、叔齐饿死了，是说他们的德行不够高吗？比干被杀了，是说他不够聪明吗？"夫子孔温和着反问。

子路一下子被噎住，脸憋得通红。

另一位高徒——子贡，犹豫着开口了："我想，大概是您的德行太高了，步伐太大了，已经远远走在了时代的前面，超出了普通人的理解范畴，所以大家都不接受，因此才不给我们出路吧？您不能走慢一些吗？"子贡一向是很务实的人。

夫子孔沉默了片刻，没有回答，这时一个颧骨高耸、白瘦得仿佛骷髅一样的人却忽然大声开口："老师的学说确实太大了，整个宇宙都装不下，所以别人不接受。可是，这才更显示出君子的风范！道不行，那是世人的愚昧，是当权者的耻辱啊，不是老师的错。不接受没关系，历史终究会还我们公道的！"这瘦子便是夫子孔最得意的高徒子渊先生，他是素食主义者，并且有洁癖，一向营养不良，最近听说有人在面里掺灰，每天就一箪食、一瓢饮，人瘦得可怕，然而至今都还没有饿昏，而且有力气这样大声说话，委实颇令大家吃惊。

夫子孔听了两个人的话，便对子贡严厉地说："善于种地，不一定就能丰收；心灵手巧，做出的东西别人未必喜欢。君子走得太快太远，后面的人不一定跟得上。可你不想自己站得高远，却想回头迁就别人，这不是降低自己的格调吗？子贡啊，你太不严于律己了！"

子贡先生不但学问好，而且是厉害的外交家，又很会赚钱，家财丰厚，乃国际上有名的风云人物，夫子孔对这个学生，一直都很欣赏，但有时也有不满，所以愿意当面批评他，促使他进步。

子贡的脸微微红了，夫子孔又转向颜回，冲他微笑着点点头。

于是大家都惭愧地低下头，不过，夫子孔也终于决定让公良孺护送子贡，在天黑时候悄悄下山，去楚国找昭王搬救兵了，因为若饿死了人，也不合"爱人"的原则了。

2

夫子孔和弟子们被困郊野的第十日，是个艳阳天。

碧蓝的天上，骄阳高挂，几朵胖大的白云悠然飘过，大地忽明忽暗。一只金色大鸟正在一朵白云的上面飞行。

夫子孔一行人竟然还没有饿死，着实让陈国的大夫颇感诧异和不安，于是请来了公安局局长破案，不一会儿真相大白：原来，那些奴隶虽没什么文化，毕竟还不是禽兽，不忍心闹出人命，所以从第四天夜里开始，就有人将自己吃剩下的馍和稀粥偷偷地送到草屋外面。

"混账！"陈国大夫气得脸色发青，想把反动分子都抓起来处斩，无奈现在正与吴国交战，壮丁实在稀缺，杀掉的成本太高，不合经济学的原则，只好宽大处理，给每人三百鞭，于是山下一阵狼哭鬼号。

山上草屋里的人听得心惊肉跳，知道今晚没有冷粥喝了。

一片死沉沉的寂静之后，子路两眼发红，忽然大声说道："老师，救兵还不来，我们拼死一战吧。"

夫子孔不言语，神色有些黯然。

"人死了，学说不会灭亡，但世上的小人和笨人太多，难道不会歪曲老师的意思吗？所以您一定要活下去啊。况且，我们行义，别人不容，如果不抗争，难道不是对'不义'的纵容吗？我们的主张可凭义来求，却不可以用力来劫。"沉默了好几天的子羽终于开口了。

夫子孔愕然，他实在没有想到这个额低口窄、鼻梁低矮的丑汉子，竟然说出这样有见识的话来，看来自己实在犯了以貌取人的错，不禁长叹了一声。

大家知道，老师算是默许了。于是子路和子羽便开始制订作战计划，哪个冲锋，哪个断后，哪个保护老师，众人紧张地听着，又激动又害怕。

"得道者多助，失道者寡助，况且，哀兵必胜！"子路两眼放光，给大家打气。

众人都摩拳擦掌，决定也让他们见识见识读书人的骨气。

大伙一阵忙碌，把行李装上，又把夫子孔请上了轿车。正这时，那只金色大鸟从白云中露出身影，地上的人看见，便一阵骚乱。山上的人也急忙冲出草房，抬头看那稀奇的飞鸟，然而阳光太刺眼，只看见一个明晃晃的影子从天上掠下来，侧身依稀可见一个漆黑的"楚"字，不禁大骇，惊叫着低下腰。金鸟歪歪斜斜地落在山下一片枯草地上，之后又冲向陈、蔡两国的军营，搅得鸡飞蛋打、人仰马翻，冲倒了无数帐篷，滑行了几百步，才终于沉沉地停下。

子路和子羽，都是勇武的人，只眨眼工夫，就从惊愕中回过神，立刻抓住大好机会，一声大喝，率领大家一鼓作气，冲下山去。山下的围兵们没有思想准备，被杀了个措手不及，加上奴隶才刚刚挨过皮鞭，没有一个肯再卖命，结果竟溃不成军，一败涂地了。

公输般先生是天下闻名的工程师，做出来的东西都极精妙，一般的人是不能明白的，夫子孔虽是圣人，却对那些精灵古怪的事情没兴趣，所以也同样看不懂，并且也不爱看。

"太阳照了，地就热，种子就发芽、开花、结果，人吃了，就有力气跑。天地万物，生生不息，是因为有'能'。'能'不生，亦不灭，世界的一切，不过是'能'在变化万千罢了。懂了'能'的奥秘，就几乎什么都做得到，比如，让一堆木头飞起来，我管它叫飞机……"公输般站在木头做的金色大鸟旁，热情地对夫子孔和众人讲话，他就是坐着这金鸟从天而降，吓了所有人一跳的。

"那么，先王的礼乐也是'能'吗？"夫子孔面无表情地打断他。

说这话时，天色早已大变，不知几时，太阳隐没在一片浓云之后，阵阵阴风吹过，弥漫出一股潮湿的气息，仿若盛夏，完全没有一点儿隆冬的样子。大家刚打过架，一个个惊魂未定。虽然早就听说过公输般近来在推广一种"能学"，还造了些古怪的东西，但大家都不当回事儿，然而这回亲眼见到人飞上天，才知道这学问的厉害，不禁都惊骇非常，但是因为老师在，所以不敢随便开口，只静静地听着。

"这个……照理说，一切都是'能'变化来的，所以……礼乐一类的，也是吧……"公输般有些犹豫，他只是喜欢钻研造化的奥妙，做些实在的货色，对于礼乐一类的玩意儿，其实不很感兴趣。

"那可敢问，礼乐崩坏，'能学'救得了人心吗？"夫子孔淡淡地问。

"这……"公输般虽早听说过夫子孔的怪脾气，却想不到他竟对有人飞上天这样伟大的奇迹如此无动于衷，于是也冷淡下来，不屑地说，"道理上是可以的，只是弄起来麻烦，我不愿费那个功夫。"

"唔。"夫子孔不想再说话了，但还是诚恳地行了个礼，算是感谢。

公输般还了礼，也决计不跟这老头子计较，便露出笑容："楚王本来要兴大兵来救的，子贡先生说怕挨不了太久，偏巧我新近发明了飞机，楚王就让我先来震一震。御风而行，一日千里，所以正好来得及赶到。本来只想用气势吓吓这些庸人就行了，可惜落地的技术还不熟练，结果冲得他们七零八落的，自己也脑震荡了……嗨嗨，好在没有伤到诸位。"

"真是感激不尽。"夫子孔温和地说，"那么，我们走吧？"

"这倒不急，飞机撞坏了，我得修一修。我看一时半会儿，那些人也不敢再回来，况且天气异常，而救兵马上就到，所以不妨休息一下，吃些东西，养养力气吧。"

黑云低压，阴风阵阵，夫子孔看见弟子们个个面黄肌瘦半死不活的样子，于是说："也好。"

这样，众人整理了杂乱的营地，找了粮食和腊肉，生火做饭。米香刚刚飘起，雨点就开始掉落，大伙急忙端着粥锅跑进了帐篷。几声闷雷之后，大雨便倾盆而下了。

天地一片漆黑，偶尔划过一道闪电，大家围着火盆，就着腊肉，喝起了半生不熟的粥。

3

阔别多年之后，竟在稷下学宫又遇见老聃，着实让夫子孔大吃了一惊。

"真想不到，竟在此地遇见了先生。"虽然已是享有国际声誉的大学者，但夫子孔对当年的老师，还是颇恭敬的，虽则内心有一丝尴尬、惊骇，以及一种久违的激动。

"嗯。"老聃杵在那里，如一尊雕像，脸上堆满皱纹，全无一丝波澜。一阵晚风把他稀疏的几根白发和垂到耳边的白眉吹得乱颤，一身肥大的黄袍在风中飘摆不定。

这时候，天下更不太平了，夫子孔也垂垂老矣。

虽然名声越发显赫，事业却还是做不起来。之前，楚昭王差点就要封给他七百里的土地，不料竟被那个叫子西的家伙给搅黄了。不被重用，他就每天闲着，只能专心学术，研究当地文化，却觉得不如中原文化好，就写了不少专著，足足装得下五十架马车，然而一卷也卖不出去，只好白送给达官显贵们，却只被当作文学作品装点门面，或者给小孩识字用。倒是子贡突发奇想，组织大家把夫子孔平时说的话都记下来，编成小册，竟颇受老百姓的欢迎，一下子成了畅销书，赚了不少钱。夫子孔有点不悦，但有了银子，可以装修装修马车，给弟子买几件体面的衣服，倒也算一桩好事。不久，昭王一死，就闹起了动乱，杀了不少人，外国人也跟着遭殃，连公输般这样的能士，都觉得吃紧，干脆坐着飞鸟云游他乡了。夫子孔也心灰意冷，况且有胃病，是一向吃不惯楚国菜的，所以那个叫接舆的义士才通风报信说子西要谋害他，夫子孔就领着众人离开了。本来打算再回陈国，半路上又收到请帖，说齐国要在稷下学宫举办齐鲁论坛，宣扬齐鲁共荣主义，还邀请诸子百家都去争鸣一下，繁荣文化事业。夫子孔一把年纪，有了些怀旧情绪，想去再见见几位老朋友，再听听《韶》，顺便看看齐国搞什么名堂，于是就带着弟子们都来凑热闹了。

为了国际形象，各国都宣布要礼遇人才，增强软实力。一切国际纠纷，都以学术的名义暂停，各地关隘也宽松得多，大伙儿便去争睹文化界名人们的风采。学宫周遭的大小客栈挤满了人，往日萧条的巷子，忽然冒出许多长短胖瘦的脸，乌啦乌啦地说着十七八种互相听不懂的鸟语，很有繁华的感觉。

论坛声势大，各家都派了代表来，传播自己的学说，互相辩驳。由于宣传得力，孔门论坛坐得满满当当。虽已入秋，但人挨着人，反而有些闷热。夫子孔年事已高，不能久坐，只讲了半炷香的工夫，略谈了点仁义和忠恕的问题，便起身告退。听众却并不满意，觉得自己花了大价钱买了门票进来，所以便一定要围上去索要签名，还有几个面目黑瘦的，嚷着要和夫子孔辩论，现场一度有些失控。好在主办方早有准备，就请孔先生的高徒子路代劳签名售书，夫子孔本人则在几个彪形大汉的保护下从侧门溜走，身后响起一阵失望声。

"以后别再这么搞，我们是为义而不为利的。"夫子孔闷闷地说。子贡连连点头，这次的签售活动都是他策划的。

回到驿馆，夫子孔心绪不宁，就趁着晚宴还未开始，悄悄从后门出去散心。一路走去，被几个瘸腿的乞丐索要了几文钱，然后直奔人烟稀少的地方。走上一个光秃秃的土丘后，竟碰见了老聃，自然颇为诧异。老实说，他以为老头子早已经离开人世许多年了呢。

"先生不是出了关，向西去了吗？"夫子孔终究没能忍住好奇。

老聃无动于衷地立着，嘴唇微微蠕动："你还不懂吗？反者道之动。西便是东，上便是下啊，福和祸，是和非……"又一阵风吹起，老聃也闭了口，仿佛风把他的话吹跑了一样。远处卷起一股黄沙。

难道一直往西却能走到东吗？若是年轻时候，夫子孔一定不服，以为这是胡扯，然而时过境迁，如今脾性已温和得多，况且近来确也对这类问题有些困惑了，或许老头子说的，真有几分道理也不一定呢。

"先生已经完全超越了生死，明白了天地造化的奥秘了吧？"

"唉，你不要说这样的话。"老聃叹息了一声。

两个人就都沉默，一起望着远山。胭红色的天，乌鸦哀鸣着盘旋。晚风吹得两个老头都一阵瑟缩。

这些年，夫子孔熟识的人一个挨一个地死掉了不少，自己也老了，体内的气势大不如前，这时撞见老聃，实在是百感交集，有点激动了，于是犹豫了片刻，就忽然说出了心中的秘密："先生，我打算去登泰山。"

"唔，"老聃的眼眯得更细了，好像睡着了一般，"你在地上已经看够了吗？"

"是，我走遍了诸国，各地的话也都听了，稀罕的玩意儿见了不少，不同的礼俗和音乐也都了解过，当时以为，有些是好的，有些太坏，要不得，但是现在年岁长了，像狗一样颠沛流离惯了，心就难免世故起来。虽然依旧躬行，道却总是行不通，渐渐觉得地上的东西，其实也差不很多。我是每天都反省许多次的，结果是，我以为懂了的，其实并不真懂，人心不古，是要治的，但怎样治法呢？于是我就想去讨教天了。前一回鲁国开文学家笔会的时候，请我们去登东山。上到山顶，我才明白鲁国也就是一块泥丸，于是想，自己从前说的那些，怕是有些天真。可是东山也还是太小，离天还是太远，所以我想去泰山，听说泰山是极高的……远离地，靠近天，在云之上，也许就会有新的想法……"

夫子孔一气说了这么多，脸就微红，并且有些喘。老聃微微地转过头，看他那惶惶不安的样子，想起他昔日凌厉的气势，心里竟有些同情了，于是也叹气："你的心，还是不平静啊。想要的东西多，就会不足；一无所求，才能刚正……"

天色愈发暗淡，远处山脚下升起一缕炊烟。

虽明知老聃会说这种话，夫子孔心里却还是不甘："连天的样子都没见过，怎么能说明白了天道呢？"

老聃似笑非笑地说："无往，而无不往。哪里都不去，整个宇宙就都去过了。"

夫子孔落寞了一阵，就自语："我总以为，只有天了解我。现在知道，自己却并不了解天，我的道也要随着命一起完结了，可我总要看看才肯甘心啊。"

晚霞暗淡下去，天空扯过一块大幕，世界陷进大黑暗之中，一股阴冷萧瑟的湿气弥漫开来，老聃便转身："你想去，便去吧。"说完便悠悠地飘走了。

4

"泰山者，擎天之柱也。这东西穿越了几百层云霄，顶着天呢，哪里是人能登的啊……"听说夫子孔要登泰山，季康子第一个跑过来劝，"……您是圣贤，不过……泰山嘛，历来想登的人也不少，要么半路退却，要么跌下来摔死，要么就干脆失踪，可从来没有一个人真的到过顶啊，就是常年在山中采药的人，走到玉皇坡，也就算是到了头，那片森林，人是进不得的，多少人白白丢了性命，况且那上面又云雾缭绕，全是冰雪……不成不成！"

季康子是鲁国的权贵，与夫子孔私交还不错。泰山是擎天柱，乃鲁国圣地，想高攀的人也多，每年都要死不少冒险家，所以鲁国已经下了禁令，除非有特殊理由，否则官方是不批通行证的，私自攀登就是犯法，而这事就归季康子管。

"如果天要我无所求，自然会让我受挫；如果天要我往前走，自然能帮我逢凶化吉吧。"夫子孔平静地回答。这话他说了大半生，自己是非常相信的。

"嗨，您这逻辑，简直无敌啊……话虽如此……单说您这身体，也不比年轻了，怎么能登上去呢？不成不成！"季康子还是力劝。

"总能有办法的。"夫子孔泰然地回答。

"您毕竟是国学大师，万一有点闪失，我们都担待不起……话说您要是想散心，可以安排您旅游，我们还准备划出一块地，给您专心做学问……"

"太谢谢了，不过您就别费心了。"夫子孔行了个礼，送客了。

圣贤荣归故里，鲁国上下庆贺了三天，从此人人都把夫子孔当成国宝，为有这样的名人自豪。大学邀请去演讲，是不好推辞的。达官显贵也都来拜会，请教为政的道理，又送了不少礼物，夫子孔客客气气地讲几句，也把自己的语录拿来还礼。这样闹了三个月，门庭才终于清静了，而夫子孔也因为太劳神，就病倒了。时已入冬，夫子孔就只好在家休养，预备着来年开春的时候再行动。

"现在国家终于器重老师了呢……"众人守在跟前，看着夫子孔枯树皮一样的脸，心里不是滋味，想说点安慰的话。

夫子孔摇摇头，虚弱地说："口头上推崇我，却不实行我的主张，是不合礼数的；我不能得到重用，却被称作'国宝'，是不合名分的。失了礼数就会昏乱，丢了名分就有过失。你们不要学他们。"说完叹了口气，闭上眼，心里很疲倦。

　　大家都很感动，又想到总有一天老师要驾鹤西去，没人再这样教诲自己，不禁都黯然神伤了。

　　"老师还是别去泰山了吧。我占了一卦，这事似乎不妥当。"子木跟夫子孔学《易》，颇有心得，近来动辄就喜欢占卦。

　　"《易》，深奥得很，我没有研究得很明白，你已经弄懂了吗？"夫子孔连眼皮都不愿意睁。

　　子木脸红了，不再说话。

　　夫子孔就睡去了，并且做起梦来。

　　梦里，一条红色的大兽在天上飞来飞去。

　　直到腊月二十三，才下了第一场雪。

　　子贡进来时，夫子孔正在炉子旁边删《诗》，门帘掀开，一阵冷风卷进几片雪花，风吹得炉火烧得更旺了。

　　夫子孔觉得自己的日子不多了，所以愈发勤奋。自己的学说，别人听得厌，自己也说得烦，所以他近来不大愿意著书，而更愿意编古书了。《诗》有几千篇，虽然之前删到了五百，但似乎有些还是不合礼义，所以打算再删一删，但因为气虚，就只能断断续续地做。

　　"您还弄这个呢？"子贡行过礼，问道。

　　"是啊，刚删到三百首……真是百删不厌啊。"夫子孔把一卷竹简递过去，上面写满了名目，其中一些涂满了红色的圈圈叉叉。

　　"我看也差不多了，您也手下留点情吧。"子贡仔细端详了一阵，半开玩笑地说，"其实有些也还不错，删了未免可惜，不如另出一本做内参……"

　　"唔……"夫子孔愣了一会儿，心思似已不再这上面了，"东西都置办好了？"

子贡点点头："到处都打仗，物资稀缺，好在还有些熟人，买了些特供，所以也大体上齐全了。出版界今年也不景气，《论语》的销量不如去年，但仍赚了不少钱，置办完年货，还剩了不少……"

夫子孔满意地望着他，良久，才温和地说："给大家都分发下去，过完了正月，就各自散去吧。"

"是。"子贡犹豫了下，"另外，我在路上还遇到个人，破衣烂衫，一脸的灰，想讨一口水喝，我看他快要渴死了，又不像歹人，就领了回来。"

夫子孔点点头："请。"

于是就进来一个瘦高的黑脸汉子，衣服破烂得连抹布都不如，轻飘飘地套在一副干瘪的骨架上，腰间挂着一双踩烂的草鞋，赤脚立在那里，从头到脚都是一片黑，仿佛一根被雷劈焦的枯树。

"打扰了。"黑脸汉子抱了抱拳，喉咙里似乎满是砂，一双眼却如两颗星，炯炯发光。

"您赶紧吃些东西吧……"看着有人受苦，夫子孔心中总不好受。

子贡就领着汉子去了厨房，掀开锅盖，盛了一大盆稀饭，摆上二十个馍、一碗肉酱和一碟姜片："请慢用。"黑脸汉子也不客气，坐下来便吃。

足足一炷香的工夫，大汉终于出来了，并把夫子孔和子贡都吓了一跳：那副皮包的骨架竟如泡过水的菜干一样，忽然膨胀了许多倍，如今立在厅堂中，虎背熊腰，好像一座黑铁塔了，声音也洪亮起来："唉，好久没吃过这么饱，真是感激不尽啊！这下子又有力气了，咳……事情实在多，总也干不完……我本来只是路过，讨口水喝……不过人是应该知恩图报的，听说您是打算登泰山的，虽然我不赞成，但就帮您一帮吧……"

夫子孔有点茫然，问："还不知尊姓大名？"

"不敢不敢，别人都叫我翟……"汉子一笑，露出一口白灿灿的牙。

5

这年春天来得早，刚出正月，河上的冰就融得一塌糊涂，到处闪耀着碎光，在湿漉漉的河岸边，立着一个胖鼓鼓的东西，红通通的，远远看去，仿佛搁浅的金鱼。

"轻的往上飘，重的向下沉。用火一烤，热气自然就能带着人飞上天了。"翟先生解释道，"有了这个，可以直接飞上玉皇坡。"

"了不起！"季康子盛赞，"万水千山都不在话下了，果然科技才是第一生产力！"

"这个嘛，还是要以人为本。"翟含糊地说。

"能飞得更高点吗？"子路问。

"倒也可以……但我不愿意。我是崇敬鬼神的，玉皇坡是人间的界碑，我就只能送到那里拉倒，再往上呢，就看各位自己的命了。"

夫子孔只点点头，望着云桴，满脸的皱纹中，埋藏了几分忧郁。

云桴只能坐三个人，除了翟先生以外，夫子孔就只带子路随行。其他人非要同去，然而，夫子孔心意已决，任何人都没奈何。

"现在世道不好，你们都有自己的正经事要做，就不要来凑合了。"任谁劝，夫子孔就只是这样答复，"我只去看看便回来。"又特别对子贡说，"有什么事，你要多照看一下。"

子贡深沉地点点头，大伙都红了眼圈。

三天后，是个顺风的好日子，鲁国的政要和各国大使都来欢送夫子孔。翟先生请夫子孔和子路上了云桴，解开了缆绳，点上火，云桴就腾空而起。

脚下的大地渐渐远去，地上的人、房屋、田野、河流都渺小起来，黑的土、绿的湖、白的烟、连绵的青山，五颜六色的颇好看。尘俗的渣滓，都缩小不见了，只剩下一目万里的辽阔，眼前是一轮金黄的太阳，耳畔是呼啸的风，送来阵阵寒意，头顶上的火缸烧得滚烫，喷出一股股黑烟和灼人的热气，鼓胀着云桴，跨越山山水水，攀上层层云霄。

"腾云驾雾啊，哈哈！"子路是勇武之士，但习惯了平地走路的人，初次飞天，还是有点头晕心悸，于是就故意大声喊。

翟先生往火缸里添了一铲木炭，冲他咧嘴一笑，那自信的模样让子路颇感动。

夫子孔觉得有些冷，关节酸痛酸痛的，就裹紧了腿上的狗皮护膝，呼吸有点吃力，心里阵阵地慌，脸色也白了。

"天高气薄，您吸两口这个。"翟递过来枕头一样的皮囊。

夫子孔把皮碗扣在鼻子上，拧开闩，一股气就涌入五脏六腑，吸了两口，顿时舒服多了。

"万千景色都尽收眼底，况且还会移动，实在不输泰山了。"翟开玩笑说。

夫子孔也笑笑，没有说话，只望着下面越来越远的山河，偌大的一个个国家，都成了巴掌大的弹丸之地，自己一生走过的足迹，不过是一条细线啊。

云雾渺渺，绵绵无尽，一颗明晃晃的大火球，无牵无挂地飘浮着。群山都矮下去了，只剩下前方的一座苍莽的山峰，披挂着一层冰雪的铠甲，穿破云海，朝着更高远的地方刺过去了，消失在一片青铜色的天空中，抬头看去，仿佛苍穹下悬挂的一条巨大冰凌，在无限的空旷中闪烁着光芒。

"那便是泰山了。"翟轻轻地说。

"是了。"夫子孔点点头。

玉皇坡上，正飘着细雪。

异常高大的松林环山而生，仿佛一条绿腰带，截断了万年不化的冰雪，也阻隔了人的去路。林边有一块草地，旁边有间小木屋，云桴微微一震，就在草地上停了下来。

三人顿时觉得进入了另一个季节。火缸已经熄灭，脚下却弥漫着厚厚的一层热浪，似乎地下有一个热炉子，雪落在地上，就立刻融化，蒸腾起白烟，仿如温泉池。湿气热乎乎地贴过来，混着松林飘散出的清香，从毛孔里往五脏六腑里钻去，令人颇有点儿目眩神迷，心痒难耐。

"听山中采药的人讲，这林子是神设的屏风，人不可穿过，也不能穿过，"翟先生望着那片茂密的松林，幽幽地说，"登泰山的人，到这里就可以止步了。"

这片松林不知生了多少世代，足有几十人高，宽厚的枝叶挂着水滴，苍翠可人，林间白雾缭绕。三个人无声地望着林子，思绪纷飞。

"好像有声音。"子路紧张地说。

隐约有几声沙沙的声响，然而很快就从耳畔消失了，三人又仔细地听了一阵，却再无动静，唯有雪花静静飘落，水汽袅袅升起，松林如绝壁般矗立，除此，便是了无边界的寂寞。

6

"在云桴上，可以博览天下，您又何必非得登这泰山呢？"翟一边说，一边往铁锅里扔些干菜，又添上水，生起火，再把馍放在锅盖上，"那上面无非就是冰雪，爬又爬不得，有什么可看的呢……"

这间木屋大约是采药人避风雪的，里面有一张火炕和一口大锅，堆了些木柴，这些都是翟考察好的。他知道夫子孔是国宝，所以先前已经自己飞来过一次了。

"唉，你还年轻，不懂得老头子的心情。"夫子孔眼望着铁锅下面跳跃的火焰，有些出神。

翟沉思了一会儿说："那么，我就等您一天……下面到处都在打仗，我实在不能多等，天黑您还不回来，我就只好自己下山了。"

顿时，子路又想到那片雾气蒙蒙的松林，心里忽然一阵惶恐，登山的事竟前所未有地沉重起来，他望望老师，想说又不知该说什么。

"好，"夫子孔面色平静，又对着子路说，"你也不要去了，在这里陪着翟先生。"

"那不行！"子路急忙说，"老师去，我也去！"

"这事吉凶未卜，你还年轻，应该多做有用的事，不要跟我去犯险了。"

"不成！来都来了，我一定跟您去！"子路急得脸红了。

"唉，你还是这么倔强。"夫子孔摇摇头。

说这话时，铁锅里的水已经沸腾，菜叶在水上跳起舞来。三人喝着热腾腾的菜汤，就着咸菜疙瘩和干姜片，吃起了馍。

吃过饭，子路出奇地困，便倒头呼呼睡去。雪已经停了，夫子孔和翟推门而出。地下的那股热气已经消退了，寒气重又袭来，泥地慢慢冻成了一片冰场。满天星斗闪烁，洒下一地银光，雾气已然散去，松林在星光下无声无息，仿如一道影子做成的墙，森然可畏。

其实，翟对夫子孔的学说，向来是不大买账的，以为实在于天下大不利，然而见到老头本人，却又觉得他心肠倒不坏，只是脑袋有点迂罢了，所以分别在即，心里还有点难过，便打算说点轻快的话："您觉得我这发明怎么样？"

"唔，"夫子孔回过神，转眼望向云桴，沉思了一会儿说，"不错呢，前一回我见过公输般先生，他也在搞什么飞机……将来的世界，恐怕要有大变化，我怕是跟不上时代的潮流了。"

夫子孔叹了气，不自觉地揉了揉腿，年轻时东奔西跑受的那些风寒，如今都沉淀在骨头缝里化成了风湿，寒风一吹，就吱吱啦啦疼起来了。

"咳，那家伙，真让人头疼……"翟摇摇头，"'能学'倒是很有道理，只是他有点儿走火入魔了，以为搞明白'能'，就天下无敌了。飞机虽然厉害，但终究还是要以人为本的。我跟他讲过几次，他都听不进去……"

"他只晓得'器'，看不见'道'啊。"夫子孔叹了口气，"这样，就百害而无一利。"骨头还是酸胀，虽然哀公每月邀请他去泡温泉，可惜一双老寒腿，终究是不能像年轻时一样健步如飞了。岁数这回事，哪怕是圣人，也实在没辙啊。

"是啊。但我和他不同，他是为科学而科学的，我是为兼爱而科学的。"翟转过头，认真地望着夫子孔，"我知道您看重'道'，瞧不起'器'，不过器不利，事就难成。譬如有人在千里之外行不义，要治他，走路也许一个月，乘云桴只要一日。况且，衣食住行都要靠器物，粮食丰收胜过饿死人，旅居便

133

利胜过愚公移山，于人有利的就好。您不是也说，仁者爱人吗？"

夫子孔望着前面幽秘的丛林，心思有些凌乱，琢磨了一会儿，才开口："话虽如此，只怕器物高妙了，人心就乱了……"

"可您也别忘了，要匡正人心，得先喂饱肚皮。"翟究竟是年轻，反应也快，"没有'道'，'器'就走上邪路；没有'器'，'道'就走不通。只有器不成，没有器也不成，凡事都不能偏执一端，您不是也主张，过犹不及吗？不论器还是道，都不能弄得太过啊。"

"倒是这回事，"夫子孔的思绪还是飘忽，沉默了一阵子，才转过头，"唔，这些话么，我想也是有几分道理的……虽然我不很同意，但是确实跟您学了不少东西，以后我再想想这些……"

"呵，"翟露出笑，"其实我们求的都一样，只是走的路不同吧。"

夫子孔发出一阵苍老的笑，笑声淹没在浓密的夜中，北斗星在头上悬挂，仿佛伸手可及。

7

林子里没有路。

黎明之前，地下的那股热浪又慢慢升上来了，不到一个时辰，满地的冰碴儿都已经烘成了水汽，松林又是白蒙蒙的一片了。脚下的泥土半湿不干，踩上去有点滑，子路背着布包，夫子孔挂一根木棍，两人互相搀着，一点点摸索着往上爬。

阳光在雾气中弥漫，松叶上的露水不时滴落。没有鸟鸣，也不见虫飞，在树与石之间，只有山花和泥土的气息无处不在。

夫子孔年轻时是登山的好手，现在虽老了，精神却十足，下脚稳稳当当，呼吸不急不缓，跟在子路后面一步步地攀，慢慢地，身子热起来，从头到脚反倒颇感畅快，连风湿病似乎也好了，真有点不亦乐乎了。

"这里真静得可怕啊。"子路倚着一块大石头，擦擦汗，紧张地环视着：前后左右，全是参天大树，层层叠叠，在他们面前不断铺展，如迷宫一样，似乎永远没有尽头。身后，来时的路已然隐没在云雾之中。

"是啊，果然已不是人间了。"夫子孔手扶一棵古松，仔细端详树干上伤疤似的条纹，"你看，这些条纹，长短都一样，却又有两种：一种是普通的一条细线，另一种在正中间却有一个疙瘩，整个树干都是这两样条纹呢……"

"真的！"子路吃了一惊，又转身看另一棵，"这边也是一样……"

夫子孔看这些条纹有点眼熟，却一时想不起在哪儿见过，正思量着，忽然一阵风拂过，搅起阵阵松涛，如海浪一般把人的心思托起，轻轻摇荡，飘向远方。

远处一阵水声传来，两人才回过神，于是循着水声，绕上一条斜坡，一手摸索着结实的藤条，一手拨开挡在前面的杂草，小心非常地挪着。忽然，子路脚下一滑，眼看要跌落下去，夫子孔却不知哪里来的力气，一把搭住他的手腕，借着千年老藤的力，把他拉了上来，而落下去的石块只在地上一弹，"嘭"的一声，跌进白雾里，就再无动静了。

子路吓得脸色苍白，夫子孔也累得满头是汗。两人战战兢兢地又爬了半炷香的工夫，终于峰回路转，登上一块平坦的地方，前面一排峭壁，悬挂一条小瀑布，倾泻而下，向云雾深处奔流而去。

"都说不少人进过这片山林，可是一个也没出去过。"吃过了肉干和馍，子路蹲在溪边洗着手说。

"说是这么说。"夫子孔捧了冰凉的溪水润了润口。

"可一丁点儿的痕迹也没有……"子路心里不踏实，"连遗骨也不见，真是怪事……"

"这山大得很，也许我们没有看见。"夫子孔又到一棵十几丈的古松旁，盯着树干瞧。

"老师说要来看看天的模样，可这里就只有雾，什么也不见。"子路抬头，头顶上一片浑浊的天，看不出什么名堂，"现在大约是中午了，再往前走一段，如果还出不去这片林，我们就下山吧？"

夫子孔没有作声，他忽然觉得那些条纹竟好像在自下而上地缓慢移动，交换着位置，不禁吃了一惊，以为自己眼花了，揉揉眼再看，却又觉得条纹没有动，而是黑疙瘩在动，从一种条纹的中央蹦到另一种，两种条纹交替变化，猛看去就像所有的条纹在移动了。夫子孔看得有些头晕，赶忙闭上眼，这时忽然下起了雨。

有棵老松身上有个大树洞，子路扶着夫子孔钻进去避雨。树洞里一股枯枝败叶的气息，倒也暖和。两个人坐在里面，默默地望着洞外的烟雨。

"唉！"子路忽然叹了口气。

"怎么？"夫子孔问。

"老师，您不是教导我们要爱人吗？"子路终于忍不住开口，"可这儿连个鬼都没有，您来在这里做什么呢？这倒更像隐居的好地方。"

"唔，"夫子孔不知该怎么答，他心里也有一样的困惑：就算看到了天，又能怎样呢？回到地上，还不是又一切如故……然而冥冥中却好像有什么在召唤着他，心里有一股力，非驱策着他往前走不可，难道说自己中了邪不成？

"我晓得，您觉得人生到了尽头，做的事还不见成绩，就有点倦。道不行，就想远去，见见海阔天空，散散心，这也没什么不好，"子路热切望着夫子孔，"但您不是也说，君子是做事而不求结果的吗？道不能行，您该早就明了的吧？下面的世界还纷纷乱乱的，能做的事其实还很多……"

夫子孔的心里一震，愣了一会儿，随即缓缓露出了满意的微笑："子路啊，我已经没有什么可以再教你的了。"

雨停了，只有飞瀑激荡。

"就依你说的，再往前走一段看看，然后就下山吧。"

夫子孔和子路绕着峭壁走了半响，才走上一条斜坡。脚下的地皮不再温热，风也硬朗起来，地上开始冒出零星的积雪，松林稀疏开来，雾也薄了，湿乎乎的衣服就让人格外难受了。子路用脚扫出一块空地，捡了一堆松针，用火镰点着，烤起火来。

等到全身都干爽热乎了，他们二人用雪盖灭了灰烬，就继续走。雾气散尽，松树越来越稀薄，身上都挂满冰霜，地上的积雪渐渐连成一片，愈来愈难走，子路也捡了根木棍拄着，小步小步地往上攀爬，夫子孔在后面跟着，不断呼出白色的气息。

终于，他们登上了一块平地，眼前豁然开朗。

金色的阳光下，一座俊朗的雪峰在他们面前耸立，闪耀着纯净的光。寒风拂过山坡，撩起阵阵飞雪，如面纱一样随风飘摆。除了一排矮松，银装素裹，仿佛明亮的短剑一样插在地里，整个世界就只是一片白茫茫。夫子孔和子路仰望着一尘不染的雪山，瞬间消弭了心中的一切忧愁。

天空如湖水一般碧绿，云海在他们脚下浮游。

8

望够了雪峰，夫子孔转过身，看见一行行的青山在地上匍匐，蜿蜒的江河在群山之间奔突，切割出零零散散的田野和村落，在陆地的尽头，河水携裹着红尘，汇入蔚蓝色的海洋。

世界真是广阔啊！

一句诗自然而然地涌上了夫子孔的唇边："普天之下……"

诗一出口，夫子孔便觉得似乎有些不合适，却已来不及了。山巅上的积雪忽然开始沿坡而下，如海浪一般一路翻滚，倾泻而来。

二人登时愣住，这时从那片雪松中忽然跑出一只火红色的大兽，头顶一对银角，一双乌黑锃亮的眼睛惊奇望了一眼两个不速之客，便从他们面前飞身而过，朝着二人起先不曾注意的一个小山洞跑去。眨眼之间，子路清醒过来，拽起夫子孔的手就跑。雪浪如猛虎下山，一路咆哮，席卷了所有的矮松，从他们头顶疾驰而来。夫子孔跟着子路昏头昏脑地拼命跑，那洞口又窄又低，子路把布包扔进洞里，刚扶着夫子孔钻进去，就被一块飞落下来的雪块砸中了额头，一下滑倒，正挣扎着站起来，雪浪已铺天盖地，卷着他朝山下涌去，等到夫子孔站稳，山洞里已是一片漆黑了。

片刻之后，一切都安静了。

夫子孔的脑袋嗡嗡作响，他大口喘了几口气，便不顾刺骨的冰冷，奋力去挖洞口的雪。然而雪堆得又松又厚，才挖出一点儿空隙，就立刻被上面的雪填上。夫子孔不肯放弃，搓搓通红的手，继续挖个不停，万年不化的冰雪就在那满是色斑的手里融化了。终于，夫子孔从齐腰深的雪地里探出了半截身子，用力呼喊着子路的名字。

山峰耸立，并不动容，苍老的呼唤在山与雪的世界里兀自回荡，终于变成了一声呜咽。

哭过之后，夫子孔身心俱疲，就退回山洞，用麻木的手翻捡着布包，洞里没有可以点火的东西，所幸还有半包姜片，夫子孔就抓起一把，扔进嘴里猛嚼了一阵咽下去，五脏六腑顿时烧起来，从里到外出了一身的汗，多少暖和点了，然后就往里爬了几下，找到一块比较干而且平整的地方躺下，把冰冷的双手揣在腋下，沉沉睡去了。

夫子孔似乎做了一个什么梦。

睁开眼，周围却黑咕隆咚的，远处有叮咚叮咚的水声。夫子孔坐在黑暗中，脑袋里全是迷雾。独自愣了好一阵，肚子里就咕噜噜叫起来，夫子孔摸出几块凉冰冰的碎馍吞下去。洞里又湿又闷，有股动物粪便的气息。夫子孔如盲人般，不知道前面有什么，只能凭双手摸索着往前慢慢爬，累得浑身是汗，满手满脸都是泥，又不敢停下来，生怕一歇就再也睁不开眼，就呼哧呼哧地挪蹭着，同时心里有一种感觉：自己其实还没有醒来。

不知爬了多久，前面终于露出一丝微光。夫子孔吐了口气，从一个洞口钻了出来，竟来到了一个钟形的岩洞里了。

满天群星。

夫子孔大惊,定了神,才发现那些其实是挂满洞壁的无数个蓝绿色的亮点儿,好似夜空中的星斗一样星罗棋布,闪耀荧光。在极高的地方,又有一块巴掌大的光斑,好像俯瞰众星的明月。洞底的中央是一块圆形的大水池,洞壁上的滴水落在池中,激起阵阵涟漪,水池边躺着一具白骨。

原来有人来过这里啊。

夫子孔走过去,发现逝者的颈骨和脊柱已经断裂,就仰起头,细看洞壁,发现在"星斗"之间竟有一道道凹槽,螺纹似的盘旋而上。夫子孔绕着水池走,就真的找到了一个缓坡,半人高,两人宽。那个光斑,大概就是出口,而那具枯骨似乎是走到半路跌落下来的。

夫子孔心中更惊骇了:如此说来,这泰山,竟是空心的不成?

在蓝绿色的星光下,夫子孔在螺旋状的壁槽里匍匐而行。

他这一生之中,也曾落魄过,却从未像现在这么劳苦:衣服碎成了布片,膝盖上的棉裤已磨出了窟窿,脚割破了,就扯块碎布包起来,可心里却有一种特别的兴奋,鼓动他不顾浑身的疼痛,继续前行。爬一会儿,就翻个身躺下来歇一歇。岩壁虽硬,却很温热。一想到那具骸骨,夫子孔心里就一阵战栗:他是谁呢?也和自己一样,是来看天的吗?那些光点儿又是什么呢?倘若往旁边翻个身……夫子孔不敢想下去,也不敢从槽沿探头向下看,更不敢去看对面的密密麻麻的"星星",免得头晕摔下去。他就只盯着眼前,一圈又一圈,执着攀升着,群星在他身边旋转,而他看也不看一眼。

渐渐地,那光斑竟有一张锅那么大了,也比之前更亮、更近了。夫子孔的头开始发热,眼前的影子也有点模糊,恍惚中,他看到"星斗"都离开洞壁,密密麻麻地朝他飞来。他赶忙闭上眼,做了几个深呼吸,心中不停地默念着"君子坦荡荡"。耳旁嗡嗡地响了一阵,终于清静了。这时飘来一阵凉风,夫子孔的头脑也清醒多了,睁开眼,幻影都消散了。

水滴落在池中,激起更大的涟漪,"星斗"闪烁得更厉害了,而夫子孔全然不觉，他忘记了时间，也忘记了整个世界，只知道一圈又一圈地攀升着，群星在他身边旋转，而他看也不看一眼。

终于，夫子孔爬到了那洞口，前面是明晃晃的光，一股风吹在脸上。

夫子孔迈进山洞，稳稳地坐下来。半晌，他攒足力气站起来，转过身，扶着块石头，小心探头，只见"星斗"都在下面闪烁，仿佛夜空倒悬在他脚下了。忽然间，它们开始移动，贴着岩壁朝着这边涌来，并且越来越快，如旋涡一般，而洞口正是旋涡之眼。夫子孔急忙后撤，星如潮水，汹涌而来，洞穴里满是绿光，夫子孔闭上眼，而脑海里浮现出了"星星"的样子：那形状竟和神林中松树上的条纹是一样的。

这东西，原来我真的见过啊！夫子孔猛然醒悟了。

周围暗淡下去了，夫子孔睁开眼，面前却再也见不到一点儿萤火，仿佛都顺着洞口飞走了，只留下一个无底似的黑洞。夫子孔立刻迈步，跌跌撞撞走出洞口。

他站在了泰山的顶端。

群山都伏倒在他脚下，万千世界，尽收眼底。

而头顶上，就是天了。

天，好像一汪清潭，平整如镜，泛着白玉似的微光，映出着一个模糊的影子。

自从盘古之后，就再没人离它这样近过。

那里是否藏着他追问了一生的秘密？

夫子孔的心怦怦跳动，踮起脚，探头过去，那影子就清晰起来，却并不是夫子孔的脸，而是慢慢幻化出一个清亮柔美的圆。仔细看，竟是一黑一白两条鱼，头尾缠绕，悠悠地转着圈。

啊！夫子孔大骇了。

难道这就是宇宙的秘密吗？

他忍不住，颤抖着手去摸。

天真就如一汪水，泛起涟漪来。

两条鱼仿佛吃了一惊，顿时散去，天好像开了一扇门，闪出一道白光，大地开始轰然作响，泰山也崩裂成无数巨石，而夫子孔则在光芒中失去了知觉。

9

星在旋转，光在流淌，冰与火的歌。

10

夫子孔的身体对音乐天生敏感，虽在沉睡之中，闻听雅乐，就慢慢地苏醒过来。

琴声幽幽，弦乐绵绵，夫子孔闭眼倾听。心随琴动，仿如飞天，随风驰骋，信马由缰，少顷，又直上云霄，万古山河都化成沧海一粟，唯见银河万里，流光溢彩，群星闪烁，明灭不定，天火熊熊，玉珠滚滚，方生方死，如涛如浪。天地浩荡，乾坤苍茫，幽幽冥冥，最终都化作一朵花瓣，飘落无声。

一曲终了，夫子孔的心久久澎湃。

他睁开眼，发现自己赤身躺在一间素雅的木屋里，身上干干净净，没有一点儿污浊，那些伤痛，仿佛也随着一起被擦掉了。窗外鸟语花香，阳光温柔，石凳上叠放着一件白色的长袍，夫子孔穿起来，觉得不软不硬，贴身得很，就推门而出。

眼前是一座花园，繁花似锦，绿草如茵，清风徐徐，远处重峦叠嶂，一条雪白的瀑布飞流直下，碧空之上，几朵白云懒懒地舒展着。

这大概是梦乡吧，夫子孔想。

这时，琴声又起，如清泉流淌，又有几许忧愁。夫子孔循着琴声，走上一条长廊，阳光透过茂密的葡萄藤，洒落一地。

琴声幽咽，哀愁渐浓，一曲未终而音已止。

一座凉亭，一个黑影，一把琴，一声叹息。

"他的心很仁慈，又有点悲伤。"夫子孔这样想着，就迈步走过去。

听见脚步声，黑影转过身，淡淡地说："您醒了。"

一身黑斗篷，帽檐低压着，仿佛一张影子。

"是。"夫子孔行了个礼，"方才听见您弹琴，就过来了。"

黑影微微低下头："让您见笑了。"

"哪里。"夫子孔说，"我一生闻乐无数，还从未听过这样奇妙的曲子。"

"您觉得如何呢？"

"我似乎看到了宇宙，"夫子孔如实说，"并且懂了一点点它的心思。"

"呵，那就好。"

"请问，此曲何名？"夫子孔问。

"信手而弹，并无什么名字……"影子顿了顿，"您觉得叫什么好呢？"

"唔，这个，我一时想不出，只是听的时候，看见无数的星。"夫子孔回想着。

"那么，就叫《星》吧。"影子轻声一笑，把琴向前一推，"我知道您也是音乐家，可否也弹一曲呢？"

夫子孔笑了笑，便在影子对面坐下来，手扶良琴，沉思了片刻，就弹起来。凉亭边，花香四溢，泉水声声，天空中几只飞鸟翱翔，琴声舒缓，随风流淌。

弦已止，而乐声仿佛还在耳边回荡。两个人都静默，一起在余音中回味。

良久，黑影才开口，又仿佛独自沉吟："巍巍乎志在高山，洋洋乎志在流水。"

夫子孔立刻笑了。

"能亲耳听您弹琴，真是三百生有幸。夫子孔的胸怀，今日终于见识了。"黑影欠了欠身。

"过奖了。"夫子孔微笑说，"敢问阁下是……"

"唉……"黑影转过身，望着远处的瀑布，沉默起来。

"世上有许多路。若想明白天下，就要走遍所有的路。譬如到了岔路口，先走一回左边，下次回来，再去走一次右边，这样才算见识了天下。"

黑影给夫子孔倒了一杯清茶。

"史，也是一个道理：譬如诸侯争霸，这一次是秦国强大了，重新来过的时候，可能因缘巧合，秦国反而弱小了……这样走遍了所有可走的路，才算是明白'史'。"

黑影慢慢地说，夫子孔静静地听，茶香悠悠地飘。

"总之，所有的路都走一遭，就明白哪些是变的、怎样变法，才能知道哪些是不变的。不变的东西，就是道。"

黑影端起茶杯，夫子孔也跟着端起。山泉煮茶，唇齿留香。

"然而，时光如水，一去不返，不能回头。因此从古到今，就只有一个'史'，我们不妨称之为'一实'，而其余万千的'史'都不能成真，不妨称之为'万虚'，虚实之间，无从比较，也就没法真正明白'史'，更谈不上'道'。"

夫子孔点点头，这样的想法，他从前也有过。黑影又把茶添满。

"不过，到如今，终于有了个法子，"黑影用手一指远处的青山，"那里面，有些机器，可以另辟一块时空，在那里，史，从过去一个起点重新开始，直到全人类都灭亡，就再从头来过，一遍一遍，每次又千变万化，'万虚'就变成了'万实'……有了'万实'，就可以相互比较，就能明白'道'了。"

夫子孔一脸惊愕："我不懂……"

黑影又恭敬地欠欠身："自您之后，已经过去八千八百年了，咱们隔了几百代，我得叫您一声祖先了。"

清风入怀，茶香依旧，而夫子孔脸色苍白如纸，豆大的汗珠从脑门上渗出来。

11

夫子孔渐渐习惯了新的世界。

每天，他和影子在山间散步，在泉边弹琴，夜晚便一起遥望星空。

这是他"死后"八千八百年的星空。那些星斗，都变换了位置，有些异样，有些陌生。

星空下，是他"死后"八千八百年的世界。这时的人们，多数已去了远处的星上，建立了无数的"天宫"，少数人留在地上，住在丛林中，整日品茶、赏花、写诗，维护那架机器。

乘着一个透明的圆球，他们一起环绕大地飞行。在圆球里，身体像羽毛一样没有重量，轻飘飘地悬浮着，俯瞰这下面的世界，好像自己在飞。地上不见人烟，就只有一排排茂密的森林，一片又一片翠绿色。只在山谷河流之间，有一些幽深的洞口，圆球带着他们飞进去，里面是一条条纵横交错的管道，巨大的机器勾连套嵌，向着地下一层层铺展下去，无边无际地延伸着。夫子孔看得一阵眩晕，赶忙闭上了眼。

从那时起，夫子孔就染上了一种忧郁，他时常梦见那些迷宫似的管道，梦见那些银色的机器，它们变成了一副骨架，支撑着大地站起身，朝着天空奔跑而去。

有时候，影子的朋友们还会从远方赶来。他们都穿着黑色斗篷，却并不说话，也不喝茶，只是默默地坐在那里，似乎就明白了彼此的心思，然后起身离去。在一旁的夫子孔，好像也能隐约感受到点什么，虽并不明白，却觉得非常惬意。

到了晚上，夫子孔就悬浮在圆球里，望着陌生的星空，想着心事。

历史发生了两百七十一次，每次都千奇百怪。

其中的第一次，回过头，"创造"了或者说重新找回了"失去"的另外两百七十次，观察着它们。它们在独立的时空里运转，速度比"它"要快很多，它们的一百年，不过等于"它"的十天。它们每一个都同样真实，只不过，只对它们自己来说才是重要的。

人类已经毁灭了两百七十次，每次都悲惨至极，除了"它"，还没有一个能够延续不灭。

"它"唏嘘不已，"它"继续等待。

按照计划，这样的试验本该还要再发生九千七百三十次。接着，埋在山底下的那些巨大机器会思考上千个日夜，然后告诉你：道是什么。

这想法很妙。

不过这些都不会有了。一场灾难正在"它"身上发生：一种叫作"渊"的东西，正在银河中游荡，所过之处，全部吞噬，如今，正在朝着这里飘来。

最真实的"它"，唯一的"它"，也行将终结了。

于是，人们决定彻底放弃这片星空，远走他乡。

道是什么，这个问题，也就不再重要了。记录被带走，其余都扔下不管了。失去了维护的机器，开始出现各种错误。它维护着的那片时空，也就一个个莫名其妙起来了。譬如说这次，由于什么引力系数一类东西出了错，泰山竟也成了机器的一部分，用它周围的树和石不断地运算着世界的秘密，而天竟成了世界的界限，一旦有人突破了极限，世界就崩解了。

阴差阳错，突破世界的人，却来到了"它"之中。

人类的第二百七十次灭亡，竟是因为自己，这好像神话一样，令夫子孔不能相信。

望着天空流淌的银河，夫子孔好奇地问："之前的两百七十个我，是怎样的呢？"

夜空中慢慢亮起十几个月亮，连成一排，群星暗淡下去了。影子说，那是人造的月亮，里面住了人，不久以后，这些"月亮"就会飞走，永远不再回来。

沉默了一会儿，隐藏在夜色中的影子说："都是有意思的人，"略停了一下，"但没有一个想过要去登天。"

夫子孔笑了，然后又有点难过。

偶尔，会有一道银色的光升上天，向着那些月亮飞去。

"你为什么不走呢？"夫子孔又问。

"呵，"影子沉思了一会儿，"我太留恋这里了。"

"这种时候，是容易染上怀旧病的。"夫子孔对此深有体会。

"是啊，所以就听天由命吧。"

"这里很舒服，"夫子孔由衷地感慨，"在我们那边，不少人都梦想来这样的地方——衣食无忧，也没什么争斗。但他们想不到，还要等这么久。"

"确实，之前，也有过许多灾难，也有几乎彻底灭亡的时候，然而，总算挺了过来，有了今天。这或许是我所见过的最好的年月了，如果没有'渊'的话。"

在深空，有一个看不见的黑色劫难，正吞噬着星星，朝这里而来。

夫子孔很想知道在他"死后"的几千年都发生了什么，然而他忍住了好奇，因为心里有别的打算，所以他宁肯不知道这些已然发生的"将来"的事。

"您要是愿意，可以跟他们走，他们倒很乐意。"影子笑了笑，"虽然过了这么些年，您在我们这儿可还是名人呢，大家都没忘记，也都很尊敬您。"

"是吗，真想不到。"夫子孔摇头，"不过，还是不要了吧。"

"那么您留下来吧，毕竟'渊'还远，大约我们都等不到那时候。"影子诚恳地说。

夫子孔沉默了片刻，望着远处黑乎乎的山反问："那机器，会怎样呢？"

"自己坏在那里吧。"黑影心不在焉地说。

"能修吗？"

"能，但已没有必要了，除非……"影子愣了一下，"您想回去？"

"唉……"夫子孔叹息了一声，有些惆怅，"这里真是享清福的好地方，然而我总觉得在这里像鬼一样，不合时宜。况且想起我的朋友和学生，就总是放不下啊……"

"可那些都已经……结束了啊。"

"话虽如此，但我觉得一切都还在着的。你不是说，可以从头来过吗？"

"哎呀，"影子从黑暗中飘过来，有点忧虑了，"'记录点'倒是有，可以把您送回到毁灭前的某一刻，然后重新继续的……不过，您真要这么做吗？"

夫子孔目光炯炯："那就有劳您帮忙吧！"

头顶上，一颗流星划过天际。

12

凉亭边，溪水依旧清澈，但山花似乎不如从前那么茂盛了。凉亭里坐了一排影子，他们都是来送行的。

"机器勉强修好了，况且能量也不足，恐怕就只够再撑一次，"影子交代着，"引力系数校正了，现在大可以去登随便什么山了，不过，说不准别的地方会不会有问题。"

"好。那么，这是最后一次了？"夫子孔问。

影子郑重地点点头："再毁灭的话，可就没办法了。"

"这样也好。"夫子孔点点头，琢磨了一下，"这样也好。"顿了顿，又问，"你能把那边的速度再调快一些吗？"

"可以。"影子会意地一笑，"兴许在'渊'吞没这里前，你们能想出什么好法子。自然，快还是慢，在那边是不会有什么感觉的。"

"只差了八千年，很快就会追上你们的。"夫子孔微笑着，似乎很有信心。

"但愿别出什么差池，少走弯路，否则就只有一起……"影子有点儿感伤了，于是举起茶，"能和您相逢，真是好事。"

"我也一样。"夫子孔说，笑着问，"能看看您的真容吗？"

"唉，"影子摇摇头，"还是算了吧……"

"也好。"夫子孔将茶一饮而尽，"那么，您再为我弹一曲践行吧。"

"好。"影子手扶着琴，想了一会儿，"《星》是当时的心境，如今已经弹不出来了。我这儿倒有一个曲谱，是您那时候的，后来失传了，如今找回来了。我请您听一听，曲谱您带不走，就请记在心里吧。"

夫子孔笑了，又向着那些黑影点点头，走进了圆球中。

琴声扬起，天地都静穆了。

夫子孔闭上眼，心中一片安宁，伴着琴声，周围渐渐黑了下去。

* * * * * * *

夫子孔从梦中醒来时，太阳正朝西坠去。

他觉得周身乏力，精神也很困顿，所以就在那里呆坐着，偎着火炉，似睡非睡的，直到有人叩门，才清醒过来。

子路站在门口："老师，季康子来了。"

夫子孔愣愣地，盯得子路有些糊涂了，片刻之后，夫子孔露出一个笑："请。"

"泰山者，擎天之柱也。这东西穿越了几百层云霄，顶着天呢，哪里是人能登的啊……不成不成！"

夫子孔默默地听，也不应答，脸上却挂着满意的笑，让季康子和子路都莫名。

"……您毕竟是国学大师，万一有点闪失，我们都担待不起……话说您要是想散心，可以安排您旅游，我们还准备划出一块地，给您专心做学问……"

"太谢谢了，"夫子孔行了个礼，"那么，就不去了吧。"

季康子和子路都登时愣住了。

"与其那么辛苦，真不如做点别的事。"

"哎呀！您果然是圣人哪，就是通情达理！不像别的老头子，固执得要命……"季康子完全没料到这样的逆转，想到自己面子这么大，高兴得有点儿口不择言，说完自己也后悔了。

夫子孔却并不介意，只和善地笑："那就烦劳您给我划一块地，我准备盖两间房，办个学堂。"

"好好好，就这么办，要强国，还得靠教育事业啊！"

季康子满心欢喜地走了。

子路却一脸不悦："我们百般劝，您都不听，当官的一说，就立刻改主意，君子是这样势利的吗？"

夫子孔依旧不生气："君子啊……唉，子路，你永远是这样……"

夕阳下，夫子孔独自站在黄河边上，望着滔滔的河水出神。

一个人慢悠悠地飘过来，夫子孔回头一看，就笑了。

　　两个人矗立了一会儿，老聃就开口："这些日子，你在做什么呢？"

　　"哎，我做了个梦呢。"

　　"梦见了什么？"老聃淡淡地问。

　　"梦见我去登了泰山，泰山是空的，顶上便是天，天是软的，像水一样。我一摸，天就裂开，世界就完结了。"

　　"那么，你明白'天'的奥秘了吗？"

　　"我不敢这么说。但我看见了奇怪的东西。"

　　"是什么呢？"

　　"我在树干上看到了爻，在天上看见了阴阳。"

　　"唔。"老子也不吃惊。

　　"我还梦见了天外的世界，那是几千年以后了，将来的人，也在求道，但是仍不得。"

　　"哈。"

　　"我们这里，便是他们造出来的影。"

　　"嗬。"

　　"梦里有一个朋友，是一个影子，和您有点儿像。"

　　"哦。"

　　"我还梦见两首曲子，都是天籁之音，可惜梦醒了，就全都忘记了，只记得一个叫《星》，另一个叫《广陵散》。"

　　老聃不作声，杵在那里，如一尊雕像，脸上堆满皱纹而全无一丝波澜，一阵风把他稀疏的几根白头发和垂到耳边的白眉吹得乱颤，一身肥大的黄袍在风中飘摆不定。良久，他才开口："这不是一个好梦，也不是一个坏梦。"

　　"是。"夫子孔点点头，"梦里很舒服。"

　　"醒了呢？"

　　"很累，但也高兴。"夫子孔望着浑浊的河水，微笑着，"我还是不能无所欲求，但心比从前平静得多，所以能更刚正一点儿。"

"咳，这样好。"

"我打算办学堂，不只讲礼乐，也要找人讲算术、讲天文、讲水利、讲种田……这世界还等着我们，可做的事还多着呢！"夫子孔的眼里闪出快乐的光，"您愿意，也来。"

"我太老了。"

"那可难说。"

老聃没有应答，只露出一抹微笑。

两个人一起望着黄河，河水滚滚向前，夕阳正一点点沉沦，胭红色的晚霞染红了河水。晚风阵阵，吹乱了他们满头的白发。

飞氘：青年科幻作家，80后。清华大学文学博士，北京师范大学文学院博士后。著有短篇小说集《纯真及其所编造的》《讲故事的机器人》《中国科幻大片》《去死的漫漫旅途》。此外，曾在 *Science Fiction Studies*、《文学评论》《当代作家评论》《读书》《中国比较文学》等期刊上发表学术类文章。作品被译成英文、意大利文、德文，以及中国的藏文。曾获第二届、第三届"扶持青年优秀电影剧作计划"奖。入围第十届"华语文学传媒大奖·年度最具潜力新人"。

春日泽·云梦山·仲昆

信步走上云梦山的时候，天还没有亮，雾气蒸腾，白云从山巅缓缓流下，回头望去，仪仗军士们已经看不到了。

　　我故意留他们在山下。我不想让他们看见。这山上，有不愿意任何人看到的东西……有我和偃师共同保守的秘密……只不过，我活着，闭嘴，他死了，永远也张不开眼睛。

　　一想到偃师的眼睛，我就浑身上下打了个激灵。那是一双多么激动的眼睛！在我们生平第一次见面的地方，似乎连水面也被他的眼光所照亮……

　　那一天，也好似今天这样，云蒸雾绕，在我的记忆里，每一次和偃师见面，似乎都是这样。我穿着短裤，拿着矛，站在云梦泽中间。按照父亲的要求，我已经抓了一上午的鱼了，连小虾都没有抓到一只，正在懊恼万分之中。

　　这个时候，"哗啦"一声，从岸边的芦苇丛中钻出一个小孩，穿着平民的衣服，肩上扛着根长长的奇怪的竿子。他看了我一眼，那双清澈到几乎是淡蓝色的眸子中流动的光华，吓了我一跳。许多年以后，我才知道一个人为什么会有那么明亮的眼睛。

　　"喂！"我转过脸，不看他的眼睛，不高兴地说，"你是谁，来这里做什么？"

　　虽然我只穿着短裤，但是屁股上面还是绣着贵族的旗号，这小孩也看出来了，笑眯眯地说："我来钓鱼啊，大人。"

　　这个小子看起来并不比我小很多，可是叫我大人，我听起来还是比较舒坦的，脸上不由自主地浮出了笑。

　　"钓鱼？你用什么钓？"

他轻轻地扬了扬手中的竿子，从那竿子上顺溜溜地滑下一长串的浮飘坠子钩子，由一根细得几乎看不见的丝悬着，在空气中悠悠地荡着。

我"哇"的一声叫了出来："这是周王用的钓竿啊！"

"你见过周王的钓竿？"小孩奇怪地问。

"上次郊祀的时候，看见的周王八宝之一。"我不无得意地说。

"你真厉害，还能参加周王的郊祀大典。"小孩羡慕地说。

其实这话应该反过来说才对。我只是随着父亲远远看了一眼，而这个小孩自己就有一根。我们俩相互钦佩，就一道坐在芦苇丛下。

"你是哪儿人哪？我是从王城来的，我叫作姜无宇。"我神气活现地说。

"我就住在这山上，我叫偃师。"

"哈哈哈哈，对了，偃师……你几岁啊？"

"13，你呢？"

"我14了，明年就要娶妻生子。"我越发得意起来，转念一想，又把架子放下来。

"你这根竿是打哪儿来的？"

"我自己做的。"

我吞了口口水："你给我钓一条鱼吧。"

"为什么？你是贵族家，还用自己钓鱼吃？"

"我父亲要我钓的。我们家是兵家，如果不会抓鱼鸟，就不能学习狩猎，不能学狩猎，就不能学战阵，也就不能跟父亲上阵打仗，"我长长地叹了口气，"这个夏天过去，父亲就要带哥哥们去砍西狄人的脑袋了……"

"你喜欢砍人脑袋？"

"我喜欢砍人脑袋。"

"那好，"偃师转了转眼珠，"将来如果你斩下了西狄的头颅，送给我一颗，我就帮你钓鱼。"

"小小年纪，你要西狄人的脑袋干什么？"我看他两眼。

"我只是想看看天下人的脑袋有什么不一样。"偃师淡淡地说。

这样，我就欠下了人情。可是我当时吹的牛皮到现在为止只有娶妻生子成了真。父亲在西狄打了大胜仗，擎天保驾之功，王赐婚于我大哥，我家的门第一夜之间从贵族成了王族。天下赖我父而太平，再也不用出兵打仗了。

不过这并不妨碍我和偃师成为好朋友。他住在云梦山上，我一有空就到他那里去。

算起来，我已经很久没来这里了。从那次以后就没有来过。我不知道自己为什么会再一次信步走上云梦山。上山的时候我思绪满腹，但路是已经熟悉到不用眼睛看也能走完的程度。路几乎是自动在脚下延伸着。

偃师非常之聪明。我常常觉得他的聪明似乎是超越了我们这个时代，超越了大周的伟大疆域。他小小的一个人住在山上，却把自己周围的一切整理得井井有条，他的小屋里堆满了各种稀奇古怪的东西，一大半都是他自己动手做的。好玩的有会自己转圈的陀螺，会从架子上翻下来翻上去的木猴，有会"吱吱"叫的木帼帼，也有实用的，如只有王室工匠才造得出的钓竿、木轮，可以自动抽丝的卷丝木架，而且随着年龄的日增月长，他屋子里的古怪东西越来越多，17岁的时候他把流水引入了小屋底下，推动着一个叫作大水车的东西，这样，更多的东西如人兽一般活了起来，按动一个机关，就会有一个端着热茶的傀儡从墙壁后面转出来……这些东西随便放一两件到尘世中去，都会是稀世之宝，可是偃师从来没这样想过，我也没有。我只是闲暇时就到他的小屋中坐去，小时候玩陀螺，长大了喝茶。

有一次我问偃师："为什么想要做这么多的东西？"

他习惯性地淡淡一笑，用那种永远都不咸不淡的口气说："我只是想看看，这种东西做出来有什么意义。"

"你不打算让全天下人都见识见识你的本事吗？"我从傀儡手中接过茶，

追问道。

"这个时代的人不会喜欢我的作品。"

我沉默了。不是因为说不过他，而只是一种习惯性的沉默。偃师的脾气我清楚，他总是用他那冷冷的眼睛，把这世界看得扁扁的，这是一种孤芳自赏式的清高，和饿死在首阳山上的那两兄弟脾气近似。那两兄弟一边受朝廷褒奖，一边私底下受人嘲笑。遇到偃师这样说话，我就闭嘴，免得把自己扯进尴尬里去。

"如果让大王看到你的作品，他一定会把你召进宫去。"过了一会儿，我忍不住又说。

"我知道。"偃师淡淡地说，"可是我从来也没想过要做王臣。"

这话里隐隐地含着看不起当官人的意思，这也就影射到了我。我勉强地沉默了。

偃师和我其实完全不是一个世界的人。可是奇怪的是，在很长的时间里，我能勉强容忍他的孤高，他也能勉强容忍我的世俗。我们待在一起的目的，似乎只是想身边有一个影子，能够打发掉漫长的寂寞。

在家里，在人多的地方，我总觉得不自在。

那种不自在是与生俱来的，因为我有两个哥哥，两个盖世英雄。他们和我的父亲一样，在神一般的光芒照耀下，在大周的天空中闪闪发光，而我成了典型的"灯下黑"。现在，大哥又出征了，如果再次胜利归来，我们家又将荣耀一时。而我，则会在巨烛的灯下被烤得不成人形，与其那样，还不如与偃师一道在山峦里无聊地打发时间来得好。

我于是再也不说话，转头望向窗外。在这个薄云缭绕的早晨，天上的云彩沟壑纵横地排列着，阳光如同金色的长蛇，在沟壑之间蜿蜒爬行。窗外稀疏萧娑的树林变成了剪影，默默地站立在青光耀眼的天幕之下。

这是我永生难忘的景色。

我刚一踏进大门，迎面就走来了二哥和周公二人，我忙不迭地行下礼去。

二哥脸上的笑容马上拉了下来，周公老头子则是笑容满面地把我扶起来。

"哟，看看，看看，这是老三吧？都这么大了……真是双喜临门，可巧你就来了。"

我一脸假笑地看着二哥。二哥冷冷地看了我许久，这才慢慢地说："你几天没回来，不知道朝廷里和家里的大事。咱们的大哥又大胜了，王已经下令凯旋，还朝后还要赐予征岚宝剑……"

他又看了我许久，仰头看天，道："咱们一门也算是盛贵无边了，大哥和我都娶了公主，放着你也不好。王宫里的旨意，可能要把王最小的流梳公主下嫁给你——你要争气！"

我连连点头，恨不能向二哥表达清楚我的感谢之意。

二哥和周公联袂出门，又回过头来："上次你拿来的那个什么可折叠的军帐，大哥这次出兵用了，还说好用……你还有没有这些枝章末节的小东西，再拿些来看看。"

"那是我朋友做的，"我吓了一跳，"他……他并不想这些东西流传开来，我……我……"

二哥哼了一声，眼光扫过来，我像被割倒的草一样弯下腰去，等我抬起头来，早已不见人影了。

"人其实是到不了最向往的天空的。"偃师怔怔地望着高高的天空，说道。

"就像王一样。"我站在他的身边，虚着眼睛看。我的视力不太好，而且天太高，也太亮，十分不适合我阴暗的眸子。

"我们所能做的就是接近它而已。"

"这也是我想要做到的。"我在心底，对自己说。

山后面终于传来了奴隶们气喘吁吁的号子声，我们俩同时回过身来，只见在山坡顶端的密林之中，大木鸢已经露出了它巨大的翅膀。

"好！看我的手势！"我在马上立起来，指挥身旁的小夷奴拼命地挥舞着家族旗号，"看我的手势就放！"

"等一等！要看风向！"偃师也自马上立起，"风向现在不太对……等一下！"

"叫他们等一下……浑蛋！怎么拉不稳？"我使劲往小夷奴头上踢了一脚，"滚过去，叫他们给稳住！"

小夷奴连滚带爬地还没冲出去十丈远，又一股罡风卷起，大木鸢在一众菜色的奴隶头上高高扬起，终于"嘣"的一声，绳索断裂的声音整个山谷都听得见，大木鸢猛地一下拔地而起，接着头往下一沉，在那些搅乱我视线的奴隶满天飞舞的胳膊腿脚中一闪而过，终于彻底地离开了山顶，在看不见的气流的推举之下，起起伏伏地沿着山谷向下飞去。

我们张大了嘴，过了好一会儿，才从震惊之中清醒过来。

"哈哈！飞起来了！真的飞起来了！阿偃！"我狂喜地喊起来，"居然飞起来了！这么重的东西也能飞起来！"

"只要能借风势，再重的东西都能飞起来。"偃师眼望着远远飘去的木鸢，轻轻地说。

我在心中千百遍地咀嚼着这句话，直到偃师忽然失声叫道："糟了！"

大木鸢没有绳子的牵引，飘飘荡荡，越飞越远，眼看就要越过另一边的山头，落到春日泽那边去了。我"哦哟"一声，甩开马鞭的时候，偃师已经箭一般地直冲了出去，我举着马鞭想了半晌，才想起是什么让我犹豫了。

"阿偃！不行啊，过了山头就不是咱们家的了，春日泽是王的封田！"

山谷里空空的，只有我的小夷奴傻呆呆地站在面前。我突然气不打一处来，没头没脑地赏了他一顿鞭子。

下一眼看见偃师，准确地说是看见大木鸢的时候，春日泽的晨雾正在渐渐淡去，但是阳光好像无论如何也射不进这个地方。这个地方现在由另一个东西照亮，那就是流梳公主。

流梳公主的鸾驾是一具巨大的红色马车，远远望去仿佛是漂浮在湖面上的小房子。其实是马车正停在春日泽清幽的湖边上，湖水微微荡漾，红房子和青衣仕女的倒影被撕扯得千奇百怪。

大木鸢就静静地漂浮在马车旁边的水草中，可是我没有看见偃师。不可能，他明明比我先到。我手一挥，数十个奴隶呼啦啦地跪在泥水中。我踩着其中一个的头跳下马，快步走近鸾驾，在一众仕女惊疑的眼光下，单腿跪地，朗声说道："臣，征夷大将军姜黎第三子，明堂宫左领军卫姜无宇，觐见公主。"

车内有个清越的声音轻轻地"啊"了一声，我虽跪在地下，却也看得见周围的仕女们先是震惊，而后一个个掩嘴而笑。刹那间我也是面红过耳。

但这并不是来自羞涩的脸红。我的心中只有羞愤。关于流梳公主可能下嫁我家成为征夷大将军三儿媳的说法，在国内早已是不胫而走，可是却迟迟没有下文。我知道，这是二哥在故意羞辱我、玩弄我，故意在半空中悬着一个似乎伸手可及的桃子，外人看不见，我其实是跳起八丈高也挨不着桃子的边儿。二哥也许会在玩够之后把桃子丢给我，那要视乎我成为王婿之后会不会危及他右执政大臣的位置。

我把头埋得更低，想要说，却又咽了回去。我几乎要放弃要回木鸢的想法了。这个时候，门一响，偃师从里面躬身却步退了出来。

大木鸢最终也没有拿回来，因为偃师把它送给流梳公主了。这个小子，一点儿也不知道我和从未谋面的公主之间的牵扯，证据就是，在我俩已不多的话题中，突然又多出个流梳公主来。偃师从来就不是一个结巴的人，所以那天晚上我们还没走到分手的地方，我就已经清楚地知道了公主的长发、扎头发的紫绳、白菊花的衣服，以及在昏暗的马车中闪闪发光的小手。我一面脸笑心不笑地听着，一面想该怎么向父亲和哥哥们解释今天发生的一切。如果让二哥知道我竟然觐见了公主，不知道拿什么好果子给我吃，一想到这里我的头就大了三分。

然而那天晚上，父亲和哥哥们与周公喝酒，很晚才回来。我忐忑不安地过了一个晚上，接着又过了十几个晚上。

什么事情也没有发生。宫里宫外没有人知道流梳公主的奇遇。二哥皮笑肉不笑地在我面前提到"从天而降的木鸢",眼神中完全是一股嘲弄的眼光,他大概以为我会想到别的什么上去,而我,恰好也在希望他能想到别的什么上去。公主的名节与我无关,只要能得脱大难就行。这一次见二哥,他和我都比以往要得意。

于是见偃师的日子向后挪了数十天,等我再一次上得云梦山的时候,盛夏已经快要过去,山麓中已有片片秋叶。我还没进门就已经被吓了一跳,我派来负责照顾偃师的奴隶带给我一个震惊的消息,在这数十天里,偃师已经去了好几趟春日泽。

换一句话说,在我与二哥歪打正着的这段日子里,我最好的朋友和未来可能成为我夫人的公主已经偷偷地幽会了几次。呸,幽会,真是浪费这个词儿。偃师那个长不大的小子,知道什么叫作幽会!我心中一时间像打翻了五味瓶一样,忒不是滋味。

不过,这种感觉在我进屋里的那一会儿工夫就被忘得干干净净了。就一阵儿没来,屋子里已被许多我连见也没见过的东西塞得满满当当,我要从门厅走到里屋甚至还要爬过一大堆的木头架子,当我爬得正起劲的时候,架子上一只会叫的木鹦鹉"哇"的一声,吓了我一大跳。

偃师就站在里屋中间,笑吟吟地看着我狼狈地从架子上爬下。才一个多月没见,这小子好像忽然长大了一圈,脸色也红润起来。

我心里"呸"了一声,不过也谈不上讨厌,说老实话我还是很高兴看到他的。

"喂!你这小子,"我装着很不乐意地嚷嚷,"你要搬家呀,弄得这屋里……嘿哟你个坏东西!"我把一个跳出来的小木傀儡一巴掌打到一边儿去。

"我在做东西。"偃师说,"不知道为什么我最近忽然很想做东西,可惜一直都不知道做什么才是最好的。"

我知道你为什么忽然很想做东西。我心里想着。小夷奴告诉我,这几次见面,偃师都送给流梳公主许多稀奇古怪的玩意儿，因此公主想要见到偃师的心情也是可想而知的。

"思春了吧。"我不经意地脱口而出，又赶紧捂住嘴。

还好偃师根本就没听见我说什么，正兴致勃勃地在屋子里转来转去，给我看这一阵他的各种发明。

"你看，这是小木鸢，这是爬绳木猴……这是脚踩的抽丝架子……这是可以放出音乐的首饰盒。"

他拨弄了一下那盒子，盒子里就发出叮叮咚咚的声音，听起来像是铜锤敲在云片石上的声音，不过，管他呢，小女孩子就喜欢这种没听头的声音，还管这叫音乐。我一一地看，其实眼光根本就没有留意，支吾着答应着，直到我的眼光在一片红色的刺激下猛地亮起来。

那是放在偃师床上枕头边的一张红色的丝帕。一方红色的丝帕。那红色，突然之间如同火一样在我的眼中燃烧起来。

这是一张女人的丝帕！在这国中，除了王室的近亲，还有谁能拥有如此华丽的丝帕？不知是什么感觉所为，我的嘴唇哆嗦了一下。

公主！

流梳公主！

看见自己未来夫人的手帕体体面面地放在好朋友的床上，应该是一种什么样的感觉？我不知道……我甚至都不知道自己在想什么……在我知道自己在想什么之前，跳进我脑海中的第一个印象竟然是我那狗头狗脑的二哥！

我由于控制不住心里翻江倒海的思绪而长长地吐着气，走开两步好冷静下来。公主，流梳公主，王的幼女。我的二哥忙着把公主变成我的枷锁，而且要在那之前忙着看场我自己伸脖子跳绳套的好戏，这个混账！

"你看，这个这个，跳舞的娃娃，"偃师招呼我说，"这个好看吧？"

我走过去，木着脸，一伸手就把那个正蹦蹦跳跳的小木头娃娃扫到地上。偃师抬起头来，被我眼中流露出的光芒吓了一大跳。

"你干什么？"

"你以为这些逗孩子玩的玩意儿能够骗到公主的欢心？"我冷冷毫不掩饰地说道，"别傻了。"

偃师像是陡然间被人抽了一鞭子，脸先是一白，接着慢慢地红起来。

"听着，我们是朋友，就恕我口气不恭了，"我的口气纯粹找碴儿，没有请人原谅的意思，"公主也不小了，今年16岁，已经待嫁。"我把"待嫁"两个字吐得特别重，"你想想看，围着公主的都是些什么东西？"

"你……你……我……我……"就这一下子，偃师就失去了往日高高在上的平淡冷漠的语气，口气慌张得我直想大声笑，"我没有……"

"你骗得了别人，还想骗过我？"我大笑着说，竭尽所能要摧毁偃师的气势，"你这些天来做了什么事情我会不知道？你会不告诉我？你看你的样子，又得意又害臊，呸！害什么臊！我全都城的姑娘都追遍了我还不知道什么叫害臊哩！"

这也是我的风格。我就是理直气壮一俗人。不过今天，俗人的气势远远盖过了清高人的羞怯。我大声地说着，我忽然发现其实在我的计划开始实施以前，就已经得到了意外的满足感。

我花了几个时辰把偃师摆平了。我几乎大胜。我让他相信，要想得到流梳公主甜甜一笑简单，想要得到会心一笑难。除非他做出更动人的，或者说是最动人的奇珍异宝来。这事对偃师来说，应该不是什么难事。

"可是，做什么好呢？"偃师紧皱着眉想，"我不知道什么是最动人的东西。"

我也不知道。不过现在我正在气势上压着他，所以不能表现出没主见。我在地下转来转去，不小心踩得什么东西"咕"地一叫。

"人。"我把脚挪开，冷静地看着脚下被踩扁的跳舞娃娃说。

"人？"

"对，一个真正的人。一个七尺高，穿着华丽的彩衣，会跟着音乐和歌声，自由地跳舞的人——跳舞娃娃有什么稀罕？如果你能做出一个真人大小的跳舞娃娃来……"

偓师的眼睛直了。

"想想看，那将是前所未有的杰作，阿偓。从来没有人，可能将来也不会
有人做得出来。没有女孩子能抵挡住如此可怕可畏可爱的东西。"

偓师从床上站了起来。

"听着，这是你所能达到的最高成就，"我口气轻松地拍拍他肩膀，其实
自己心里也在为想出如此可怕的主意而颤抖，"有什么需要，尽管跟我说好了。"

我连蹦带跳地一进大门，浑身上下就是一哆嗦，赶紧夹手夹脚低下头来，
可是已经太晚了。

大哥和二哥两人脸青面黑地站在门厅中，大哥的一百多重甲兵环列四周，
二哥手下的一百多官吏则聚拢在二哥身后。看样子两个人又吵架了。我最怕他
们两个人吵架。一个是手握重兵的中军大将，一个是位高权重的右执政大臣，
他们两个吵起来，整个大周都要摇动，所以他们一般很有理智，一旦相持不下，
就拿小弟弟来出气。

他们可只有我一个弟弟。

"到哪里去了？"大哥问。他问的时候，我都听得见周围甲兵身上的盔甲
和刀剑碰撞的声音。

"我……"我吓木了。

"跟你说了，让你每天到朝上跟我好好学习！"二哥不甘示弱地插进来，"一
天到晚地往外面跑！你以为在外面跑野了，人家就尊重你敬畏你？"我不用看，
也知道他眼睛瞧着大哥在跟"我"说。

"我……我……"寒气直逼上来，我已经全身麻木不知疼痒。哥哥们对我
来说是那种死神般的感觉，在我的肌肤上慢慢地爬着，舔起一个一个的寒栗。

"算了，你爱往外跑，也没什么，"大哥马上接过去，"我的部下禽滑厉，
你知道吧？如今是我的奉剑都尉，"他把"奉剑"两个字吐得特别重，周围的

人不由自主地把深深埋下的头又向下压一压，"我就把你托付给他，做你的剑术老师，跟他历练历练。将来，说不定咱们家还有第二个有出息的呢！"

我的双腿狂抖着。大哥当着众人面这样说，那是不可以更改的了。下来二哥不知道怎么整治我呢。

二哥大概也没料到大哥会一口就抢了先机，沉默了一下说道："听着了？……也不能光是贪玩好耍，荒废了政事！家里将来要辅佐王室成就千古不易之霸业，要多出几个真正有知识能耐的！……你前几次拿来的那些东西，有的纯粹玩物丧志！……有几样还可以，或者就能进奉给大王。你要仔细搜罗些像样的，须知大王在稀世芳物上面，也是很用心的！"

我突然反应过来，今天我其实是捡到大便宜了。两个哥哥忙着斗心机，一个不留神把话说岔了，就这样岔来岔去变成争着抢我了！

"是……是……弟弟……听……听着了……"我恨不能趴到地下去，压低了嗓子说。两个哥哥站在上方，都抢着"嗯"一声表明我是在跟他说话。

几百双脚从我身边"哗啦哗啦"地走过，我低着头站在那里，觉得那声音和扇人耳光的声音也差不到哪里去。

禽滑厉是个高大的人，事实上整个大周也找不出比他更高大的人来。和他在一起走，我觉得仿佛又回到了几岁的时候走在两个成年哥哥身边的感觉。那可不是什么好感觉，所以我骑在马上，让他走路。

他就走。他慢慢地走着，我的马走路追不上，跑又太快了，只有一路小跑，颠得我差点没当场就吐一马脖子。所以进小屋坐下的时候，我的心里还翻江倒海地晕。

偃师没有留意我的不适。他根本就不会再留意任何东西。这一个月来，他的小屋里不再摆放无聊的东西，全部被丝线、木棍、青铜所占据。我向全国各地派出的快马几乎充斥每一条驰道，不断地向全国最好的丝匠、木匠、青铜匠发出惊人的订单。我甚至还把召公大人送我的生日礼物，来自西狄的犀牛筋也拿了出来。偃师不停地画，不停地修改着设计，京城大道上就不停地出现跑死的马和奴隶。我不管这些。我也不叫偃师管。我有决心，要实行我的计划。

但设计也是非常困难的。从来没有听说有人曾经做出一只兽、一只鸟，甚至一条鱼，更何况是人！我在冷静下来之后才被自己一时冲动的念头吓坏了，可是偃师冷静下来之后——他就开始全力以赴实施这个计划，仿佛这只是另一项他已经轻车熟路的发明罢了。这是表面上的，我知道。偃师不是那种把困难挂在嘴边的人，所以要看这事如何复杂繁难，只需要把偃师挂起来称称就知道。他在一个月内就瘦了至少10斤，但这一个多月的时间他就画出了一个戴着青铜面具的人形，这个人形是一个威武的男性身躯，他的皮肤由最好的丝布密密层层地织成，中间镶进长长的铜线，又坚固又耐磨。他的肉身是由轻薄的羽毛填充而成，因为偃师要他跳舞，不能把他设计得太重。

可是接下来的肌肉，实在是个大问题，偃师不眠不休地考虑了很久。什么东西能够提供力量，并且什么东西能将力量传导到全身的每一处，还得坚强、稳定而精确呢？在我们的这个时代，连人都做不到这一点。但没有肌肉，这个想当然的最好的人偶就连一个半尺高的跳舞娃娃都不如。

我忽然有些气馁。这是不是太过分了？我是不是被报复冲昏了头脑，竟然想出如此不合情理的办法？

秋天已经降临，流梳公主再也没有出现过，我至今连一面也没见过她。而我身边的这个人，已经为了见到她而努力了两个月。流梳公主到底长成什么样子呢？我坐在门厅里，一边长一口短一口地出着气，一边想。

突然，脖子上感觉凉凉的，我本能地想动，但马上那凉意就渗进了肌肤里。我立刻全身僵直。斜眼看下去，奇怪，并没有任何东西在我的脖子上。

我定了定神，缓缓地转换身体位置，最后终于发现，那股凉意竟然是从木墙外面透进来的。我跳下椅子，"哗"地拉开门，禽滑厉那张巨大的木脸镇静地看着我。

我看着他的手，手上拿着剑。

是这把剑的寒气，穿出剑鞘，透过连冬天云梦山上的冰雪都透不过的厚厚楠木墙，刺到了我的脖子上。我看着这把剑，感觉就像有小刀在刮全身的骨头似的。

"征……征岚剑？"

禽滑厉咧开那张巨大的嘴，笑了笑。

"好厉害……好厉害……"我强压住心头剧烈的震撼，细细地看那剑，虽然还包在蛇皮软鞘之中，但还是隐隐能看见光华流动。好可怕的剑气，不愧为大周王室八宝之一。

"拔出来，我看一看。"

禽滑厉报以一个简单而坚定不移的微笑。

我伸手去拿，他轻轻地后退，那硕大的身躯不知怎么一转，我就扑了个空。大冷的天，我的额头一下子见汗了。我这才想起，禽滑厉是国内除了我大哥之外的第二高手，有人传说他力大无比，能够一手掀翻三辆战车，也有传说他在袭破徐城当夜，手杀三十多人，勇冠三军。

传说都是假的，知道真相的人就那么几个。这个人是国内第二高手，但绝不是依靠蛮力。他的剑术得自我大哥师傅的真传，按照大哥的说法，应该还在他之上。只可惜他出身低贱，无论怎样受我大哥重视，始终也无法爬上高位。

另一个传说当然也是假的，那天晚上他没有杀三十人。

他一个人从北城杀到南城，人们拼凑起来的尸骸一共超过三百具。

要想让禽滑厉拔出征岚宝剑，只能用命去换看上那么一眼，这种听起来可笑的笑话，并没有帮助我在这初冬料峭的寒风中笑出来。我咳嗽两声，打算换一个办法。

就在这个时候，从身后屋里传来了"轰"的一响，风声大作。我没来得及转身，禽滑厉"哇"地一叫，径直掠过我的身旁，跟着就是"托托托"几声。

接下来的事情，我还以为是被征岚剑的剑气伤了眼睛。用一根竹篙和天下第二高手打斗的，竟然是一个半人高的竹箱子！

那箱子做得奇怪，中间方方正正，下面四条木腿跳来跳去，带动箱子以一个奇怪的姿势灵活地闪避着，而箱子上方则是两只用棉布紧紧裹住的粗壮的手臂，支着一根竹篙，你来我往，一招一式直往禽滑厉身上招呼！

　　我开始使劲捏自己的大腿，到了要拧出血的程度还是一点儿也没感觉到疼。

　　不过，禽滑厉毕竟是禽滑厉，面对着鬼魅般飘忽的对手，我敢说他甚至还没有开始认真地打，他只是轻松地挥舞着没出鞘的剑，逗着玩似的把那小箱子拨来拨去。我看准时机，慢慢地靠近他的身后。

　　禽滑厉完全不在乎我走到他的身后。这个人浑身长着眼睛似的。他知道我对他手里的剑不怀好意，但不在乎我。好在我对这种轻蔑的感觉早已习惯，甚至甘之如饴了。

　　就在这当儿，那箱子呼地往左一跳，竹篙横扫。我知道，它肯定马上就要往回跳，因为这两下子已经被用过三遍了，这种小儿科般的玩意儿禽滑厉已经不耐烦，所以他这一次并未跟进，而是简单一剑直劈前方。那傻乎乎的箱子果然又往回跳，就像是自己跳去禽滑厉的剑下一般，"哗"的一声，一劈两段。

　　这世上总有些有心人，他们关注的是人，而不是事情，因为关注人才可以找到人的破绽。那一刻我死死地盯住禽滑厉，无论箱子里跳出来的是什么，根本连我的眼角都进不了。

　　事实上，从箱子里跳出来的，只是一只兔子。

　　"禽滑厉——！"我高声喊道，用尽全身力气将高高举起的剑重重地劈向他的后背。

　　一只兔子！

　　还有什么，比在战场上看到和你对战的对手是一只兔子来得更滑稽的？一个绝顶的高手可以面对泰山崩于前而面不改色，但我不相信有人看到兔子跳出来会不笑出来的。

　　禽滑厉没有笑，但这种震撼远远超过泰山崩于面前。我等待的，就是这个时刻。

当我的剑几乎快要挨到那扇宽阔厚重的背的时候，一道白光打消了我的欲望，却也成全了我的愿望。

征岚宝剑拔出来了。这是我很久以后才看清楚的事情。那把剑只出鞘了很短的一刹那，我身上穿的青铜甲和我断成七八截的断剑就一起飞得满地都是。

我站在当地，剑气的余韵让我足有一刻钟喘不过气来。禽滑厉发疯般地用他的巨掌在我身上乱摸，看看有什么划伤。其实没有。我很幸运，他很准确，这一剑贴着我肌肤过去，但那寒气已透过了我全身。很多年过去，物是人非，只有我的寒疾逐年沉重。征岚宝剑的一划，划过了我一生的岁月。

"这就是肌肉？"

"这就是肌肉。"

我裹在厚厚的貂毛大衣里，一边喝着滚烫的姜汤，一边惊讶地看着那只活蹦乱跳的兔子。偃师把它偎在怀里，爱惜地摸着它的软毛。

"你用兔子来做肌肉？"

"兔子是动力。"偃师解释说，"这还只是原型。我用你送我的犀牛筋做抽动的肌腱，再做了和大水车相似的齿轮滚盘，也用犀牛筋绷紧。绷紧的犀牛筋会舒张，从而放出动力。"

他给我看箱子里已被砍坏了的滚轮，那个滚轮像个圆圆的笼子，有几根犀牛筋穿过它，又连接在齿轮滚盘上。他拍拍小兔："这个家伙，就是动力和大脑。它不停地跑动，可以不断地上紧释放开来的牛筋，不停地补充肌肉的张力，而它的运动又可以通过这些丝线，传递到肌肉的齿轮上。"

那些齿轮就可以控制犀牛筋的松紧扭曲，就这样，一只藏在箱子里的兔子，就在初雪下来的那个早上，向大周第二的武士挑战了。

我吐出姜汤，开始"哈哈哈"大笑起来。偃师丢开兔子，任那小家伙在屋里乱窜乱蹦，捂着肚子大笑。禽滑厉站在屋外纷纷扬扬的初雪中，一开始没头没脑地看着我们，终于也开始开怀大笑起来。

这是我一生中最开心的大笑，我从来不知道竟会有如此的开心愉悦。如果我知道我这一生中再也不会如此开怀，我会不会珍惜地把那段感情节省下来，留待以后在沉闷中消遣呢？我不知道。我只知道，我和最好的朋友，最忠实的部下，开心地大笑着……其实，这也够了。

我不喜欢开心得太久。

接下来的两个月，道路之上再次充斥着南下北上的采购大军。最好的齿轮、最好的布匹，甚至直接装载着最好工匠的马车不断地汇聚到都城旁的这个小小山麓。偃师快速地进行着。每一次去看，青铜人都往上长一截，它的大腿、小腿、手臂，放得满地都是，不停地被装上拆下。每一次拆下再装上，都距离成功运动前进了一大截。偃师的想法，是要这个舞者跳出最华丽最踊跃的舞蹈，我也是这么想的。而青铜人的身体内只放得下小的东西，如兔子、老鼠一类的东西。

为了老鼠跳舞的事，不知费了我多少心力，最后终于放弃了。老鼠是不能跳舞的，就像有的人永远也当不了将军一样。

那天的雪是多少年来下得最大的一场。我和禽滑厉待在小屋外的竹林里，我不停地跳来跳去取暖，禽滑厉一动不动地坐着，几乎被雪掩埋。于是我想出个主意，让禽滑厉来劈柴玩。当然，经过那次事后，禽滑厉再也不敢在陪同我出来的时候带征岚剑了，不过他对我任性的态度也多少有了了解，所以通常情况下是不敢违背我的意愿的，哪怕只是开个玩笑。

我们从小屋旁搬了许多粗大的木桩，摆在雪地里。禽滑厉偏袒右肩，在漫天的飞雪中犹如一尊巨神，高举着斧头，"哗"的一声劈下，被劈成两半的木头通常要飞出去五六丈远。

我拿了根长长的竹篙，站在禽滑厉身后，高喊一声："禽滑厉！"然后砍下去。禽滑厉大喝一声，如一座山般转过身来，卷起遮天蔽日的雪尘，然后"唰"的一声把我的竹篙切成两半。

我倒在雪地上，一边胡乱地扒拉着脸上的雪，一边和禽滑厉一道笑得直抖。我们乐此不疲地重复着诸如此类的游戏。

小屋的门一下被推开，一道黄色的轻烟"嗖"地蹿进了竹林，偃师大呼小叫地追出来。那是一只名叫"桐音"的黄鹂鸟，是我去年送给偃师的礼物，不知道为什么会跑掉。我丢下禽滑厉，连滚带爬地追出去。一时之间，整座山谷中都是我的奴隶们在乱窜乱找。

那鸟的声音清越出谷，就在一处山崖下面"啾啾"地叫着。我和偃师凝神屏气，轻手轻脚地走近，眼看着那鸟在那丛被大雪掩盖的冬青下一动一动的，我们俩不约而同地扑了上去，"啾"的一声就把这小东西捏在手心里了。

然后压在竹顶的大雪重重地落下，把我们俩打得动弹不得。

"这就是心脏？"

"这就是心脏。"

我把小黄鹂捧在手心里，转来转去地看，忽然说："要找个好的驯鸟人很容易，可是桐音已经太大了呀！"

"你的脑筋转得很快。"偃师说，"这是我刚刚才想起的办法。我把动力与控制行动的心脏分开来，训练这样的一只黄鹂，让它学会听着音乐起舞，然后调整机关人身体里的构造，把牵引丝线和它的全身联系起来，机关人就能随着它起舞。一只黄鹂跳出的舞蹈，节奏一定是最好最优美的。"

我张大了嘴，先是傻傻的，然后是会心地笑起来。那个时候，我真的很爱笑。

当天下午，冒着张不开眼的大风雪，数十骑快马就出发前往全国各地了。

所有的事情都有个结果。偃师是一个喜欢过程的人，我只在乎结果。

所以，在那将近半年的过程中，偃师得到了极大的满足，而我则被漫长难耐的等待折磨得够呛。还好，在这不长的时间里我总算有了几个为数不多的朋友，哪怕是暂时的也好。他们陪伴我度过长冬。

春天来临了。

位于山阳面的春日泽最先被春天踏中，山这边的云梦谷雪还未化尽，那边就几乎是一夜之间，青幽幽的春草覆盖了黑沉沉的沼泽。露出草盖的那些湖泊，也日渐清澈明亮，春天来到，再见流梳公主的日子，不远了。

说起来，我还从未见过流梳公主，那个不知不觉间成了我的未婚妻，又不知不觉间成了我向人报复的工具的女人。偃师似乎跟我提起过她，不过……算了，我没有印象了。

二月中，黄鹂"桐音"已经会和着黄钟大吕跳舞唱歌，一直到四月十一日，那个由机关构成、十一只小松鼠推动、由一只黄鹂指挥的青铜人"仲昆"也会跟着那悠扬浑厚的颂歌，在竹海中翩翩起舞了。

旷世的作品，就在冬季完全过去之后，完成了。

五月初五，小草已不再是青嫩嫩的，而是绿油油的，长得满山遍野。从云梦泽翻过山脊到春日泽，到处都是一片繁华夏季的景象。流梳公主的音信，也再一次越过那条山脊传了过来。已有半年多没有见到公主，偃师虽然还是淡淡的，可我知道，他的心里一定是火热的。我曾经为我所做的感到愧疚，可是想想结果，又觉得这样做最好。偃师是我最好的朋友，我能成全一个是一个吧。

那一天，是北方的使者前来朝见王的日子。天上流云仿佛也是从北方匆匆赶来的，高高的、白白的，带着夏季罕有的凉气。

我们等在春日泽上一次见到公主的地方。可是，一直到太阳落山，公主的鸾驾才缓缓地出现在视野里。

我已经下定决心，不再见公主一面。所以我只是带着我的大小奴隶们跪在当地，口中称臣之后就伏下身子。偃师带着仲昆站在水边。那机关人穿着华丽的衣服，如同一尊雕塑般一动不动地站立着。暮色下，水倒映着他的身躯，让我好多次都几乎要把他当成是一个真人。

他们很久没见，这一次相见非同小可，所以谈了很长的时间。我坐在奴隶们搭起的帐篷里，吃着滚牛肉，心里还很得意。哼，自己的未婚妻和别的男人相谈甚欢，我也很得意，这叫什么世道。

不知道是什么时刻了，我已有酒意，就不再喝。为了不打搅到公主，我不准小夷奴们放肆，所以一不喝酒，帐篷就安安静静。月亮大概也已经上来了吧！我坐着，外面潺潺的流水声都几乎成了一种恼人的噪声。我只有继续喝酒。月亮还没上来吗？外面却隐隐地传来一阵悠扬的歌声……我越来越烦闷，提起酒壶，但已经空空的了。

我顺手把酒壶摔在小心翼翼靠上来的小夷奴脸上。不扔还好，这一扔让我再也控制不住自己的情绪，我跳起来，烦躁地在帐篷里转了两圈——天知道怎么回事，几乎没有经过大脑，我一抬脚，走出了帐篷。

第一眼，我的胸口就如同被重重一击。在广阔的春日泽草原的上方，不太高的地方，一轮硕大无朋的圆月，仿佛君临整个天地一般悬垂着。那月亮的光华！我被酒刺激得红肿的眼睛几乎无法逼视，不禁惨叫了一声，低下头来。我清清楚楚地看见了自己猥琐的影子，在月光下扭曲着、颤动着。月光！从来没有过如此强烈如此摄人心魄的月光！我的酒马上变成一身的冷汗。

我喘了半天气，才仓皇地抬起头，看不见那些卑微的奴隶，却看见在河的对岸，公主的红房子旁，同样是被月光照得白花花的地上，一群霓衣流彩的宫娥们围着三个人……不，是两个人一个傀儡，在舞动着、歌唱着。歌声在微风习习的草原上传出去很远很远……我痴痴地站着，直到那两人中的一个，一个云鬟高耸、黑发及肩、穿着白菊花样衣服的少女，从地下站起，亭亭玉立地站在场中。

歌声和着我脑海中的一切迷茫困惑，转眼间消失得无影无踪。

公主！

流梳公主！

我知道，我张开嘴很难看，在喝得大醉之后甚至可以说是猥琐，但我的嘴还是不由自主地张大了。我肆无忌惮地看着流梳公主，我知道她是绝对不会往这边看上一眼的。我佝偻着身躯，无意识地往河里走。

我看见公主，立在月亮地里。但月光是照不亮她的，是她照亮了四周。从她那漆黑的怒发上闪烁出的光芒，在黑沉沉的河里荡起一道又一道光的波浪。她的白菊花的衣裙，在夜色下发着寒森森的光彩。她那雪白的小手吸引了我的每一道目光。我几乎凌乱了。

仲昆就站在她身旁。当公主的歌声唱起来的时候，机关人就开始舞蹈。他和着极其准确而飘逸的节拍，在娇小的公主身旁穿梭来往，公主清扬的歌声划过草原划过水面，我像被打倒一样，身子一歪半躺在冰冷的水中。我的意识迅速地陷于朦胧和混乱，只感到月亮越来越大、越来越苍白，公主的歌声越来越高越来越出尘入云，仲昆的身形也越来越飘忽不定……在彻底昏过去以前，我得出了一个决定和一个结论。

那个决定就是我要迎娶流梳公主，而那个结论就是，我最好的朋友，已经被我推到了我自己的对面。

"你去看公主了？"

二哥冷冷的声音从身后传来，我一下就从头冷到了脚。

奴隶们慌乱地跪了下去。我心乱如麻，恨不得自己也跟着跪下。可是我不能，我只能弯腰低头地站着，比趴在地下还难受。

二哥慢慢走到我的身后，我看不见他脸上的表情，所以更加惶恐。

"你居然去看公主，你好大胆。"

"我我我……我我……"

二哥忽然像个母鸡一样咯咯咯地笑了起来，声音如同刮锅底儿一样刺耳，但我宁可他笑，因为通常他说的话比世上任何声音都刺耳。

果然，他说："可惜呀，你也是去看戏的。公主没你的份儿，本来就没你的份儿……现在好了，有了新欢，哈哈哈哈……"

我的心被刺得乱跳，不过反而镇定下来了。索性去想待会儿把哪个奴隶拿来打死出气。一想到我怕二哥，现在趴在地上的各个奴隶心里何尝不是怕得发抖？我都想笑出来，我真的笑出来了。

"嘿嘿，二哥，您……"

二哥围着我转，像是在打量自己的猎物，见到我笑，他愣了一下，脸上迅速青了。

"很高兴，是吧？还有乐的。"他连连冷笑着说，"索性我就上奏王，让他把流梳公主嫁给那小子得了，嘿嘿，嘿嘿。那是哪一家的长子啊？"

"偓家。"我的脸上越笑越欢。

"偓家？是哪一家？没有听说过。"

"只是国人平民，家道微寒，当然不入二哥您的法眼。"我喜笑颜开地等着看二哥的表情。

那表情，就像是被蚂蟥叮了一口，二哥苍白瘦削的脸上肌肉一缩，要多难看有多难看。

"国人！怎么会是国人！地位寒微之人，你竟敢随便带入春日泽王家猎园！你好大的胆子！"

"是！是是！"

二哥整个五官都扭曲了，我心花怒放。

"你做事大胆！你混账！你……你小子还把大哥的征岚剑拔出来玩过吧？你不要小命了！你以为，我拿你没办法，老大会放过你？谁动那把剑，谁就是死罪，那是王的赐剑！等到老大死了，剑还是要交回去的，那是御用的宝剑！"

二哥冲我脸上唾了一口，往日温文尔雅的右大臣风范一扫而光。我开始笑不出来了。

"等着瞧！老大就要从西狄回来……这回说是胜了，其实是败仗，正没地儿出气呢……嘿嘿，嘿嘿！"

我额头上的汗，"嗒"的一声滴在青楠木地板上，仿佛迅速蒸腾起一股轻烟。

二哥"呼哧呼哧"喘了几口气，再一次用他的三角眼死命地盯着我。

"你说，你跟我说。"

"二……"

"你的那些个玩意儿，是不是从那姓偃的小子那里弄来的，嗯？"

"不是！"

"别骗我，我都知道。"二哥根本就不相信我仓皇的回答，"我的人看见了。"

"听说……你们在春日河的河岸，还用一个真人大小的傀儡给公主表演？"

我的头"嗡"的一声什么都听不见了，连我自己说了什么都不知道。

"没有？"二哥哼的一声，"老三……我只给你一次机会。我不讨厌人骗我。但我不许你骗我。"他的声音，和我的心一道，寒下去，寒下去……"你说，你是想落我手里，还是想落在老大的手里，嗯？"

我不知道该怎么回答，也许我的回答会是我愿意落在魔鬼的手里。但这种答案说得出口吗？我不怕哥哥生气，我怕我自己承受不了这个答案。

"二哥……二哥……"

二哥很欣赏地看着我惶恐地落下眼泪。他起码欣赏了半个时辰，我的声音都快沙哑了，他才冷笑着开了口。

"王，过两个月要举行郊祀大典，顺便迎接咱们老大凯旋。各方的诸侯都要贡上最新的金银宝物。这都是俗套，我知道。"

他凑近我的脸，恶狠狠地看着我的眼睛："所以我要进贡最好的东西，老大吃了败仗，我贡上最好的，也许永远也没人能进贡的宝物，这一下老大就要被压下去了……老大被压下去，对你有好处，对吧？你的哥哥里头，除了我，还有谁照顾你？"

"二哥……二哥……"

"你把那个东西给我弄来。"他用不容置疑的口气，很快地说。

我的脖子不由自主往下一缩。

"我就要那个东西，那是至宝。在那一天以前，不管你用什么办法，总之，我要得到那个东西。"

174

我心里死一般静寂，甚至可以说，像河里的石头一样渐渐地坚硬冰冷起来。

二哥很快地看了我一眼，确信我已经听懂了，这才满意地点了点头，像一只捉弄完耗子的猫，一步一摇地走开了。

我很久都没有去云梦泽和春日泽了。我把自己关在一个只有少数人知道的地方。等我积攒起勇气去那里的时候，六月已经过去，秋天的金黄已经布满大地。

从来没有以如此沉重的心情和如此坚定的决心跨上过云梦山。这两个月来，我变了很多，首先是，瘦了，也更黑了。站在偃师的身边，我觉得自己形容枯槁，不堪一看。

偃师容光焕发。我从来不知道一个人可以变化这么大。这一次甚至比上次的变化还要明显。两个月来，他们俩幽会的次数越来越多，通常情况下都是在月光下，和着仲昆的舞步唱歌流连。我很清楚。被我派去，然后回来被我打死的奴隶已经超过十人。

在山下的时候我还不知道该怎么面对他，可是真的面对他了，也不过就这么回事。我突然变得坦坦然的。

"听说你们最近经常见面，怎么样，公主还喜欢仲昆吧？"

"嗯。嗯！"偃师含笑点头，他一点儿也没问起我当夜的不辞而别和这两个月来的经历。没关系，我也根本不打算给他解释。

"可惜呀。"我只是长叹着说。

"可惜？"

"是啊，"我很惊讶地看着他，"你不会不知道她是公主吧？"

"是啊，她是公主。"不知是不是意识到什么，偃师的脸色一下暗淡下来。很好，我喜欢看。

"她是公主。公主的意思就是天子嫁女，公爵以上主婚。连主婚的都是公爵。"我蔑了他一眼，"你是什么？"

一股红潮直冲上偃师的脑门。我就知道会这样。

"你现在还什么都不是，"我拍拍他的手说，"可是我早就劝过你。如果你早把你做的东西进奉给王，也许你早已进了宫，做起御用大官来，那就勉强可以说得了——可是你，哎。"

于是另外一股红潮涌上了偃师的脑门。没关系，我也喜欢这样。我早就在想着这一天了。

"我不想……"

"你当然不想。我知道你不想。可是现在说这些有用吗？你喜欢公主吧？"

"嗯……可是——"

"可是公主也喜欢你。"我打断他的话说，"公主从来没有喜欢过一个人。她只喜欢你，因为你不同寻常。是，我市侩，你呢，你住在云梦山上。你简直就是一团云、一团雾。公主喜欢这样的，女孩子都喜欢。"我点点头说，"你也能给公主快乐。从来没有人能给公主快乐，你能。因为你聪明，你聪明得超越了时代。女孩子就喜欢这样的。"

一旦破开了口，偃师从来没有说得过我的纪录。我很痞，这就足够了。白云是不会和泥巴较劲的。我知道偃师说不过我。而且这一次，我抓住了他的软肋。虽然我的小命还在别人手里捏着，我却已经在另一边享受到把别人玩弄于股掌的快乐。很多年以后我才意识到，对于这种快乐的向往，是我与生俱来的天赋。

"还不晚。"我看着天边的红霞说。红霞的下面就是春日泽。

偃师没有看我，他愣愣地望着落日的方向。

"有一个东西，能够让你一下直升九重天。"我说，"仲昆。"

偃师的脸抽动了一下，可是还是看着天边。

"下个月，王就要郊祀，那是一年中最重大的日子，各方的诸侯都会云集都城，参加这盛会。盛会上会展出各地送来的贡品，无非是什么生绢啦，苞茅啦，地瓜啦，每年都见的土特产，一点儿新意都没有。王看烦了，连送的人都送烦了。"

"可是今年郊祀不会一样，今年会是难忘的一年。因为在郊祀大典上，将会出现一场不同寻常的、从来没有过、也许永远也不会再有的特殊的舞蹈。这场舞由王的幼女流梳公主亲自领唱，而舞者嘛……"

我偷眼看看偃师。他极力地忍耐着，可嘴角还是在痉挛般地抽搐着。

"是一个从来没有过的人造人。一个机关、一个傀儡。一个能动、能跳、能舞蹈，却又全是木棍皮革做成的舞者——仲昆。"

我放松了口气，轻描淡写地说："这是从来没有过的事情，甚至可能超过化人大人带给王的震撼。是的，王会被震撼得说不出话来，诸侯会目瞪口呆，百官会吓得屁滚尿流。"

"只有你，阿偃。普天之下只有你做得到。以大周今日的国力，王如果听到西狄三十六国同时大举入侵的消息，也会一笑置之。只有你和你的仲昆能让王感到新奇、惊讶，感到世界之奇妙。你不知道，生活在明堂宫里的人们已经很久没有这样的消遣了。"

我故意把享受说成是消遣，是想气一气偃师。果然，他的脸马上就白了。

"所以这是数十年来无可比拟的盛事。王一定会大喜，一定会。他一定会召见你，一定会的。如果你要求娶流梳公主……"

偃师的眼里放出光来。

"一定会。"

三个字，我用尽了我这辈子全部的感情和激动。

领我上台的宫女慌慌张张，没一点儿王家气派，我不由自主地跟着慌乱起来。这可是我生平第一次坐在离王那么近的位置。我紧紧抓着袍脚，生怕一脚踩到，头压得很低，以至于差点撞上站在台边主持大典的召公。

他看了我一眼，我的心迅速安定下来。

然后我就看见了大哥。几个月不见，大哥更黑了，更瘦了。国人都知道他打了大胜仗，只有少数的人知道其实是败得狼狈不堪。所以人人都可以望着他笑，望着他流露出崇拜的眼神，甚至跟他拉近乎，说恭贺大捷、威加海内之类的套话，我不能。我知道要是看大哥的眼神稍有不对，他可能就会把我眼珠子抠出去。

我尽量弯下腰，让大哥以为我是在行礼而没有看他。故意不看他，也是要掉脑袋的。

我一刻也不敢多站，赶紧坐到台边自己的位置上去，从那个角落里恰好可以看得见屏风后面的些许动静。我看见那不小心露出来的木剑的剑柄。

那是仲昆的佩剑。为了给大王表演，仲昆已经习武了。

"为什么要仲昆练剑？"偃师不解地问过我。

"你以为大王是什么？是小孩子吗？大王威扬四海已经四十余年！前有化人带他游历天堂，后有西王母带他游历昆仑宫，什么稀罕舞蹈声色没有见过？你在他的郊祀大典表演莺歌燕舞，大王看了笑都难得一笑！"

"所以咱们得表演大王最喜欢看的东西。最近，我大哥又在西狄大胜，因此这次郊祀其实是借个名义慰劳我大哥、迎接三军凯旋的。这种时候要突出气氛。"我望着偃师的眼睛，严厉地说，"要让仲昆习武，要他练剑。要他在郊祀的大典上，一个人独舞精彩的剑舞，才算得上是正和时宜，才能代表大王向四方来的诸侯晓示国威。"

"你想想看，这是多么大的光荣和面子！从来都是大王的仪仗队来完成的，我求我二哥，又求了周公，这才安排下来。你以为谁都可以上台表演的吗？"

偃师沉默了。这是他从未见识过的世界。他在云梦山上可以呼风唤雨，可是在这人间，如果我的奴隶不跑死几十个，他连一个配件都不能及时拿到手。他不是这个时代的人，我再一次想。

"可是，我不会。"

"你不会？"

"我不会舞剑，我的鸟也不会。"

"咱们再找找看有没有好的调鸟师。"

"不是调鸟师的问题。"偃师说，"鸟和松鼠是动物，它们是无论如何都不能玩人类的游戏的，更不可能学会舞剑。"

"那怎么办？"我不耐烦地问。

偃师静静地看着远方慢慢沉下去的落日。

"除非……"

"除非？除非什么？"

偃师的脸上突地变得通红。他犹豫了半天，在我的一再催促下，才说："除非用人。"

"用人！"

"用人心……用人心做机关人的心……心是灵魂的容器，黄鹂鸟的心里只有舞蹈和歌声，只有人的心里有着人的一切技能、力量和坚韧……都能在机关人的身体里发挥出来……如果要舞剑……"偃师被自己的话吓到了。他的话都开始语无伦次，脸色白了又红红了又白。

"人心……"我沉吟了一会儿，"人心怎么能放到仲昆的身体里去？人的心离开了身体，不就死了吗？"

"不会死！"偃师大声喊了出来，"不会……心的生死要视身体的生死……只要承载心的容器不死，心就能永生不死！"

"我的仲昆是独一无二的……也许永远也不会再有……他虽然只是皮草木偶，但是我相信，他是没有生死的……永远也不会死……不会死……"

他的声音渐渐低落下去，可是我的心却越来越平和舒坦。

"我们当然有人的心。"我信口说道，"大哥打仗，带回来很多的俘虏。这些俘虏下个月就会被通通处决在郊祀的大典上。不过我可以提前从里面挑出一两个来……"

我拍拍他的肩膀，好像从前安慰他一样。"这不是什么大事。反正那些俘虏都要死，让他们的心脏能够与不老不死的机关人一道活下去，对他们来说何尝不是乐事？放心……放心……"

"大周天子代天巡幸，文武德配，威加四海，怀柔八方……"召公中气十足的颂咏，把我从深深的回忆中拉回来，"狄、夷、羌、笉、狁无不宾服，自文武以下，旷古未有！"

我跟随全体在场人的节奏，心悦诚服地舞拜于地。前面由厚重帷幕重重包裹的天子台上轻轻地一响，我知道，刚刚提到的那位曾以巡天闻名天下，而且势必闻名身后万世的天子已经驾临了。我也知道，他不会露出脸来，自从化人不顾他苦苦劝阻白日飞升之后，他再也没有在天下万民之前显露过身影。我很怀疑他是已经放弃了一切，宁可孤单地躲在一边打发时日，也不愿放弃回忆与化人在一起逍遥的日子。这些老人……

然后我看见，在我对面的屏风后面，几个纤细的身影隐隐晃动。我的心一缩：流梳公主到了。我不由得转过去看自己的身后。阿偃的身形，我看不见，可是我能想见他的激动。阿偃……我心里忽地一动，可是已经晚了。

大典已经开始。

两排武士雄赳赳地从台上退下去，所有的人都松了一口气。这些武士，并不是大哥从西狄带回来的，而是二哥的手下。他们在台上做张做势地表演着大哥西狩大胜的场面，很是威风八面，台下的诸侯官史们掌声雷动、欢声如潮，台上的众卿个个面如土色。除了我以外，没有一个人敢去看一眼大哥的脸色。

我看了，而且自从我生下以来，还从来没有如此认真地、一瞬不瞬地看过我的大哥。如果在那个时候，暴怒的大哥能看见在远远的角落里有这样一双眼睛正幽幽地看着他，他也会禁不住打冷战的吧！还好他没有。他依旧坐得笔挺，仿佛坦坦然然地坐在周王之下。

我看见一滴汗，慢慢地、慢慢地，从大哥的额角滑落。那一瞬间我几乎以为我幸福地快要晕过去了。

召公舞动着宽大的袖子，在台上卖力地来回穿梭。现在他又走到了周王面前，深深地伏下身子，用长时间的沉默低伏表达敬意。大家也只有跟着伏倒。过了好一阵儿，才听见他朗声说道："左执政周公，右执政姜无寿，请为大王寿。"他趴在地上回头看了我一眼，我的心"砰砰砰"剧烈地跳动起来，跳得如此厉害，让我都误以为我的心从来都没有跳过。

"左右执政为贺大王高寿，及大将军大胜助威，特请——为大王奉上稀世之宝，前所未见，旷世仅有的舞偶，为大王舞一曲得胜兵舞。并请……"他转过头来，笑眯眯地望向我的对面，"少公主赐歌一曲，为大王助兴。"

台下的诸侯百官中顿时响起一阵交头接耳的声音，可是，当仲昆迈着矫健的步子从屏风背后走出的时候，议论的声音很快低落下去。

在上千双眼睛的注视之下，我的二哥，大袖翩翩地趋身而上，熟练地拉开了仲昆胸腹的衣服，接着打开了腹腔的木板。

人群中轰然一声，惊讶的礼节尽失的赞叹声如波浪般横扫了整个郊祀大典。一个木头人！一个会动的木头人！人们争相拥挤着，想看一看这件看来不应该出现在世界上的东西，台下护卫的军士们甚至失神到忘记了安抚秩序。

得意，写在二哥、周公的脸上，也悄悄地写在我和召公的脸上。这个世界上有太多得意的人。从前是我的大哥，如今他被自己架在炉火上烤，现在是我的二哥……我也得意。我怎么不能得意？二哥说过，他会照顾我，会比大哥更好地关心我。二哥的荣辱，关系到我的荣辱，我的得意悄悄地跟随着他的嚣张，如同猎豹追踪猎物一样。

帷幕里说了什么话，二哥和周公并排趴在地上，连连叩首。事就这样成了。

屏风后面，响起早已准备好的洪钟大吕之声，那是我再熟悉不过的曲调。我低着头，心跟着音乐跳动着，等待着过门结束。

在场所有的喧闹忽然低沉下去，因为一个不太大的声音唱了起来。那是流梳公主。

歌声像轻轻吹向草原的春风，以让人几乎察觉不到的速度和力量，无形无质地向四方散去。其他的声响刹那间被荡涤得干干净净，仿佛天地间只剩下这一个声音。

仲昆在歌声响起的同时，举起了手中的木剑。他划出一个优雅的姿势，腾身而起，剑锋直指苍穹，又拥身而下，在场中缓缓地划了个圆圈。这个圈子划得并不急，可是那木剑飘飘的，竟然渐渐发出了低沉的嗡鸣声。

如我所预料的那样，大哥的脸色变了。

在秋日高高的天下，伴随着流梳公主黄莺出谷般的歌声，仲昆舞出几近完美的舞步。他轻松地舒展着自己的身躯，手臂轻扬，脚步轻点，在台上转出一个、两个、十个……无数个圆润的圈子。他整个人都被自己转出的圈子包围起来。那种协调的、绵绵不绝的圈子像无数圈同心光圈。光圈在扩张、在放大，仿佛太阳落到了场中，渐渐地无法逼视，人们难耐地转过脸去，只听见木剑破空之声如风声刮耳，而且越来越大。

在那个下午上演的，绝对是整个历史上最完美灿烂的表演。

我喜欢完美的计划。

和我事先与偃师商量的一样，仲昆舞着剑，随着节拍，渐渐地靠向平台的右前方，也就是事先算好的大哥坐的位置。他的身体和剑都在靠近这个国家最孔武有力的人。那圈子卷起的风和剑气，也渐渐地逼迫上去。坐在大哥身旁的五宰有点坐不住了。

但我的大哥，仍然像块石头一样杵在那里。我甚至轻轻地笑了一下，因为我早料到会这样。传说大哥在征战的时候，会一直坐在中军车上，不管是打胜还是战败，中军的车都只能向前不能向后。

传说当然是假的。我大哥有时候也站起来割车两旁来不及逃窜的敌军的脑袋。

但这一次，他是被打败了。一尊神被打败，你会发现他全身都是窟窿。

我斜眼看看召公。他正襟危坐在周王之前，笑吟吟地注视着场中的表演。今日他的职责是主持大典活跃气氛，所以这个时候他就可以很自然地大声说话。

“大亦哉！畏山川之高俊！”他一举扇子，又用力放下，提醒人们注意，“古来有如征夷大将军之威仪乎？战必胜，攻必克。此次西狄一战，略城掳民，开拓疆土三千里，前无古人，后无来者！”

这是事先安排好的。在大典上一定要公开地称赞大哥的胜绩，广与臣下诸侯知晓，无论如何要保住朝廷的脸面。大哥自己也知道，所以他不会认为这是公开的诋毁。但时间并不是此时。此刻全场的重心都在仲昆的表演上，除了台上的人，谁也不会听到召公说的话。我真是佩服召公到五体投地，因为仲昆在这一瞬间会做的动作，我只跟他说过一次。

我也佩服我自己，因为事实将证明我对自己亲爱的二哥的了解程度。

没有旁人听得到，二哥"哧"的一声笑了出来。

这一声，对另一边坐着的石头来说，如同惊雷一般响亮。大哥的手不经意地摸向自己的佩剑。一团黑影恰在此刻划过他绷得紧紧的眼角，大哥全身一震，"卡"的一声，宝剑半出，右脚踏下，半跪在了自己的座位上。

全场"噢"的一声。

关于那一刻的记录，《周本纪》上说："王观木戏于台。木戏作武舞，偶过将军座。将军拔剑半。"

人人都看见，那个机关人舞着剑跳过征夷大将军的座位，将军拔剑在手。

周礼，没有人可以在王前拔剑。

大哥的脸色在日光下刹那间变得惨白。

"为贺王千寿，征夷大将军请为陛下前拔剑，与伶偶同舞。"召公拖长了嗓子，声音如利箭一样射进在场每个人的心里。

二哥的脸上同时变色。

我说过了，那一天的天气，天高云淡。日光强烈，照得人几乎睁不开眼睛。经过了战乱的春夏，大周的天空终于明朗如昔。

大哥高大的身躯在那样的高天下，显得渺小无助。他在站起之前，连看了帷幕三次。帷幕中一点儿动静都没有。

没有动静就是动静，沉默已经说明了一切。

大哥在自己的席上站了良久，终于"唰"的一声抽出长剑，将剑鞘丢开，垂手走到场中。

什么也不能再说了。

流梳公主的歌声已经停止，现在指挥仲昆跳舞的，是乐师府的师旷。他是个瞎子，只知道弹琴。他的琴艺天下独步，一弹出来，细小则如珠玉落盘，广大则如雷霆万钧。说时迟，那时快，师旷的双手一放到琴上，铮铮之声大作。

仲昆就在那音乐的指挥下，挥动着木剑扑了上去。由于音乐的作用，他现在的动作和刚才协和圆润的招式判若两人，像一团疯狂舞动的黑影，一出手就是疾风骤雨般的连砍连杀狂抽乱刺，大哥的身形如一条青龙，在这团黑影中穿梭来去，他的长剑很少出手，反而被木剑压得连剑光都看不到……两个人的身形在小小的场地中央打起转来，越转越快，渐渐地已分不出彼此，只见黑光青光黑光青光交相闪烁……周围的人屏住了呼吸，因为空气已被躁动得无法呼吸，人们移开视线，有的人吐了出来……

"当——叮——"

两声巨响，师旷的瞎眼一翻，手下放缓，场中的两个身形突地一顿，已是静止下来。

大哥，我的大哥，已经是气喘吁吁，站在当地，而仲昆，仍然如铁塔一般背对着大哥肃立着。

大哥连连地喘息着喘息着，呼吸声越来越慢越来越轻，可我却看见他脸上那可怕的表情了。那张狰狞的脸上，恐惧将肌肉拉得变形、抽搐，而在此之上的，却是惊讶！惊讶！惊讶！

没有人知道他脸上表情的意义，除了我之外。但我此刻连自己的感觉都无法分辨。我屏住了呼吸、屏住了全部的意识，我所能看清的一切也只有大哥的脸、大哥的脸、他的脸……

他张大了嘴，喉头中咕噜地响着，指着仲昆背影的手也剧烈地颤抖着。

琴弦"铮铮"地响了两声，仲昆往前一跨，大哥就在这个时候失声叫了出来："禽滑厉！"

声音戛然而止！

和声音一起断掉的，还有我大哥的身躯！

机关人纵上半空，转过身形，干净利落地将我的大哥从肩至腰，劈成了两半。大哥的上半身直飞出去五六丈远，端端正正地落在二哥的席前。

木剑是不会砍断我铁塔般强壮的大哥的。木剑壳已经裂成了四截，仲昆手中的剑在日光下发着寒森森的光。

在周围传来的狂乱的尖叫声中，我如释重负地闭上了眼睛。

黑暗中，传来他的声音："为什么？"

"你把全身的气力都给了我大哥。我能要的只有你的心。"

我在暗处，轻轻地回答道。

耳旁传来咕咚一声，我连看也不用看，就知道倒下去的是谁。只听召公厉声下令："右执政与周公，指使人偶王前佩剑，刺杀征夷大将军，无礼甚！可速退！"

早已准备好的武士们一拥而上，将我那已经瘫软的二哥和自戮未成的周公连拖带拽架了起来。经过我身旁的时候，我看见二哥嘴角的白沫和他脸上那不可置信的表情。我木着脸，任他被人横着拖下台阶。

"右执政与周公，日与奸谄小人、鬼魅邪术之人鬼混，而至于心神动摇，悖乱至此，"召公收起了刚才愉悦放纵的表情，变得凛然不可侵犯，庄重地坐在王前，侃侃而谈，"国家自化人大人东归以来，世风日下，朝廷日非，此皆……"

他的脸、话，已经模糊不可分辨。我的意识过分投入，以至于现在在日光的毒晒下已经昏昏然了。我只听见召公府的武士们往来奔走，维护本已大乱的秩序，一杆杆长枪逼得诸侯和文武百官个个低头股栗不已。

"……臣请大王即刻屏退妖邪，凡与周礼、正道、六艺不合之术、道、门，尽皆罢黜毁弃……今日木偶之制作，虽巧夺天工，然究其根本，甚不可取！且有杀将之罪，王法之下，绝无轻饶！"

我的头脑里"卟"的一声，仿佛炸开来。我不记得我叫了一句什么，但随后召公射向我的那两只冰冷的眸子成了我终生摆脱不掉的噩梦。身旁的屏风被人粗暴地推倒，我看见偃师。奇怪的是，当我看见他被人推倒的时候，他脸上却还挂着他那永远不变的冷静的笑容。

"阿偃！"我口齿不清地喊了一声。偃师被人狠狠地按着，却始终望着我，他张嘴，说了句什么……我已经什么都听不见了，召公转头喊了一个人的名字。

那个名字，就是砍下偃师头颅的人的名字。

白光一闪，那白光划出优美的弧线，和很多年前在云梦泽中甩起的钓竿划过的弧线一样，在阳光底下留下长长的影子。

抓住我的手松开了，但我已经不用再扑上去。偃师的头颅，骨碌骨碌地直滚到我的面前，就像很多年前，他从芦苇中探出头来一样……这个小子，他在这里只认识我。只有我能抱着他，只有我能闭上他的双眼……

对面屏风里，另一条影子倒了下去。那是流梳公主。

于是，在那个天气很好的日子里，我失去了一生中最珍贵的三件宝物。那三件宝物，曾经在一个月光皎洁的晚上，在草原的河边，给我跳了终生难忘的舞蹈。

不过当时我已经不知道了。我紧紧地抱住偃师的头，蜷缩在台上。那头颅迅速地冰冷下去，我的手脚、四肢、内脏、全身……都跟着麻木、冻结，别人来往奔走，我却失去了意识，成为太阳底下一块永不化开的冰块。

"哗啦"一声，一堆雪从高高的竹尖滑落，坠跌在我的面前。我从长久的回忆中惊醒，这才发现，原来我已经信步走到了小屋跟前。

小屋，小屋。

小屋已经很陈旧了，没有人住的屋子都毁坏得快，可是奇怪，没有灵魂住的肉体却能长久地生存。当然我也已经很老了，远远超出了我的年龄，和这个早已变得平淡无奇的时代。摧毁我身体的是长年的奔波操劳和征岚剑那若有若无的寒气。从成为右副执政、执政到成为征夷大将军，眼看着王离奇地死去，召公无奈地废黜，以及坐在明堂宫里的孩子们，如同没有装上心的傀儡一样苍白。我空虚的岁月已过去了数十年，年月更迭，春去了会来，冬来了会去，小草会重新爬出地面，春日泽和云梦泽会干涸、潮湿，只有我，一年年地变老变干。

在我身体里唯一不变的，是阿偓和流梳。他们的形象不会老化，因为我不知道他们老了是什么样子。我很想和他们一道老去，他们却残酷地在我的身体里保留着青春。

这屋子从那以后我就没有来过，可我现在已经不想走进去了。我默默地、静静地站在雪地里。大夫们说我不能在冷地久站。大夫们懂个屁，他们在乎的是我的身体，我在乎的是我能不能平静地死去。我永远也忘不了阿偓临死前对我喊的那句话，可是我没有听到。我在梦里、在朝廷里、在战场上，不止一次地回想起他的表情、他的嘴唇，可是我没有他那么聪明。

我没有你那么聪明啊，阿偓。

旁边一丛竹林中，什么东西动了一下，我疲倦地转过眼去。那是一团黑乎乎的影子，似乎比熊还要高出一截。我浑身上下一激灵，爆出了一身冷汗，可马上我又觉得轻松下来。

"阿偓……阿偓……是你吗？"我佝偻着腰，慢慢地向那东西靠过去。

那东西又动了动。竹林哗哗地响，雪大团大团地坠落下来，顿时将整个空地都笼罩在弥漫的雪尘之中。

我又爆出一身冷汗来。

"禽滑厉！是你？是你！"我大声喊起来，汗渗进我虚弱的身体，仿佛冰粒沉进雪中。

"是不是你！你好！你好！你是来取回你的心的吧！……"我睁大了眼睛，恶狠狠地喘着气，"……是你自己！……你……你死得不开心……谁叫天底下最毒的毒药也杀不死你？你不是杀光了我的奴隶？……你那个时候为什么不杀了我！"

"咯咧咧"的一连串响声，那个东西直起腰来，我后退一步，看见他转过身来。

我看见的是一张青铜的面具。

我像被人捅了一刀，顿时全身动弹不得。

仲昆！

仲昆！仲昆！仲昆！

仲昆不是已经在祭祀的当晚，由召公亲自监督烧毁了吗？难道连机关人也有鬼魂？

看着他一步步地走近，我的汗如同滚汤般迅速湿透了数重衣服。

"阿偃！阿偃你在哪儿？"我仓皇地大叫起来，"仲昆……阿偃！阿偃！"

仲昆在我面前停了下来，他歪着头，死气沉沉的青铜眼睛注视了我很久很久。忽然，从他的身躯里传出一阵细碎的声音，接着，仲昆的头歪了歪，忽然以我熟悉的动作拍打拍打双手，发出"啾"的一声。

"啾啾，啾啾"，青铜人在我的面前欣喜地叫着、拍打着，我不知道哪里来的力气，忽然一把抱住了他。

"仲昆！桐音！桐音！"

青铜人吓了一跳，轻易地挣开我老弱的双臂，接连向后退了几步。他"啾啾"地骨碌着，歪来歪去地看了我许久，终于转过身去，一跳一跳地向竹林深处走去。天迅速地暗了下来，青铜人的身躯，只转了几转，就消失不见了。

阿偃的话，我终于明白。他最后那一声就是在告诉我这个秘密。他最终也没有把他与流梳公主心爱的仲昆装上人的灵魂，变成一个武者，而是把它留了下来。阿偃是超越这个时代和这个国家的智者，他没有败在我的手下。他从一开始就知道了我的计划，可是他还是照我的话做了。他只是成全我这个朋友的心愿而已，就像最初他为我钓起第一条鱼。他交给我的，是用真正武士心脏做成的真正的战士。

禽滑厉，对，是他，我想起来了，我的老师。他也不是不敢杀我。那个时候他虽然中了剧毒，但只要他高举着剑，整个世界也就没有人能阻止那剑锋砍下。

可是他还是死了。天下最毒的毒药没有害死他，毒死他的，是我的心。

我的心……嘿嘿嘿嘿……

也许阿偃是对的。一个傀儡装上心，就有了灵魂，可以长生不死。而我没有。我不是用它来毒死那些宁可自己死去、也不愿意伤害我的人了吗？没有了心，我的灵魂也不知道跑到哪里去。我唯有面向泥泞的大地，去向死亡寻求归宿……在黑暗的那一头，我也许找得到阿偃、流梳……禽滑厉……哥哥们……到了那里，有没有灵魂，应该无所谓了吧？

今年冬天的最后一场雪，密密无声地泼洒下来。我躺在小屋外的雪地上，感觉到从未有过的舒适和满足。我很想就此舒服地睡去。我看来快要睡着了。我很欣喜地期待着梦境把我吞没，就像彤云把云梦山吞没一样。

拉拉：20 世纪 70 年代末生于重庆，科幻与奇幻小说作家，中国科幻银河奖得主，著有《绿野：拉拉科幻小说集》，收录了其在《科幻世界》《科幻文学秀》历年发表的多篇作品。代表作《春日泽·云梦山·仲昆》《彼方的地平线》《真空跳跃》《绿野》《多重宇宙投影》等，又与作家碎石一起创造了中式奇幻世界《周天》系列，现已出版《周天·狩偃》和《周天·镜弓劫》等。

汨罗江上

这或许是一篇科幻小说，或许不是。但在一切开始之前，我只有一个请求：慢慢看。

很慢，很有耐心地看。如果你在网上看，请把其他网页暂时关掉；如果你拿着书，坐下来，坐在一个比较安静的地方；如果你并不赶时间，或许可以把表藏起来。这故事并不长，我保证，慢慢地看，你不会损失什么。

就假设这是一次突如其来的旅行，你不知道目的地在哪里，不知道路上有什么风景，不知道会遇到什么人，但请试着放慢脚步。

现在，你可以开始看了。

一

尊敬的小丁先生，您好：

一直以来都想给您写封信，拖到今天才终于动笔，却又一时不知道说些什么好。

不知道您是否还有印象，今年七月份，在成都的科幻笔会上，我曾有幸作为一个新人作者坐在您旁边。当时我说，我非常喜欢您写的那些精彩活泼的科幻故事，您只是谦逊地对我笑笑。其实在这之外我还有很多话想跟您说，那时候却一句都想不起来了。

大会结束前，我终于鼓足勇气要了您的 E-mail 地址，然而自那之后，转眼又是一个月过去了。其间无数次想要逼迫自己坐下来，好好把信写完，却又无数次纵容自己"放到明天再说"。

信到这里戛然而止，只有黑色光标在最后一个句号后面闪烁。我摘下眼镜，把脸埋在双手里，用力深吸一口气，却依旧感到胸口憋闷，像被一块漆黑沉重的巨石压住。

这是一个炎热的夏夜，刚下过一场透雨，窗外飘来微凉的泥土气味。狭小凌乱的卧室里漆黑一片，只有电脑屏幕散发出幽光。我一个人静静地坐了许久，然后重新戴上眼镜，伸出僵硬的手指，开始一字一句敲打键盘：

是的，我想人们总是这样，把一件简单的事情拖得很久，直到最终变成遗憾。

说回那次笔会吧。我依然记得您在会上说过，想要写好一个故事，无论是科幻或者别的什么题材，最重要的一件事在于，要让故事的创意、结构、情节、语言、人物塑造等各个方面达到一种微妙的平衡。如此简单的一句话，对我却如此重要。当我在之后的岁月里慢慢摸索写作之路时，时常会想象您就站在我身后，指点我该怎样谋篇布局，如何恰如其分地推动情节向前发展。

现在我遇到了问题。一个故事，一个构思了很久却始终不知道该如何下笔的故事。我尝试过许多次，但每次一想到这个故事的开头，就有无数种可能性从内心深处涌现出来，彼此碰撞反应，像一缸成分复杂的化学试剂，制造出一千一万种不同的结果，我却对它们束手无策。

这种茫然的状态令人痛苦又兴奋，这也是我鼓足勇气写信给您的原因之一。或许您的丰富经验可以让这一切变得明朗起来，就像是最有效的催化剂一样。

故事的名字叫作《汨罗江上》，我把它的开头放在附件里，希望您能看一看，如果愿意的话，也请提出您的宝贵意见。这个短短两千字的开头我写了很久，好像所有的人物和情节都在混沌中，尚未成形，甚至每一句对白、每一个动作，都是那样难以捕捉。我迷失了方向，仿佛陷入一团迷雾，故事就这样搁浅在一切还未发生的这一刻，完全无法前进。

可能性是一种多么迷人而又可怕的东西,我们每个人都像故事中的人一样,在其中挣扎徘徊、跌跌撞撞。怎样才能让故事顺其自然地发展下去呢?迄今为止,我竟连一个像样的结局都没有想出来。

给我一点儿帮助吧,对您来说也许微不足道,对我却意义非凡。也许整个故事,包括故事以外的许多东西,都将因为您的一句话而改变。

期待您的回信。

一个科幻爱好者 ×敬上

2006 年 8 月 23 日

我在收件人地址中键入:Xiaoding2006@Tmail.com,然后把这封信发了出去。

附件 1:

汨罗江上

风从江上吹过,流淌的雾气被兑浓然后冲淡,黛青色的水面上,一层又一层水银般黏稠的波纹时隐时现。

这是一个阴霾寂静的上午,水波携卷着苇草摇曳的声响在四周起伏荡漾,偶尔有一声凄厉的鸟鸣滑过水面。柏羊抱着肩头,独自立在潮湿的寒风中打着寒战。

明明说是五月,谁想到竟这么冷,他在心里暗暗骂了一句委员会那群老头子。他身上的衣服不知道是用什么材料做的,粗糙得很,被风一吹就透骨冰凉。

一叶窄窄的乌篷小船从雾中滑来,无声无息地停靠在岸边。

"考生 HP2047-9?"清甜的声音从竹帘后飘出来。

柏羊抵住牙关间的战栗，哆哆嗦嗦答道："是我。"

竹帘缓缓升起一角，他低头跳上船，温暖的茶香扑面而来。拳头大小的茶壶正在炉上腾起袅袅白气，旁边低头沏茶的女子白衣长发，动作优美得仿佛古卷上的仕女。

一切都太像是在拍古装戏。柏羊尴尬地笑笑，找个角落坐下，说声："来挺早啊。"

女子抬头看了他一眼。她有一张娃娃脸，嘴角往上翘，像是似笑非笑的样子，露在袖子外雪白的指尖一摆，将茶杯推到他面前。

"这是？"柏羊盯着粗瓷杯中几片可疑的褐色草叶，小心翼翼地问。

"茶是玉笥山上的新茶，水是汨罗江水，时间紧任务急，将就用吧。"

柏羊犹豫半晌，接过来捧到嘴边抿了一口，一股涩味直冲上来，爬满了舌头。

"怪是怪了点……"他偷看了对方一眼，"还能喝。"

白衣女子只是专心吹着杯中茶沫，过一会儿才抬眼看着他："还没到时间呢，随便聊聊，你别紧张。"

柏羊一愣，心想不紧张才见鬼呢，嘴里却说："那是那是。"

"我是你的监考官，编号 G-56。"女子手腕一翻，把电子识别码亮给他看，"先问一句，你对这次的任务了解多少？"

"还行吧。"柏羊挠挠头，"来之前，看了点书……"

"听说你是心理历史系高才生？年纪轻轻的，不简单啊。"

"哪有您年轻哪。"柏羊连忙跟上，"您一出场我还真有点蒙了，心想这哪像考试啊，分明是金庸群侠传嘛！"

"这也正是我要提醒你的。"G-56 轻轻一摆手，打断了他意图过于明显的表白，"这不是虚拟情景中的模拟练习，尽管考试说明里已经写得清清楚楚，很多考生还是会产生这种错觉。看看你周围，一切都是最真实不过的历史情境：天气冷热，物候变化，江上的雾，茶叶的味道，绝不存在任何编程中可能存在的错误，因为我们所身处的是一段真实的时空。"

柏羊愣了一下。

"包括你所见到的角色，也是真实存在的人，这一点很重要。"G-56 伸出指尖在自己小巧圆润的鼻子上点了一点，"一个真正的人，内心中总有一部分是难以用程序来模拟和计算的，哪怕再复杂的算法也不行，而我们需要的，也正是那种能够在真实情境下成功解决问题的人才。自心理历史分析师的资格考试制度创建以来，委员会便决定将这门历史实践放在全部测验的最后，也是最重要的位置，它的通过率向来都是最低的。"

"这一场挂掉，前面几个月就白忙活了，这我明白。"柏羊叹口气，"您都这么说了，我能不紧张吗？"

"不过随便聊聊，没别的意思。"G-56 笑得很灿烂，"你还有什么问题没有？"

"我就是有点没想通，既然真的穿越了时空，难道我们所做的一切，就不会对历史进程产生干预吗？"

"当然不会改变。"G-56 摇摇头，"整个过程是被精确控制的，相当于从过去借来一整段封闭的时空，你可以无限次任意使用它，像使用一段磁带的拷贝，而不会对原先的版本产生任何影响。"

"就算不影响，也不能这么乱来吧。"柏羊望着窗外雾气缭绕的水面，"我听说过那些稀奇古怪的考题：希特勒、拿破仑、苏格拉底、埃及艳后、五月花号、哥本哈根……你不觉得安排这些考题的老头子们都有点变态吗？"

"至于你所抽中的这一题，迄今为止的通过纪录是零。"G-56 笑眯眯地托着腮，"运气不错啊。"

柏羊从喉咙里挤出一声痛苦的呻吟，两手抱住头不说话。

茶壶继续在炉上咕嘟咕嘟煮着，腾起温暖的气息。窗外，依稀有渺渺的歌声从远处飘来。

"是他吗？"柏羊抬头向外望去，江上雾气越发浓重，几乎看不到岸边。

G-56 点点头："怎么样，准备好了吗？"

"走一步算一步……"柏羊苦笑一声。

"那么，开始计时。" G-56 手法优美地一掀，便不知从哪里拎出一个巨大的沙漏，洁白的细沙如涓涓细流般开始流转，宁静得有些不真实。柏羊愣了半天才回过神，刚急匆匆爬到船舱门口，又不甘心地回头问道："对了，我能问下您的名字吗？"

G-56 甜甜一笑："浔箐。"

"果然人美名字也美。"柏羊点点头，"行，咱们过会儿再见。"

他颤巍巍地掀开竹帘向外爬去，身后，G-56 的声音如低沉的丝弦般传来：

"祝好运，哈里·谢顿与你同在。"

"同在就同在吧。"柏羊心里默默嘟囔着，运一口气跳出船舱。

古老而陌生的歌谣在雾中穿行，隐约间，那高瘦的身影已经越来越近了。

二

×你好：

你没有说你的名字，所以只能这样称呼你。

坦白地说，我不能说完全看懂了你的故事开头。一次心理历史学考试，在战国时代进行的吗？和屈原有关？这个想法很有意思，我猜你是个学生，或许正在为某次历史考试忙得焦头烂额，对吗？

目前为止，我还不是很清楚你想用这个故事表达什么主题。开头对话挺有意思，我喜欢那句"哈里·谢顿与你同在"。但之后情节会怎样发展，我也猜不到。

对你所说的迷茫感觉我也常有体会。其实，从没有任何一篇小说是"恰如其分"地自然呈现在你笔下的，总要经过一次又一次构思、推敲、试验，甚至失败，才能达到那种所谓微妙的平衡状态。你可以试试看多写几稿，拿给你周围的朋友看，甚至先放一段时间，看点别的书，出去走走，现实生活有时候会意外地带给你灵感。

　　你大概是个心思细腻的人，对想不通的事情一想再想。其实人生在世，光靠思考不见得能解决所有问题。孔老夫子曾经说过："学而不思则罔，思而不学则殆。"想要在下笔前把每一个细节都想清楚，几乎是不可能的。不妨放轻松些吧，人生都未必可以完美无瑕，又何况短短一个故事？重要的是把你的想法完完整整写出来，拿给别人看，然后再确定自己应该努力的方向。你还年轻，不是吗？

　　也期待看到后续，祝 HP2047-9 和 G-56 好运。

你的朋友　小丁

2006 年 9 月 2 日

三

尊敬的小丁先生，您好：

　　收到您的回信非常激动，几乎整夜无法入睡。当然，您一定无法想象这封信对我的意义有多么重大，大概除了我自己以外，也再没有第二个人能明白了。

　　您给我的意见非常中肯，说句或许有些冒犯的话，写上一封信的时候，并不曾奢望能从您那里得到如此简洁而又切中要害的回复。不错，过去我似乎太紧张了，闷在房间里没日没夜地想了又想。对我来说这并不是一个普通的故事，所以我总希望它完美，越是这样，反而越感到下笔艰难。这么多年来，我总是会想起这个故事，无数次尝试开头，却又无数次放弃。但现在，有了您的鼓励，我又想试着努力写下去。您说得对，重要的是先把它写出来，然后再说其他。

　　今天傍晚出去散步，一个人默默走了很远，沿路看着四周景色。天气闷热，像是要下雨的样子，街上几乎没有什么人。回来后就看到您的信，读完之后，竟一时间觉得空气都清透起来。于是一鼓作气，坐在电脑前又写了一小段，一起附在下面，希望能继续得到您的指点。

不知不觉已经是深夜了，外面电闪雷鸣，大雨敲打在窗户上，院子里的石榴树在风雨中摇摆个不停。

祝您有个好梦。

P.S. 关于 HP2047-9 和 G-56，只是向您致敬的小小玩笑，希望不要介意。

您的读者 ×敬上
2006 年 9 月 5 日

附件 2：

寒风扑面而来，柏羊赤脚蹚过冰冷的水边，看着屈原沿着江边向他慢慢走来。

与想象中多少有些不同，眼前的男人气色虽然憔悴，神情却是温和安静的，两颊因为衰老和疲惫微微凹陷下去。他眼睛里有一种迷茫却又极其深邃的光，黯然地望着前方某个很遥远的地方。

"是三闾大夫吗？"柏羊远远招呼了一声，通过一个小小的波形矫正器，他的声音被自动调整为当地绵软古朴的方言。

屈原站住了。

"是我。有事吗？"

"没事没事，这不是路上遇到了，上来打个招呼嘛。"柏羊殷勤地迎上去，现在他从姿态到声调，都完全像一个清早出来江边闲逛的渔民。

"什么风把您给吹来啦？"

"什么风？是这世间的不正之风吧。"屈原说着，苍白的脸上浮现出一丝苦笑，"举世皆浊我独清，众人皆醉我独醒。偌大一片天地，尽是魑魅魍魉、污浊腌臜，除了这片水边，我又有哪里可以去呢？"

"您这么说我就不明白了。"柏羊煞有介事地扯住对方的袖子，"别人是别人，自己是自己，您要是看不惯，不跟他们一般见识不就完了吗？我们这些劳动人民出身的没读过什么书，都知道出门打鱼要看天，人再大能大过天吗？顺应时代潮流才是真的。您是个圣人，不能这点道理都想不明白吧。"

"别人是别人，自己是自己，说得一点儿不错。"屈原看着他，五十多岁人的眼睛，还是清澈得如少年人一样，"你在江边，日出而作，日落而息；我在深宫，日夜思虑，不得安眠。你的豁达不是我能轻易达到的，我的痛苦也不是你能体会的。"

"其实我的意思是……"

屈原摇头打断了他，声音越发低沉下去："屈平不幸，生在这乱世中，虽然每长一岁，都要更爱它一分，更明白它一分，却也因此离它更远了一分。事到如今，愈发觉得它是它，我是我。我离了它，依旧是一条清清白白的魂魄；它离了我，也依旧是一片熙熙攘攘的天地。如此两不相欠，不是皆大欢喜吗？"

"您，您这话说的……"柏羊额角不由渗出一片热汗来，"大人您换个角度想想看，就说咱们人吧，人为什么要活着？"

"这问题就不是我能回答的了，大约除了吃喝繁衍之外，就是思考天地造化的问题吧。"

"是啊，这问题别说一辈子想不明白，就算再过一千一万年怕是也不够。您在这世上不过上下求索了几十年，怎么就能说是毫无牵挂了呢。"

"既然如此，千万年和几十年之间，又有什么区别呢？"屈原微笑着，笑容牵动了嘴角两道深深的皱纹，在悲天悯人的智慧中透出几分凄凉，"你是个聪明人，能跟你说这一番话，我很高兴。你叫什么名字？"

"区区一个渔夫而已，不值一提。"柏羊快快地摆摆手。

"很好，你走吧。"屈原的眼神重新变得空洞起来，望着茫茫江面发呆，"让我一个人静一静。"

沉默半晌，柏羊叹口气转身离去。

乌篷小船里，G-56 仍在慢条斯理地喝着茶，柏羊一言不发地坐下，烘烤着被雾气濡湿的身体。

"怎么样？"

"你不都看见了吗？"

"问你心情怎么样？不好通过吧？"

柏羊闷闷地垂着头不说话。G-56 重新斟了一杯茶推过来，他犹豫了一下，端起来一饮而尽。

"你说有些人，怎么就这么轴呢！不管好说歹说，最后他都能给你绕回去……"

G-56 若有所思地支着腮："或许因为东方哲学的基本形态就是一个圈吧，万物相生相克，从一中生发出无穷，最后还是回到一。相比之下，我们在课上所教的那些辩论和质询的技巧，就像古希腊智者学派的诡辩术一样，不过是玩玩语言游戏罢了。"

"照你这么说，跟这种人磨嘴皮子，根本是白费劲嘛。"

"如果只靠磨嘴皮子就能解决一切，还要我们心理历史分析师干什么？记住，要真正改变一个人的选择，靠的是……"

"我懂我懂。"柏羊扔下空杯子，"人心嘛，课上都讲过。回溯，我们重新来一次。"

G-56 微微一笑，伸出手轻拍了三下。

只是一瞬间，小船便无声无息地向前滑动，逆着水银般凝重的波纹回到时间轴的原点。汨罗江水汇聚又散开，向着已经确定的未来一轮一轮继续涌动。

四

×你好:

读你的信就像看小说连载,每次一小段,真有意思。

很高兴看到你的故事有了进展,虽然篇幅不长,却时常出人意料。继续写吧,现在我对之后的情节发展很有兴趣,生或者死,这是一个问题,不过太早去猜结局就没意思了。

最近事务繁忙,或许不能及时回信,但你的故事我一定会看。

P.S. 我当然不会介意,但 G-56 似乎太严肃了点,你不这样觉得吗?

你的朋友 小丁

2006 年 9 月 28 日

五

×你好:

很久没有你的消息,还好吗?小说有进展吗?HP2047-9 和 G-56 可好?

今天冬至,家里包饺子,闲聊时夫人突然提起你(她也看了你的小说),想起来写信问候一声。

天冷,祝身体健康。

你的朋友 小丁

2006 年 12 月 22 日

小丁先生,您好:

感谢您的关心,过去那么久,没想到还会再收到您的信。是的,我最近身体不太好，今年冬天真的太冷了，仿佛总是在生病，膝盖和双手从早到晚都是冰凉的。

坐在窗口向外望，阳光缓缓从远方的楼群间穿过，时而明媚时而阴晦，凛冽的寒风吹得一切能发出声音的物体哗啦啦地抖动。偶尔有珍珠色的鸽群，零乱地围绕着某个窗口盘旋，它们身体竖在空中拍打翅膀，归巢的姿态优美而悲怆。

我时常会想，这样寒冷的天气里，鸽子们挤挤挨挨地聚拢在狭小的鸽笼里，相互摩擦羽毛，呼吸温暖而浓郁的空气，一定很幸福吧。

小说越写越慢，但我还在试着继续，再附上一段吧，希望能继续得到您的意见。

写女婴这个人物的时候，我总是会想起自己的母亲，那种血浓于水的羁绊是多么奇妙啊！分明是两个全然不同的个体，甚至大部分时候，连相互理解都谈不上，但她对你的情感和牵挂，就是那样毫无缘由地持之以恒，又是那样持之以恒地浓烈。那种羁绊让你惭愧惶恐，让你发自内心感觉到伤悲，因为知道自己永远无以回报。

我想，对于那个心怀绝望的人来说，或许总有那么一个温柔而坚定的声音，是他和这个冰冷的世界之间唯一的纽带吧。

也希望您保重身体。

×敬上

2006 年 12 月 25 日

附件3：

技术从来是万能的，柏羊转个圈子，甚至能听到裙裾摩擦发出粗糙却又柔软的声响。

"很适合你。"G-56 抿着嘴不出声地笑，"神情还差了那么点儿，别这么苦大仇深的，笑一笑，哎呀，温柔点儿行不行，露这么多牙干什么。"

柏羊被摆弄了半天，总算站定了，摆个拈花微笑的造型，说："到底行不行啊，求你了别整我。"

"行不行还得看你演技，相由心生。"G-56 歪着头退后三步，又凑上来把散开的衣带整理成一个别致的造型，说，"好了好了，就这么去吧。"

全息造影技术的神奇之处，在于影音光色全方位、多角度的逼真模拟，成本高，运算量大，有延时，但毕竟胜在精确可信。任何一个人都可以像神话中的七十二变，或者虚拟 RPG 游戏一样，在现实世界中方便快捷地改变自己的形象，几乎以假乱真。

尤其是在这样一个浓雾弥漫的清晨。

柏羊向岸上走去，嘴里轻声哼唱一首古老陌生的童谣。一个中年女子的声音，低沉柔和中蕴含某种宁静却坚定的力量。歌声随着细碎的脚步一丝丝散开在雾中，如河岸上随风起伏的苍白苇花。

他觉得自己像个全副武装的战士，正透过严丝合缝的甲胄向外窥视，一步一步接近目标。

那个瘦高的身影向他走来，眼中泛出不可置疑的神色，然后在距离三步远的地方站住了。

"阿姊……"屈原轻轻唤了一声，就再没有第二句话。两人站在那里对视着。一瞬间，柏羊纷乱忐忑的心情突然沉静下来，他轻叹一口气，低声说："你要去哪里？"

像是一个出来玩得太久忘了回家的孩子一样，屈原竟避开了他的目光，许久才自嘲般笑一声，喃喃道："去哪里？我也不知道。"

接下来应该说些什么，柏羊思忖着。国家？战争？家乡的天气？童年回忆？

这些资料早就准备充分，一条一条烂熟于心。然而此情此景，作为他正在扮演的这个角色，脑中却一片空白。

他又向前走一步，这样近的距离，已经足够被看出破绽。

"好久不见了。"他挤出一个哀婉的笑容，"说说看，最近过得还好吗？"

"不好。"屈原竟也笑了，虽然笑得同样有些苦。

"比之前还不好？"

"都已经不好了，还比较什么？"屈原还是笑，"以前我年轻气盛，心中总有一股不平之气，阿姊你教我那些为人处事的道理，总是听不进去。现如今，那些曾让我憎恨和愤怒的人和事，都成了过去，心中那份不平也就那么慢慢散了。再回想阿姊你说过的话，或许还是有道理。只可惜，明白得晚了。"

"你还是想那么多。"柏羊点头又摇头，"晚什么，明白就好，明白就不晚。"

屈原叹了口气，缓慢而坚定地摇摇头，说："晚了。"

"你这样说，让我这个做姐姐的怎么办。"柏羊声音颤抖着，连他自己都不知道是不是装出来的，只觉得心慌意乱，像要张开手努力攫取什么，却又捉摸不住。

"你不是常对我说吗，各人有各人的命，强求不得。"屈原说，"这是我的命。"

"这时候你倒信起命来。"柏羊抬起眼，用力盯住他，"不要再说了，跟我回家去，算我最后一次求你。"

屈原脸上浮现出踌躇的神色，两人站在那里僵持着，许久之后，他又一次笑了。

"好，我听你的。"他轻声说，"不过你也要答应我一件事。"

"什么事？"

"我这块帕子脏了，这还是你当年给我缝了带在身边的，麻烦你拿到上游干净的水边帮我洗了吧。"他从衣袖里抽出一块方巾，陈旧得几乎看不出原本花色，"也是最后一次了。"

柏羊接过方巾，一时间竟也说不出话来。这是一个托词吗，又或者还有回转的余地？若是托词，他又该如何？天气虽然冷，他却感到额角渗出了一层热汗，密密麻麻地爬满皮肤表面。周围静得可怕，只有一波又一波单调的水声，流淌得如此迅速又如此漫长。

突然间，G–56 的声音在耳畔低低响起。

"算了吧。"

"什么？"他按住微型通信器，用最轻的声音回应。

"别等了，这次你又没戏，连我这个旁观者都看得出来。"G–56 回答。

"你说什么？"屈原疑惑地看他。

柏羊咬咬牙，脸上变回温柔而凄婉的微笑。"没什么，那你在这里等我。"

他攥住那块被汗浸透的方巾，转身沿着江畔大步离去。身后，一声若有若无的叹息穿透浓雾飘来，紧接着，是一阵沉闷的水声。

于是他知道自己又失败了。

G–56 依旧坐在那里不紧不慢地烧茶，动作一如既往的优美娴熟。

"戏演得不错，挺走心。"

"走什么心，还差得远。"柏羊低下头郁郁地说，"为什么？明明他的一切我都知道，性格爱好，生辰八字，可他的内心世界，我就是进不去。"

"这世界上每个人都是一个独立而又自治的小宇宙，谁又能真正走进谁的心呢？放松点，好不好，别太入戏。考试过不了是小事，我倒怕考完后你也要去接受心理治疗了，每年都这样。"

"谁说过不了，我偏不信这个邪。"柏羊抬起头，"再来一次，我们还有的是时间！"

"有志气。"G–56 点点头。三声轻响后，小船又一次消失在雾气缭绕的江面上。

六

×你好：

寒冷的天气里读到这样的文字，略有一点儿伤感，这个冬天确实发生了很多事。

不知你是否遇到了什么不顺利（这只是我的猜测），故事似乎变得愈加沉郁了。写小说的人，时常容易陷入自己笔下角色的情绪中不能自拔，这种事我见过不少。据说福楼拜杀死爱玛·包法利的那个夜晚，就像亲手杀死自己一样痛苦。希望你能尽快从这种情绪中走出来。

我最近眼睛不太好，医生嘱咐要少看电脑，或许不能及时关注你的小说，但仍希望你快乐、健康。毕竟，一个死去两千多年的人有什么值得伤感的呢？只有仍然活着的人才是真正重要的。

祝你新年快乐。2007 年，会有更多意想不到的美好等待着我们。

你的朋友　小丁

2006 年 12 月 28 日

七

小丁先生，您好：

又是一段时间没有写信了，总觉得在欢乐吉祥的新春佳节里，再用那些啰啰唆唆的故事去打搅您，有些不太合适。

您上一封信里说得对，对一个已经成为历史的人物念念不忘，更多时候不过是放任自己陷入情绪低落的陷阱，以至于无所作为。往事已不可谏，而生者唯有勇敢前行，才能把故事继续讲下去。

这故事写到现在，慢慢开始顺畅起来了，人物都有了各自性格，不用绞尽脑汁地编造，他们就自己在纸上演戏给我看。有时候写着写着，会突然冒出奇妙的想法，将情绪推向某个未曾预料到的方向，这也是写小说的乐趣之一。其实我和您一样，很想看到这故事的结局。

春天很快就要来了，祝您春节快乐，万事如意，身体健康，阖家欢乐！虽然只是一些没什么创意的老话，但请接受我最诚挚的祝福。

×敬上

2007 年 2 月 22 日

这一次，我把收信人的地址改成：Xiaoding2007@Tmail.com，然后点下发送键。

附件 4：

已经忘了这是第几次，刚刚焐热的双脚重新蹚过冰冷的江水，歌声穿过永远散不开的浓雾由远及近。柏羊干脆站在那里不动，双手在宽大的袖子里相互交叉。

"你，给我站住！"他冷冷地喝了一声，然后满意地欣赏着对方惊恐的神情和颤抖的肩膀。一股恶作剧的快感涌上心头，简直妙不可言。

疯了，他对自己说，我大概真的疯了。

"冷静些，你不会真的想被关小黑屋吧。"G-56 悄声说。小黑屋，指的当然是心理咨询室，据说那些老头子有办法对你的大脑动手脚，让你不再是你自己。

柏羊依旧站在那里笑，笑意刻在他薄而柔媚的唇角，有一种君临天下的危险色彩。

"大王……"屈原颤声唤道，眼中又是惊惧，又是质疑，又有几分狂喜。一瞬间，柏羊觉得面前这个人大概多少也有点疯，于是嘴角的笑意更盛。

　　"怎么样，你不是一直想见我吗？"他漫不经心地说，"总是哭哭啼啼，怨我不肯听你的话，今天这里只有我们两个，也不必讲什么君臣之礼，想说什么就说。"

　　"好，我说。"屈原点点头，眼神如火一般炙热起来，"大王现在，是人还是鬼？"

　　"这个问题问得无趣，人怎样？鬼又怎样？你成天跟鬼神交谈游历，怎么，见到我反而怕了？"

　　"说得也是。那容我再问，大王现在，可明白屈平的心了没有？"

　　"明白明白。"柏羊不耐烦地点头，"你那点心思，全世界人都明白，可明白又如何，明白不见得能领会，领会不见得感同身受，有了同感又不见得能依附于你的心意。屈平你是个奇人，奇人便不容于时代；又是个至情至性之人，性情中人就被性情所伤；还是个好人，好人从来难活。你的命运，哪是我一个人听了你的话就能改变得了的。"

　　屈原沉吟着，脸上一点点泛出奇异的光。

　　"大王你这些想法……是从哪里得来的？"

　　"你呀你呀，就是问题多，我说一句你问两句。"柏羊跺跺脚，"且不忙，让我先问。你说我们君臣二人，最终流落到此相见，到底是因为什么？"

　　"天道无常，外有奸贼祸国，内有小人乱朝，以致国破家亡。"

　　"谁说无常，我就要说天道有常，不为尧存，不为桀亡。"柏羊冷笑一声，"历史的发展就像这道江水一样，从上游流下，分分合合，源远流长，最终都要流入大海里去的。我们一两个人，一两座城，乃至一两个国，是存是亡，在几千几万年后的人看来，有什么区别吗？"

　　"大王……"屈原紧锁双眉刚要说话，被柏羊一挥手拦住了。

　　"要我说，楚迟早是要亡的。"他继续破罐破摔往下说，"不仅因为秦有吞并六国的野心与实力，更因为秦王比我们所有人看得都要远。他要的不是讨伐一两座城池，不是打几场胜仗，不是守着自己一个国家的老百姓，他要看到全天下人用同一种文字，说同一种语言，侍奉同一个王，这叫顺应历史潮流，你懂不懂。"

"屈平……屈平惶恐……"

"你不是不懂，是不愿懂。"柏羊叹一口气，"你是聪明人。我再问你一个问题，若是能重新回到四十年前，你会如何选择？以你我二人之力，你能保证将来吞并六国的是楚，而不是秦吗？"

"这……"屈原微微低下头去，"屈平没有想过……"

"没想过才让你想！天天说宇宙乾坤、八荒六合，你可真正想过时空的本质是什么吗？"

"小心。"G-56略带沙哑的声音又在耳畔响起，"不能提起时空旅行相关话题，这是违规操作。"

"闭嘴！"柏羊低声喝道，屈原疑惑地望向他，他冷冷一笑，"不关你事，继续给我想。"

"大王，恕我直言，这种问题，屈平以为没有答案。"

"怎讲？"

"若是我们重来一次后，秦也有机会重来一次呢？秦的后人呢？究竟谁看到的结果才算数？"

"好，算你反应快。"柏羊长叹一声，"这么妙的答案，连我都想不到。"

他急匆匆地回头望一眼江上，晨雾正在逐渐消散，时间总是不够用。

"现在，回答我最后一个问题。"他直视前方，用最凝重的声音说道，"事到如今，你打算去哪里？"

静候片刻后，他得到了答案。

"我跟您一起走。"屈原认真地说，"去鬼和神的世界。"

"你是怎么回答的？"G-56抿着嘴憋住笑，任由茶壶在炉上烧得咕嘟咕嘟响。

"我说，靠，您老自己去吧！"柏羊恨恨地回答，"真服了他了。"

"注意素质。"G-56娇嗔地瞪他一眼，安慰道，"别着急，这次进展算是不错，只可惜，装神弄鬼是你最大的败笔。"

"你不会都记下来了吧？"柏羊突然背后一寒，疑虑重重地看着她。

G-56笑得更加甜美："当然，这是监考官应尽的职责嘛。"

"然后当笑话说出去？"

"考试记录要密封上报给评审委员会的。"G-56叹口气，"当然，我们考官也是人，无聊的工作生活也需要调剂。"

"千万别，传出去我以后在这行还怎么混……"柏羊哀号一声。G-56竖起一根青葱般的纤纤玉指，向一旁的沙漏点了点。一轮又一轮封闭的时空中，只有它仍在默默流逝，一刻不停歇。

"与其担心这个，不如先看看你的时间吧，考试还在进行中。"她像个女巫般神秘地笑着。柏羊有气无力地点点头。

回溯过程中，他一句话都没说。

八

✕ 你好：

首先要谢谢你的祝福。

人真是一种奇怪的动物。比如我，以前总是抱怨工作繁忙，没时间看书写小说，幻想有一天挣够了钱，可以舒舒服服待在家里，自由自在，想写什么写什么。然而这个春节假期，当我真正闲下来的时候，我却发现自己一个字都不想写，只是从书架上抽出几本很久以前读过的旧书堆在床头，偶尔翻上几页，然后发呆，很久之后再翻几页，困了就睡觉，饿了就去冰箱里找东西吃。

写小说是件很不容易的事，尽管有时候一些狡猾的作家会说些大话，装出轻轻松松信手拈来的样子，但你千万不要相信他们。写小说需要你用很长的时间去积累，去构思，去试笔，去修改，去烧掉失败的篇章，去咬牙切齿地诅咒自己，去痛哭流涕地说放弃，然后继续去写，去接受磨难，去跟自己过不去。有时候你会突然发觉，写作已经变成你生活里不可分割的一部分，活着就必须写，不写就不能活，那种感觉是多么痛苦而又多么幸福。

我羡慕你的执着，对一篇小说坚持不懈地继续下去，不管最终能写出什么，这种过程对于生命本身来说，就是最重要的一种修行。继续努力吧。

杰弗瑞·兰迪斯写过一篇小说，叫作《迪拉克海上的涟漪》，也是有关时间旅行和死亡。这是我所看过的最优美的科幻小说之一，译得也很美。也许你已经看过了，如果没有的话可以试着找一下。

也祝你春节快乐，虽然迟了一些。

小丁

2007 年 3 月 5 日

九

小丁先生，您好：

写下这封信，竟然已经是春天了。

小的时候我总是讨厌春天，北方的春天，一切变化得太快，许多东西转瞬即逝，甚至还没来得及仔细看一眼。比如粉红洁白的桃李，比如很多叫不出名字的野花，比如满天飞舞的柳絮，比如刚发芽的梧桐那种灰蒙蒙的黄绿色，比如槐花香……

窗前的阳光一天比一天晴朗，洒在逐渐丰盛起来的枝梢间。满园繁花匆匆开了又谢，像是绚烂的水彩画，在这里或者那里流淌消融。只有角落里的石榴树沉默依旧，刚刚过去的那个漫长的严冬，仿佛没有在它身上留下任何痕迹。

春天里，人都变得懒洋洋的，好像总也睡不醒。我坐在这里继续编织我的故事，每写下一个字，都觉得身子变得更轻，好像沉醉在微醺的阳光中，好像随时都会随风而起。事到如今，故事中的人物已经完全脱离我的控制，朝着某个早已安排好的结局不动声色地前进。我浑浑噩噩地写着，半梦半醒地写着，像一个浑然不自知的旁观者，又像一个茫然恍惚的占卜者。有时候在梦里，我隐约能看到这故事的结局，醒来却又全部忘记了。

就这样写下去吧，事到如今，在乎结局又有什么用呢？

此时此刻窗外又在下雨，绵密的雨声里，混合着尘土气息的青草香。这是春雨，艾略特在《荒原》的开头写道："四月是最残忍的一个月，荒地上长着丁香，把回忆和欲望掺和在一起，又让春雨催促那些迟钝的根芽。"

一切都在希望与绝望之间摇摆不定。我想快点写完我的小说，又害怕所有可能性会在结束的那一刻碰撞湮没，彻底灰飞烟灭。

祝一切顺利。

P.S. 关于《迪拉克海上的涟漪》，我完全赞同您的意见，那也是我所看过最优美的科幻小说之一。

×敬上

2007 年 4 月 24 日

附件5：

"这次你打算做什么，我怎么完全看不懂了？"

"看不懂就对了。"

"什么意思？"

"没什么，只是想试试看。"

"别乱来。"

"乱来又怎么样，时间不多了，不是吗？我必须豁出去。"

"好吧。" G-56终于点一点头，"祝你好运。"

他与屈原再一次相遇。

"你是谁？"

"哼，连我都不认识，你又是谁？"

"在下屈平，楚三闾大夫。"

"楚？楚不是早就亡了吗？如今这普天之下，还有哪一处不是秦的土地！"

"你……你是……"

"我是这大地上独一无二的王，从盘古开天地以来，第一个称霸天下的皇帝，万民都要俯首称臣，我，还有我的子孙，将要世世代代统领这片江山。哼，你不认识我，是因为你死得太早！"

"我……我不相信……死得太早，又如何能看见你？你是假的！"

"榆木脑袋！假的真的，又有什么区别，我说的这些你永远没有机会看到。哈哈！"

"你这疯子！"

"疯子？当然，历史不都是疯子创造的吗！看看你自己，你以为天下人都是疯子，只有你自己正常吗？恰恰相反，真正疯的只有你，所以你才不得不死！"

"人，都是要死的。屈平今时今日的死，并无愧于天地！"

"说得好，人都是要死的。十年亦死，百年亦死，身为尧舜，死则腐骨，生为桀纣，死亦腐骨！可你知道我又是怎么死的吗？"

"你？"

"我用了四十年时间修建自己恢宏的陵墓，妄想死后能与日月同辉，享万世福泽，最终却暴毙在马车里，他们用咸鱼掩盖了我发臭的尸体。"化身为嬴政的男人嘴角勾起一丝阴冷的狂笑，向后倒在河滩上，变作一具臭气熏天的腐尸。

"这算什么？"

"或许什么都不算。回溯，再来一次。"

再次回到江边的，是一个面容憔悴的白人老头，赤裸的臂膀伤痕累累。

"你见过大海吗，老家伙？你在海上与恶浪和鲨鱼搏斗过吗？你在非洲的草原上捕猎过狮子吗？在枪林弹雨的战场上拖过死尸吗？你知道头痛和失眠的痛苦吗？知道失去一只眼睛的滋味吗？你有没有被死亡的恐惧感纠缠过？有没有在医院里读过自己的讣告？是的，我说这些你都不会懂，而我见过的已经够多了，你呢？你见过什么？听着，老家伙，不要为那些折磨过你、屈辱过你的东西伤心难过。要战斗，跟一切想要毁灭你、让你倒在地上爬不起来的东西战斗，包括你自己！"

说完他拔出一把银子镶嵌的猎枪，枪口伸进嘴里，两个扳机一齐扣动。

再一次回来，他以受难者的形象被钉上高大的十字架。

"父啊，赦免他们。因为他们所做的，他们不晓得。"他抬头对天空说。

"我实话告诉你，今日你要同我在乐园里了。"他低头对门徒说。

"母亲，看你的儿子！"他低头对玛丽亚说，又对约翰说，"看你的母亲！"

"以利，以利，拉马撒巴各大尼？"他痛苦地呼喊。

"我渴了。"他尝了绑在牛膝草上蘸满醋的海绵，然后说，"成了。"

最后一句话是："父啊，我将我的灵魂交在你手里！"然后他低下头，走向短暂而永恒的死亡。

"我愿面朝大海，春暖花开。"他背诵了那首诗，伸手在空中拍了三下，然后被呼啸而过的火车轮子碾碎了头颅。

"生存还是死亡，这是一个问题。"他说。

"光明！再多一点光明！"

他一次又一次穿过永远散不去的晨雾踏上江岸，以约翰·列侬的样子，以弗吉尼亚·伍尔芙的样子，以亚伯拉罕·林肯的样子，以梵·高的样子，在那之后，是乔达摩·悉达多。

✚

小丁先生，您好：

　　一篇小说的结尾总是令人头痛，就好像一个人坐在黑漆漆的电影院里，看着屏幕上缓缓浮现出大而苍白的"THE END"或者"FIN"时，总会感到怅然若失。我曾经梦想能有一处天国，那里所有的美酒都喝不完，所有美丽的姑娘都不会老，所有大大小小的路都走不到尽头，所有的故事都没有结局。

　　然而那毕竟只是梦中的天国而已。

　　还记得我写给您的第一封信吗，那时我是如此彷徨，不知道自己的故事该如何讲起，亦不知心中纷乱迷茫的情绪该如何变为文字。那时候我时常对自己说，不如放弃算了，是您的支持与鼓励帮助我走到今天。黑格尔曾说过，艺术创作是将人的潜能施加于对象，创造出全新的东西，也创造了人自身。如今我终于写完了这个故事，也感觉到自己如获新生。至于您，您也是这创作过程中不可缺少的一个环节。此时此刻，我把最终的结局发给您看，这样故事才算圆满。

希望您喜欢。

×敬上

2007 年 5 月 13 日

附件 6：

"时间不多了。" G-56 双手轻按着巨大的玻璃沙漏，指尖和面颊都泛出淡淡的红色。洁白的细沙从她面前淌下，如一线游丝。

"只剩最后一次机会了？"

"或许，最后一次。"

"好吧，我走了。"柏羊叹一口气，"最后一次祝我好运吧。"

G-56 低下头，指尖交叉："好运，哈里·谢顿与你同在。"

最后一次出场，他恢复了自己的本来面目，一个人，孤零零地站在江岸上，等待那命中注定的邂逅。

"早，我们又见面了。"他牵动干涩的嘴角急匆匆地说着，声音因为疲惫而粗哑得如同沙砾。"也许你会奇怪我为什么要说'又'，不过这些都不重要，现在听我说，我们时间有限，不管你当我神也好，鬼也好，我所说的每一个字都是真的……"

他坐在那里滔滔不绝地说着，从第一次踏上这片命运注定的空间开始，每一次相遇，每一句对话，每一个小细节，一字一句，清晰而详尽。

我是始，我是终，我是阿尔法，我是欧米伽，我是楚怀王，我是海明威，我是最初的皇帝和最后的人子，我是诗人，是圣贤也是疯子，我是你第一次见到的那个普普通通的渔夫，昔在，今在，将来永在。

一切结束后，他就此消失了，如同来时一样不留下任何痕迹。

　　"你到底对他说了什么？" G–56 睁大眼睛望向岸边。那个高大寂寥的身影依旧站在那里，如一尊凝固的雕像。

　　柏羊靠在角落里垂着头，额发遮住了眼睛。"真累啊。"他沙哑着嗓子喃喃道，"救个人比杀人还累。"

　　"解释一下，否则我没法写报告。"

　　"让报告见鬼去吧。"柏羊从牙缝里挤出一句。沉默了片刻，他抬头说，"对不起。"

　　"可以理解。" G–56 说，"我当年也是这样过来的，只是，究竟为什么，我想知道。"

　　"每个人在交错的平行时空中，都会或多或少保留模糊的记忆碎片。"柏羊缓慢而疲惫地回答，"Deja Vu，或者'似曾相识感'，每个人都经历过。某时某刻，你突然觉得眼前的情景似乎曾发生过，尽管面对的分明是完全陌生的环境，或者完全陌生的人。那种熟悉感其实来自其他的时间线。这是真实的人才会有的特质，和可以反复使用的磁带，和虚拟游戏存档都不一样。我把那个人经历过的一切重新告诉他，他就回忆起了更多，过去的，未来的，真实的，虚幻的。人的大脑永远是最奇妙不过的东西，在那一瞬间，他已经领悟了太多，远远超越他所身处的时代。"

　　"结果呢？"

　　"他已经不再是他自己了，不再仅仅是那个楚三闾大夫，那个去国怀乡的诗人。对于这世界的好奇心战胜了虚无和绝望，我指了一条全然不同的道路给他，或许会耗尽他一生的时间去求索。"柏羊年轻的脸上浮现一丝苦笑，"毕竟，这是一条永远没有尽头的漫漫长路。"

　　G–56 垂着头沉默了一阵，最后一点细沙在她面前的沙漏里缓缓流淌，然后静止，宛如一声洁白的叹息。

"好吧。"许久，她点了一下头，"还是要恭喜你，通过了考试。"

"那又怎么样！"柏羊像个小孩子般握紧了拳头，"我都做了些什么，我们做了些什么，你真的明白吗？我们凭什么决定别人的命运，活着或者死去，真的可以选择吗？！"

"冷静点……"

"不要跟我说这些！"柏羊深吸一口气，转过头直视着 G-56 清亮的眼睛，"我只是觉得，一个人超越自己的时代孤独地活下去，未必就是幸福。"

"也许你说得对。"G-56 避开他的视线，"不过又怎样呢，都结束了。"

"是的，结束了。"柏羊待了一会儿，低声说，"在既定的历史时空中，他的命运还是一样的，对吗？当我们回到原点，一切仍像没发生过一样，这就是时间。"

"你想得太多了。"G-56 摇摇头，"记着，这只是开始，以后你还有无穷无尽的时间来思考这一切。现在，我们回去吧。"

柏羊低下头，重重地闭上眼睛。

三声清脆的拍手声响起，在潮湿凝重的雾气里留下最后一丝细微的震颤，随着被惊动的灰白色鸟群一同四散开来，滑过波澜不惊的水面。

仿佛感应到什么似的，远远地，那伫立在江边的身影终于动了一下。

＜完＞

十一

╳ 你好：

　　恭喜大作完成。这是一个很好的故事，虽然你还有很多机会修改，让它更精美、更细致，但故事本身已经足够有趣，有趣而且意味深长。

试着拿去给你认识的编辑看看吧，这样你就又前进了一步。写小说就是这样，有些人走得快些，有些人慢些，但重要的是，你要一直鼓足勇气向前走，哪怕每天只走半步。

我没有什么更多话留给你了，之前已经说过很多。感谢你如此信任我，跟我分享你的创作历程，对我们每个人来说，这种分享都是弥足珍贵的，谢谢。

最近要住院一段时间，短期之内或许没办法回信，希望我回来后，能看到你的文章发表。

遗憾的是，直到现在我还是没能想起你的名字，或许在今年的笔会上还能再见面，到时候一定好好聊一聊。

祝好运。

小丁

2007 年 5 月 28 日

十二

小丁先生，您好：

这是我写给您的第七封信，或许也是最后一封。

写这封信之前我犹豫了很久，不仅仅是因为害怕管理员的监察，或者怕泄露的信息会对历史造成什么不可挽回的影响。不，我只是害怕亲口说出真相，害怕自己脆弱的心脏会无法承受这一切。

我想现在您的病情大概已十分严重了，或许连看到这封信的机会也很渺茫。有什么关系呢，眼下我只想继续写，把想说却一直没有机会说的一切都写下来。至少现在，我还有时间。

故事还没有讲完，我必须亲手为它画下句号。

在那件事，那件令所有人震惊和心痛的事发生之后不久，我曾做过一个梦，梦见自己穿越时空回到过去，想要在那个至关重要的时间点之前救回你的生命。像许多科幻故事一样，回到过去的我发现这一切都是某个邪恶组织的阴谋。我在梦中跟他们搏斗，打打杀杀，上天入地，最后从几千米的高空跳进水里，周围的一切都在旋转。当我从手术室被推出来的时候，我看见你就躺在我旁边不远处的另一张病床上，脸上蒙着纱布，沉默苍白，却仍有神智。是的，我做到了，挽救你的生命，那残忍冰冷的死亡终于没有发生。于是我决定留下，留在过去的时空里照顾你。梦的结尾是一间洒满阳光的洁白病房，你静静地躺着，神情安详，而我坐在旁边，读一本书给你听。

梦醒后心情久久不能平静，宁愿梦中的世界才是真实。很长一段时间里，我甚至没有办法亲口向别人讲述我的梦境，只要一开口，眼泪就会掉下来。

某个阳光很好的上午，我整理年少时留下的日记，竟重新看到那个梦的记录，那个在我心中深深埋藏近乎一生的梦。就在那一瞬间，我看到了半个多世纪前的自己，那个单纯善良的女孩子坐在我面前，二十岁，眉间有一缕无法洞穿时间的忧郁。我上前抱紧她，用颤抖的声音向她发誓，在剩下的斑驳岁月里，我会尝试完成她当年的愿望。

在这个时代，时空旅行技术还尚未出现，但是有一样东西，您早已在您的小说中写到了。是的，T-mail，可以向不同时间点上发送邮件的系统，这中间的原理与操作规则十分复杂，关于"外祖父悖论"，关于过去、现在和未来的确定性，直到现在仍在束缚着我们的言行。我并不奢望我的信可以改变那早已发生的结局，但又不能不奢望。

此刻，您看到的这封信来自 2077 年，一个九旬老人颤抖的双手。从去年的 8 月至今，将近一年的时间里，我就是用这样的方式和您保持联络。六封邮件，一个拙劣的科幻故事，像一线细而韧的蛛丝，将时空的两端黏合在一起。

只有第一封信的开头是我在 2006 年的夏天写的，而小说的开头则要更早些，一堆半途而废的文件碎片，和当年的日记一起存放在陈旧的硬盘里。我曾以为自己的懒惰懈怠将令它们永远沉寂下去，慢慢腐烂慢慢被遗忘。而现在，许多年之后的现在，我这个垂暮之人，却重新拾起那些碎片，一丝一缕编织起来，用尽最后一点心血。

或许冥冥之中，一切真的早有安排。或许你我的时空之外，有另一双看不见的手，早已为这故事写下结局。

和您通信是一段愉快的经历，我仿佛重新回到二十多岁的青涩岁月里。那时候未来还很漫长，一切都在未知中显出迷人的轮廓，如同永恒的夏夜。连死亡也不过是夜空里偶尔划过天际的一颗流星，那么遥远、那么幽静，仿佛参不透的谜题。

第一次收到您的回信，激动得彻夜未眠。时间，你的未来我的过去，像一道江水的两岸，隔着浓重的晨雾遥遥相望。我努力写信，一封又一封，有时满心欢悦，有时沉郁迷茫，有时踌躇满志，有时突如其来地扔下键盘大哭。

然而这一切对你、对我而言，又究竟有何意义呢？已经发生的能否被改变，我没有答案。在流淌的时光面前，我们每个人都如同那涉江的人，一次又一次踏入冰冷的波涛中，面对的却不再是同一道江水。

如此一来，还剩下什么呢。

大概只为了越过无尽波涛，远远瞥一眼岸边故人的身影。

此时心中千言万语，无法再一一付诸笔端。

记忆总是带我回到2006年的那个夏天，热闹的笔会上，你在我旁边坐下，谦逊地点头微笑。

短暂的，却是永恒的微笑。

多年之后，在生命最后的岁月里能和您重逢，共同分享那一点点微不足道的时光，深感荣幸。

无论前路多艰难，也请不要放弃希望。未来世界还有很多精彩的事，比科幻更科幻，比我们想象中的天国更美妙。

期待您的回信。

非常，非常期待。

×敬上

2077 年 6 月 4 日

我用颤抖的手输入地址：Xiaoding2007@Tmail.com

点下发送键，然后开始漫长的等待。

等待。

夏夜是如此漫长。

尾声

整个六月都在等待中度过，我始终没有等到回信。

或许因为违反某些时空信息条例而被管理员拦截了，或许在蛛网般复杂的系统传递中遭到损坏，又或许跟太多邮件一起堆积在 2007 年的某个邮箱中，还没有等到拆封的那一天。

雨整整下了半个多月，七月里的某一天，天气终于放晴，窗外的石榴树间又响起了蝉鸣，一簇簇艳红的花朵争相盛开。我就着窗口明媚的天光，开始翻捡七十年前的新闻资料。

这并不容易，网络资源经过那么多年更新换代，被破坏，资料遗失，病毒侵蚀，碎片整合然后重建，所剩下的陈年资料已经寥寥无几，漫长的搜索之后，我竟然找不到任何资料来证明历史是否曾经被改变过。

或许在我的干扰下，世界已经一分为二。或许我的这个世界里，那个圆脸微胖的中年男人已经跳过了 2007 年 7 月那个生死攸关的时刻，继续过着幸福的日子，工作、赚钱、写作，偶尔留下几篇脍炙人口的小文章，直到他生命的终点。

　　又或者他变成了薛定谔的猫，在两种截然相反的状态中摇摆不定，等着更强的观察者出现。

　　不，那些只是科幻罢了，我自嘲地笑了一下。时间是个谜题，你用一辈子也无法解开它。

　　死亡也一样。

　　我重新坐回电脑前，打开 T-mail 邮箱，收信人一栏里填上：Xiaoding2006@Tmail.com。

　　汨罗江的江水在我周围流淌，携卷一切回忆涌向遥远的过去，我像一枚孤零零的礁石立在江心，周围是浓得化不开的雾。

敬爱的小丁先生，您好：

我用颤抖的手指敲下这几个字。

霍斯曼的诗在耳边响起。

来自远方，
来自黄昏和清晨，
来自十二重高天的好风轻扬，
飘来生命气息的吹拂：
吹在我身上。

快，

趁生命气息逗留，

盘桓未去，

拉住我的手，

快告诉我你的心声。

"时间。"望着窗外阳光中摇曳的石榴树影，我喃喃自语道，"还剩下这么多时间。"

"这就够了。"他在遥远的地方微笑着回答。

<完>

2007 年 8 月

【后记】

曾经我以为，关于这篇小说，自己身为作者并不需要再说什么，只沉默地聆听各种批评的声音就好。然而事到如今，我又有几句话想说，或许是因为有些读者抱怨没有看懂，向我提出各种各样的问题，又或许因为时间的潮水不知不觉间又改变了一些东西，我却觉得自己依旧停留在原点。

所以，请原谅我的啰唆。

我想说我没给小丁写过信，只是有缘见过三两面，通过几条并没什么意义的短信，混过他的论坛，投过一次稿。我从不曾有那样的幸运——跟他谈写作，谈人生，谈论时间和科幻，谈论生与死。只是，我认识和想象中的他，是位憨厚靠谱的中年大叔，如果真有人写一封信去请教他，他一定会认认真真地回信，他会收起自己的惊才绝艳和幽默犀利，说一些言辞朴实却十分暖心的话。

有一千个读者就有一千个哈姆雷特，我写了我心中的那个小丁，如此而已。

我想说我在文里藏了很多东西，就好像一位朋友说的："这个东西放在这里，大家看起来很好，但是需要的外部信息太多了，当然，没有这些信息不影响故事的完整性、逻辑性，但无法感知那种特殊的情绪。这就是那种文字不宅，而骨子里宅的写法。"

如果因为这样，导致许多读者没有看明白，那么，我必须诚挚道歉。

我想说，最后一封信里写下的那个梦是真的，2007 年夏天，我曾在博客里贴过。我把重要的名字用黑色方块遮住了，虽然这样看起来有种沉重而死寂的味道，让人觉得不祥。我只是不想写出那个名字，至少，那个时候不行。

那个梦，我直到今天依然无法向人诉说，只要说出他的名字，喉咙就会不由自主地哽咽。

我想说，这篇小说的写作开始于 2007 年 7 月，断断续续写了一个夏天一个秋天，终于完成以后投给《科幻世界》。投出去之后我便耐心等待，等待这个被小编批评太文艺、太哀婉、太宅的故事能最终通过主编老姚的严格审查。却不曾想到，正式发表时已经是 2008 年的 10 月。

那天我路过书报亭，习惯性停下脚步探头看看，看见"汨罗江上"这四个字映入眼帘，一瞬间竟以为是在做梦。

我还想说，虽然自己大部分时候是抱着游戏的心情在写小说，但唯独这一篇，我写得那么纠结、那么艰难，又是那么执着地希望它能发表。那些深埋心底的话，好不容易变成文字，我想让更多人听见，而不是消散在风里。我像 18 世纪的流浪艺人，坐在街头唱一首六便士的歌，过往行色匆匆的人们，我想让你们听见。

所以请看得慢一点儿吧，不要匆匆去翻结尾，不要急着赶路，不要在哀悼的工作结束之后，把一切迅速扔给遗忘。

我想对那些被这故事感动的人们说，我们分享同样的记忆和情感，那种共同感比这篇小说本身重要许多倍。一个人在深夜写这样的故事，是孤独的甚至绝望的。因为时间之河总是一刻不停息地奔流，我只能独坐水中央，看着曾经拥有的一切逐渐远去。然而还有记忆，还有思念，还有写作与悼亡的姿态，将属于往昔的碎片粘连在一起，将我和小丁，将我和你，将我们每一个人连在一起。

这也许是一篇科幻小说，也许又不是，因为那个比科幻更科幻的 2077 年，那个被我们寄托了无限希望的未来，还在很遥远的地平线上徘徊。如果有生之年，T-mail 真的可以成为现实，那么，我一定会给小丁写一封信。

夏笳：本名王瑶，北京大学中文系博士，西安交通大学人文社会科学学院副教授，从事当代中国科幻研究。从 2004 年开始发表科幻与奇幻小说，作品多次获中国科幻银河奖和全球华语科幻星云奖，已出版长篇奇幻小说《九州·逆旅》（2010）、科幻短篇集《关妖精的瓶子》（2012）。作品被翻译为英、日、法、俄、波兰、意大利等多国语言，也被译成藏语等少数民族语言。英文小说 "Let's Have a Talk" 发表于英国《自然》杂志科幻短篇专栏。除学术研究和文学创作外，亦致力于科幻小说翻译、影视剧策划和科幻写作教学。

三 国 献 面 记

1

故事是这样开头的：

赤壁之战中，曹操的八十万大军都被烧死了，曹操一个人逃了出来，在刘备和孙权的通缉下隐姓埋名，四处乞讨，就快要饿死了。后来他来到长江边的一个渔村，村里一个姓郝的姑娘可怜他，给了他一碗香喷喷、热腾腾的鲜鱼面吃。曹操狼吞虎咽地吃完了，觉得这辈子从来没吃过这么好吃的东西。这碗鲜鱼面保住了他的命，让他有了力气逃回许都。再后来曹操当了皇帝，想起郝姑娘的恩德，就派人回华容把郝姑娘接到许都并封为贵妃，郝家的鲜鱼面也成了宫廷美食，因此名扬天下，成为一道中华传统名点……

2045年秋天的一个下午，我坐在自己的办公室里一边读着刚发送给我的这段不知所谓的话，一边大皱眉头。这都是什么乱七八糟的？简直可说是漏洞百出。曹操虽说在赤壁战败后溃逃，也不是他一个人，又何至于讨饭？后来华容道上，关云长义释曹操，这是人人都知道的历史故事，和什么郝姑娘、鲜鱼面又有什么关系？再说曹操只是称王，皇帝是追封的，真正当皇帝的是他儿子曹丕，看过《三国演义》的都知道……

我微微摇头，关闭了智能眼镜上的资料显示，望向对面的女郎，皱起的眉头不自觉地又舒展开来。那个女郎站在会客厅的一角，正在端详墙上1949年开国大典的巨幅彩照。她长发披肩，身段窈窕，亭亭玉立，发现我在看她，转过头来微微一笑，容光照人。我顿时有一种春风拂面的感觉。

"那个……"我好不容易才找到话头，"郝思嘉小姐，你给我看这个故事，是让我们帮你去考察这个……传说的真假吗？"

我们的"小时代"时间旅行公司接到过不少莫名其妙的要求。今天有人要考证殷商舰队有没有到过美洲，明天有人要看玄奘西游是不是带了一只猴子，后天有人来问宋朝有没有郭靖、黄蓉……至于家族传说中那些纯属胡扯的说法就更多了。去开动时间机器查看这种虚无缥缈的传说，纯属把钱往海里扔。好在《历史时段保护法》出台之后，这种烦恼少了很多。

郝思嘉却摇了摇头："不，林先生，这个故事是胡编乱造的，没有人比我更清楚了。"

"那你的意思是……"

"三十年前，"郝思嘉在沙发上坐下，凝视着我说，"有一个叫郝二蛋的湖北农村青年到武汉城里打拼，开了一家小面馆，卖自己做的鲜鱼面，这种面是用鱼头、鱼骨和一种特别的酱汁熬的浓汤，加上筋道的手擀面和时令鲜鱼虾做出来的，在他家里也算是祖传，不过没什么名气。为了给自己的面找点儿由头，他绞尽脑汁，模仿其他饭馆里的美食来历传说，编了这么一个故事，装裱了贴在面馆的墙上。他只有小学文化，没有学历，故事当然也破绽百出，稍有文化的人看了都觉得哭笑不得。"

"是啊，这个故事确实离谱了点儿，看过《三国演义》都不会这么写嘛。"

"故事写得这么糟糕，郝二蛋面馆的生意自然也就不怎么样。不过塞翁失马，焉知非福，就在他垂头丧气打算关门停业的时候，有个叫马宝瑞的畅销书作家偶然进了面馆，看到墙上的这段话，觉得好玩，给拍下来发到了微博上——微博是当时的一种社交软件，类似今天的脑博——转发了几十万条，郝二蛋的面馆一下子声名远扬。远远近近不少人都'慕名'来看他自编的美食起源，有的还要了鲜鱼面吃，一边吃一边装成曹操落魄的样子玩cosplay，生意居然红火起来。不少人一开始只是为了好玩，后来真的喜欢上了郝记鲜鱼面。"

"看来这鲜鱼面味道确实很不错。"

郝思嘉笑了笑："这个嘛，有机会你来尝尝，多少有些独特的风味吧。总之郝二蛋的面馆一下子出了名，利润也滚滚而来。过了两年，郝记重整了店面，开了分店。又过了五年，分店开到了其他城市。二十年后，郝二蛋在国内外有超过一百五十家分店，还在美国上市了。今天，郝记已经是国内有名的餐饮业巨头——"

"等一下！"我叫了出来，"你是说，那个郝记就是……就是鼎鼎大名的'郝味道'？这家店我知道，我家楼下就有一家啊。"

"是啊，我的名片上都有。"郝思嘉提醒道，"刚才给你了。"

我忙从兜里掏出她的名片仔细端详，果然看到在"郝思嘉"三个字下，印有"郝味道股份有限公司执行总裁"字样。刚才她给我名片，我看到这名字就想起《乱世佳人》，加上只顾看姑娘俏丽的容貌，便没留心看下面的字。我又惊诧地看了她一眼，郝味道可是赫赫有名的公司，这姑娘看样子才二十多岁，就做到了执行总裁，她又姓郝，难道是……

"郝二蛋就是我父亲，"郝思嘉像看穿了我的心思，直言道，"他后来改名叫作郝伟旦，原来的名字就不怎么提了。我父亲其实是一个很有自尊心、很要面子的人，最无法忍受别人嘲笑他。当初鲜鱼面起源的笑话虽然给了他发家致富的机会，但他心里一直耿耿于怀。不过天大的笑话已经闹了，还能怎么办呢？所以当'郝味道'成功以后，我父亲就一直设法想把这件事抹去。不但公司内部绝口不提，还出了许多公关费，让报纸和杂志上也不要提及此事。所以这十多年下来，随着郝味道越做越大，这件事却渐渐沉下去了。"

"是啊，我就没有听说过。"

"但如果要找的话，网上还是一搜就有，知道的人也是不少的。所以我父亲一直也没有放下这个心结，直到几年前，得知时间旅行向民间开放之后，他才有了一个大胆的想法，可以彻底解决这件事。"

"不会是回到三十年前，去让你父亲换一个鲜鱼面的故事吧？"我不由苦笑，"但这是你们家发家的关键原因啊，如果这样的话，那不是郝味道都不存在了？"

"当然不是了，"郝思嘉摇头，"我父亲的意思是，回到三国时代，去让曹操吃上这碗鲜鱼面！"

我愣住了，过了片刻，才摇摇头："这不可能。"

"怎么不可能？"郝思嘉一副胸有成竹的样子，"我们只需要回到三国，去给曹操送碗面吃就行。如果曹操的确吃到了这碗面，那么就证明了我父亲没有瞎编，最多是细节有些不准确。那么不仅能让他放下心结，而且如果我们设法把这场景拍下来，对公司也是非常有力的宣传。"

"郝小姐，你应该知道这是不可能的。"我叹口气说，"由于时间旅行的量子干扰效应，任何时空点的时间旅行都会对原有时空平滑度造成破坏，所以你进行了旅行之后，这一时空区间被损坏，下一次别人就无法进入同一时间段了。目前还没有很好的办法能够解决这个问题。所以根据《历史时段保护法》，开放民间旅行的时间段基本都在冰河时代之前。你要去侏罗纪看恐龙那是一点儿问题也没有。可要是回三国，那就……难了。"

郝思嘉一笑："林先生，我是燕京大学历史系的硕士，我自然有我的关系，可以让上面特批一个历史研究开放许可。"

我有些惊讶地看了她一眼，的确，为了历史研究的需要，政府也会允许一些历史时段的时间旅行，但那是为数不多的特例，想不到郝思嘉能拿到特批。

"但这也不能解决你的问题，"我回过神后说，"这种特批只能限于通过历史视窗观看历史事件，绝对不允许进入和改变历史世界，否则的话，我们会涉嫌改变历史，说不定得在牢里过下半辈子了。"

"具体操作起来很容易规避，不会有人知道的。据我所知，这种事国内外很多公司都干过，说白了，如果你们不去，别的公司也会去。"

"可万一查起来……"我仍然心有余悸。

郝思嘉含笑问："林先生，请问在贵公司进行一次常规时间旅行收费多少？"

"五十万。"我料到她要说什么，"不过郝小姐，哪怕你给我一百万我也不会——"

郝思嘉伸出了右手，五根白皙纤细的玉指伸展在我面前。

"五千万，"她说，"我出五千万。"

我一时愣住了，郝思嘉凑到我的耳边，用一种魔鬼般诱惑的声音说："给你一个人的。"

2

这么说可能比较矫情，不过我不全是为了那笔钱，当时不知怎么，鬼使神差地答应考虑一下看看，或许心底是想和郝思嘉继续接触吧。

而且到头来那笔巨款基本也没归我。"小时代"管理还是比较严格的，时间机器绝非我一个人所能开动。郝思嘉的头一笔款子到账后，我不得不拿出其中大部分来打通各个关节，自己几乎没留下多少，不过在这过程中我也了解到许多以前不太清楚的事。

时间旅行中争议最大的就是改变历史的问题。许多民众都害怕，时间旅行者回到远古踩死一只蚂蚁，于是人类文明灭绝。但自从人类开始时间旅行后，即便是所谓纯观察的过程也不可避免地会对周围环境造成一定影响，比如热辐射、电磁波吸收，等等。如果有所谓"蝴蝶效应"，历史也许早就改变了——当然，也可能确实改变了，但我生活在改变了的时空里，自然也不会知晓。

无论如何，我们所要干的比起纯观察也不过进了一小步。其实这样的禁忌之旅偶尔也会发生，只要小心点儿，也不会出什么事。我听说了许多真真假假的故事，比如在时间机器的早期试验阶段，就有人跑去听19世纪的爱因斯坦拉琴，又派了个姓项的特种兵回到战国去见证秦始皇登基，结果再也没有回来……还有一个广泛流传的故事，说有人偷偷跑去1815年的厄尔巴岛把拿破仑放了出来，让他又复辟了一回，建立了百日王朝。我不禁纳闷，难道本来的拿破仑没有复辟过吗？

不管怎么说，出了这些事以后，地球照样运转，看起来并没有什么不妥。我们给曹操送一碗面吃，好像也不是什么大事。

可惜纸包不住火，我们的计划才刚刚开头，公司姚总就找我去谈话，果然有人透了风，东窗事发，我绝望地等着坐牢。结果郝思嘉打了个电话，一切都摆平了。

她又追加了五千万。

一亿，是一个有魔力的数字，我们整个公司都被她买通了。实际上现在时间旅行的生意不好做，成本高昂，一般人消费不起，又只限于观察，大部分游客新鲜劲儿一过，就丧失了兴趣，而且不少可以观察的时间区域都沦为了损坏区，更影响业务。我们公司每年都要亏损几千万，郝思嘉这笔钱，真是救命稻草。所以整个公司的高层都冒着坐牢的风险，要做成这笔生意。

最后，各方面酬劳重新调整后，我成了新成立的"面操"（"下面给曹操吃"的缩写）项目的实际负责人（也就是说，出了事黑锅我背），拿到了五……万，也不少了，不是吗？

不管怎么说，事情已经上了轨道，在此后一年里，我和郝思嘉经常见面，讨论这个项目的具体细节。郝思嘉不愧是历史学科班出身，帮我搞清楚了很多混淆的地方。

"这么说，关云长义释曹操只是传说，不是历史？"一天见面时，我问她。

"是的，《三国志》只是说刘备派人追击未果，没有什么关羽在前头伏兵的事，你想想也知道，曹操战后是往自己的地盘逃，刘备如果要埋伏，得在赤壁之战前就派关羽率军深入曹操的后方，这非常危险。即使可行，变数也太多了，根本不是策略。"

"原来如此，"我点点头，"可我还是不明白，华容道是个什么道？为什么曹操非从那条道走呢？"

郝思嘉干脆从头说起："曹操战败后要回到曹仁留守的江陵，也就是南郡的治所，必须要经过一片巨大的沼泽区。在春秋战国时代，这一带是一个一眼望不到边的大湖，就是著名的云梦泽；到了三国时期，云梦泽在很多地方已经干涸了，但仍然有大片沼泽湿地，十分难行。华容道就是穿越这片大沼泽的一条要道。"

"原来如此，"我恍然大悟，"我被电视误导了，还以为是山里的小道呢，那么我们这次送面就在华容道上了？"

"是的，这是最好的选择。实际上，赤壁之战时段已经由历史学家们打开过时间视窗进行了观察，资料比较多，我们可以利用。"

"那曹操败走华容道的时间区域还能够进入吗？"

"这个没问题，由于经费问题，观察正好在曹操逃离赤壁战区之后就中止了。但在那一时段，观察的范围也包括了从赤壁到江陵的广泛区域，我们完全清楚了华容道的地形。"

时间视窗实际上是一个极小的时空虫洞，可以接收到周围环境中的信息，如电磁波，再通过数据分析还原出当时的原貌。我不久后就看到了赤壁之战的画面，从画面上可以看到赤壁之战后，曹军的部队在赤壁附近就被刘备、孙权的追击部队分割歼灭，曹操带着一股残兵逃窜，第二天和周瑜率领的精锐江东军发生战斗，又减损了大半人马才勉强脱身，然后踏上了华容道，此后的情形不得而知。

不过结合历史资料，我们可以分析得出，曹军企图从华容小道逃回江陵，却又遇到险阻。不久后，他们险些陷入一片沼泽，不得不让一些羸弱的士兵躺在地上，让其他的步骑踩在他们身上通过，这样又死伤了许多人，最后撤回到江陵的兵马寥寥无几。当然，其他方面撤退下来的军马还有不少。不过单就曹操亲带的这一支来说，可以说是狼狈凶险到了极点。

但光这个还不够，在实际出发之前，我们必须得了解曹操通过华容道，最后到达江陵的详细时间坐标。这一点被最新技术解决了：超远距时间视窗。我们将时空蛀洞在离地面数万公里的远地轨道打开，这样可以保证时空点附近的损坏不至于影响到地面附近，又将从高轨道观察得到的影像进行数据分析和图像恢复，花了几个月，终于掌握了曹操一行迤逦而西，经过一系列地点的准确时间。但因为距离太远，且当时有雾，我们对于其中的细节还是看不清楚。

我把资料给了郝思嘉后，她很快就做出了一份方案，找我来商议："我发现了华容道上一处淤泥形成的无名洲渚，上面有几间废弃的茅屋，在本来的历史中，曹军会在夜里十点左右到达这里，并休息大约一个半小时，然后匆匆向西逃窜，这里很快就会起雾，曹军会在夜里迷失道路，大约花了两个小时才找到方向，在第二天凌晨五点钟，他们会和曹仁连夜行军的接应部队相遇，此后曹操一行将顺利进入江陵城，获得安全。

"我们的计划是，住进这些茅屋里，冒充本地居民，迎接曹操到来。我们会款待他，让他在茅屋里休息，向他献上郝记鲜鱼面，曹操此时差不多有一天一夜都没吃东西了，一定饥寒交迫，所以应该会吃得狼吞虎咽，觉得非常美味。整个过程我们会用针孔摄像机偷偷录下来，当成时间视窗在古代拍到的实录，并向外界公布。

"曹操吃完面后，可能会比历史上离开无名洲渚的时间晚一两个时辰，不过没有关系，我们可以给他指明正确的方向，让曹军不会迷路，以补回进食和休息的时间，最后曹操仍然会在大致相同的时刻和曹仁所部会合，对历史的影响可以降到最低。"

我又仔细看了一下方案，觉得可行，这种有限的接触几乎没有改变历史，应该问题不大。不过还是不免有些疑问："要冒充两千年前的古人，不会露出破绽吗？"

"我们会找专业的演员，至于具体的礼仪、服饰和生活细节方面，也会请到历史专家指导。主要的难点倒在于语言本身上，三国时所用的是中古汉语，和现在的语言差别很大，经过培训要听懂倒不难，但很难说得惟妙惟肖。"

"那怎么办呢？"我也犯了愁。

"也不要紧，当时南北方各种方言很多，十里八乡的口音就不一样，而且信息闭塞。曹操一行都是北方人，本来就听不太懂南方人说的话，只要大致能说，他们不会起疑心的。"

　　我想了想说："不管怎么说，这种接触还是有很大风险的。我会带一个信号发射器去，如果有什么危险，我只要按一下，时间机器立刻把我们回收到现代来。"

　　"你也要去？"郝思嘉好像有些诧异。作为项目总监，一般的时间旅行我不必亲自到场。

　　"当然要去，"我苦笑着，"万一你们中间有那种疯狂的三国迷，跑去把曹操杀了来个'灭曹兴汉'怎么办？公司必须有人在场监控，普通员工领导又不放心，那就只有我了。"

3

　　半年后，或者说一千八百三十八年前——看你怎么算了——我和郝思嘉以及另外四个人（还有一条黄狗）一起，脸涂得黝黑，穿着破破烂烂的粗麻衣服，在一个雾蒙蒙的黑夜，站在一片又湿又冷的沼泽地里。

　　那四个人都是郝思嘉找来的，我们六个人将在一起扮演渔民一家。拿过金鸡奖的老戏骨老牛，扮演一家之主；演员老李，演老牛的弟弟；郝味道的一个主管杨大姐，演他的老婆；另一个演员小郑，演他们的儿子；我和郝思嘉就扮老牛的儿子和儿媳妇。本来是想扮成兄妹两个，但是仔细分析，我俩都年近三十，放古代这年龄说不定孙子都有了，演兄妹实在有点儿别扭，只有演夫妻了。本来有几个小儿女会更自然，但这种事不方便把未成年人牵扯进来，所以只好从简。好在那年月医疗条件差劲，小孩子养不大也常见。

　　我们在十多个小时前被时间机器送回到建安十三年的深冬，正是这一天的一大清早，于是开始了筹备一年的"面操"行动。和一般穿越小说中描写的不同，由于不同历史年代的空间膨胀差，古代的真空能级比现在要稍大一些，所以我们留在古代的每一秒都要耗费能量维持，时间非常有限，即便我不向时间机器发信号，时间机器也将在24小时后自动回收我们。

我们首先必须进行各种安排布置，修整茅屋、摆放锅灶、整理床席等，这就忙了整整一天，其实这点儿时间本来也是不够的，不过所有的戏份都在晚上，光线比较昏暗，一些破绽不太容易看出来，对我们很有利。

眼看已经将近夜里十点钟，我们的手脚却比排练的时候慢了不少，事到临头，还有些收尾的功夫没做好。此时曹操等人随时会来，所以只好临时放弃，吹灭了火把，进房假装早已休息，等着曹操一行大驾光临。

我和郝思嘉进了房，我站在那里，心中兀自紧张，郝思嘉却低声说："快过来睡下。"说着已经在后面躺了下去。这个时代没有高床，只有低低的卧榻，实际上以渔民的居住条件连榻也谈不上，只是两块木板，上面铺了些烂席草垫。自然也没有暖和的棉被，只有几块缝在一起的布，中间塞了些稻草当被子。

这一出事先没排练过，我不由得一愣。郝思嘉却说："我们是假装被他们吵醒的，如果一会儿曹操进了房，看到床铺上没人睡过的痕迹，而且是冷的，不会生疑吗？"

我一想果然不错，便也爬上了那张"床"，感到郝思嘉躺在自己身边，呼吸气息都可以听到。但此时的郝思嘉身上可没什么美女的芬芳，为了演得逼真，我们身上都喷了渔民特有的鱼腥味，很不好闻。饶是如此，我依然心中一荡。

然而腊月的冷风从土墙上的一道道裂缝嗖嗖地吹进来，那破被根本挡不住，刚才在干活儿还好，现在冷风袭来，我不由得连打喷嚏，苦笑说："我现在好想吟诗。"

"吟诗？"

"就是杜甫那个茅屋……茅屋被寒风吹破了，我算是知道这滋味了。"我说，这是中学课文，但我其实早不记得诗里是怎么写的了。

"是《茅屋为秋风所破歌》。"郝思嘉纠正我，随口吟了出来，"布衾多年……冷似铁，娇儿恶卧……踏里裂。床头屋漏……无干处，雨脚如……如麻……"念到最后，也牙关打战，念不下去了。

我想拥住她却又不敢，只得叹道："唉，要是带个暖宝宝贴来多好……"

"都是你说的，"郝思嘉一边抚摩着身子一边抱怨，"除了绝对必要的物资，什么现代的东西都不许带来。其实到时候时间机器一回收，什么东西都会收回未来了，包括曹操那碗面，一个分子都不会留在这里，怕什么呢？"

"话不能这么说，"我辩解说，"要不是这样规定，怕你们把 AK47 都带来了。到时候万一起了冲突，冲着曹军突突突几下，把曹操打死，整个中国历史就完蛋了。"

"这当然……"郝思嘉刚要再说，忽然"咦"了一声，"你听，他们是不是来了？"

果然，遥远的地方传来人语声和蹚水声，显然是有人在穿过沼泽地，向这边过来。我们一下子来了精神，坐了起来。从土墙上的一个破洞向外看去，已经可以看到东边有明显的火光。古代的夜里没有光污染，所以一点点光芒都显得很亮。

"曹操到了！"我听到老牛也在隔壁说。我们带来的狗也吠了起来。

十分钟后，熊熊火把照亮了沙洲。我们从门缝向外张望，看到几十个骑者从树丛后出现，两边的骑士身穿皮甲，手持火把，身佩刀弓，护卫着中间一个披挂明光铁甲的中年男子，此人几绺长须，容貌威严，一双眼睛左顾右盼，眼神极为锐利。只是连人带马浑身都被泥浆玷污了，和这威严架势不甚相符。

"这就是曹操了！"我心道，之前通过赤壁之战时的视窗看过他的样子，不过离得较远，看不太清。真正看到此人出现在面前，和在视频上见到的又不可同日而语。我心道："曹操还是长得像鲍国安一点儿啊，和陈建斌差距比较大，前几年王俊凯演的就更不像了……"

"此田舍何人所居？左右视之！"曹操喝道。这是我第一次听到三国时代的人说话，果然很有古典韵味。此后我们的大部分对话都得用这种半文言进行，不过下面我还是尽量翻译成白话，方便读者诸君理解。

两个骑兵下马察看，高声呼喝，很快就把我们"一家人"给拎了出来。

"你们……你们是……"老牛被拖到那一行人面前，瞪大了眼睛，颤声道。

"老丈不必惊慌，我等是平虏将军朱灵部下，"曹操身边一个亲随模样的人说，"因有紧急军务，连夜赶回江陵公干。"

我脑子里"嗡"的一声，什么平虏将军朱灵？这是闹的哪一出，难道是我们搞错了？

我不由得看向历史专家郝思嘉，她在我边上垂着头，低声道："来，来。"

来？来什么来？我迷惑地抬头向她看了一眼，郝思嘉不得不又添了一个词："English！"

原来是 lie！我也明白过来，想必是曹操等人不想向我们这些无知百姓暴露身份，才随便编了个说法——

"小民郝莽，叩见丞相！"这时候，老牛却已经像我们排练过的那样，直接跪了下去，口中高声道。

我一下子浑身的血都凝固了，心里一万头野马在咆哮。老牛你这是闹哪一出啊！人家明明说是朱灵将军部下，你跑来说叩见丞相？虽然说是排好的台词，你也不能生搬硬套，得随机应变一点儿啊！

双方都一下子僵在那里。曹操的眉头深深皱了起来："哦？尔一介村野，怎知我是当今丞相？"

"这……"老牛也明白自己说错了话，一时慌张，不知如何接口。

形格势禁，我连忙跪倒在地："禀丞相，上月小民父子前往江陵城中卖鱼，正好看到丞相亲率大军出征，所以远远见过丞相的威仪。"其实我也不知道曹操是怎么出征的，如果是坐在马车里的，我们就完蛋了。

我暗暗将指尖放在戴的戒指上，这是向时间机器发信号的开关，只要我一按，我们这里所有的人连同许多东西都会立刻消失在曹操面前，至于给历史会留下什么改变，眼下也顾不得了。

但曹操似乎接受了这个解释，"唔"了一声，问道："此处离江陵还有多远？"

我大气也不敢喘，低头说："约莫还有二百里地。"

曹操轻叹了一声："看来今夜是赶不到了，是继续走呢还是歇息一晚？"

旁边那亲随道："丞相连日赶路，已经很劳累了，万望珍重玉体！逆贼看来没有追来，不如先在此处休息一下，再上路不迟。"

曹操想了想，颔首道："本相倒还好。不过大伙儿也确实乏了，那就在此处歇一歇再走吧。"

众将士纷纷下马，我偷眼看去，其中一大半左右看上去是普通士兵，另外有十几个人虽然也穿着士兵的服色，但是容貌气质却又有些特异，看样子就是张辽、许褚等大将以及荀攸、程昱等谋臣了。想到这些不仅注定被载入史册，而且后世将由各路明星来扮演的历史名人都在我面前，我不由得一下子兴奋起来。

老牛也念出了下一句台词："丞相和诸位将士奔波劳苦，想必还没有进膳。小民荒野之人，无以供奉，不过家中还有些鱼羹汤饼，丞相若不嫌弃，便请先用些吧！"

4

到目前为止，进展总算顺利，想不到曹操接下来却说了一句我万万想不到的话："汤饼？南方食稻，怎么会有汤饼？"

汉魏时没有面条一说，"汤饼"就是当时对水煮面食的称谓，也包括后世的面条。所以曹操的话就是问为什么南方人也吃面条，这下可难倒我们了。

当然，南方人吃面条没有什么问题，重返三国之前，我们仔细研究过这个时代的饮食习俗，诸如南方吃不吃面食的问题也查过好几本书，请教了几个专家。郝思嘉告诉我，根据《齐民要术》《荆楚岁时记》《太平御览》等古籍记载，南方也种麦子，吃面食也是很常见的，不足为异。我们也就放心大胆地准备了。

但我们忘了，曹操没读过《齐民要术》，他身为北方人，一时好奇问一句，这叫我们怎么回答？面是买的还是自己磨的？几铢钱一升？哪里种的麦子？什么品种？产量多少？我们知道得很少，万一露出什么破绽，分分钟穿帮。

老牛这人我们真是白指望了，身为拿过金鸡奖的知名演员，郝思嘉用八百万的重金聘来，一点儿急智也没有，呆呆地跪在那里，就说了个"啊？"。

曹操的眉头皱起来了。

"丞相恕罪！"我忙叫道，"我爹是乡下人，听不太懂洛下正音。小民……家里本来确实很少吃汤饼，这不是快到新年了……所以去市集买了些……想不到能拿来供奉给丞相，真是天大的福分！"我一边随口编词，一边又摸向戒指上的凸起，随时准备撤走。

"丞相，"此时曹操身边一个大嗓门的粗豪将军道，"荆州确实也有汤饼，前些日子在江陵整军时，我还在市集吃过，不过味道粗劣得很，远远不能和北方的比了。"

"原来如此，"曹操恍然，"仲康，你这个什么都吃的饕餮，连你都说粗劣……哈哈……"

仲康？是谁的字来着……我正在回想，忽听曹操好像不太想吃，不由得一怔。尚未说话，郝思嘉先急了："丞相！我们郝家做的鱼羹汤饼，是乡里的一绝，可不比许都的山珍海味差！"

这话颇不得体，不过倒也符合无知乡下妇女的口吻。曹军将士虽在困厄中，也都哈哈笑了起来。我忙补充道："丞相恩泽，布于民间，我们虽是乡间野人，也是……那个仰慕已久，今日幸而得见，真是前世……世代祖上积德（我刚想起来那时候还不兴佛教），请丞相千万接受小民的一点儿心意！"

我大拍马屁，曹操却没有被灌迷汤，愣了一下，笑问道："这倒奇了，荆州新附朝廷，不到两个月，而且还在打仗，本相怎么就有恩德在民间了？"

"这……"我有些尴尬地道，"虽然荆州刚刚归顺，但丞相在中原的威名，我们也颇听闻。"

曹操饶有兴味地说："哦？你倒说说，我有什么威名？"

我没想到他步步进逼，一时有些慌了。我毕竟不是科班出身，只有回想历史书上的话："这个……自黄巾起……起事（差点说成起义），天下大乱，丞相你在公元——"

"咳咳！"郝思嘉连声咳嗽，曹操惊讶地瞪圆了眼睛。我才发现忙中出错，只能勉力圆过来："……一再攻袁术、擒吕布、败袁绍、征张鲁……不不，张绣（征张鲁还在几年以后）……统一中国——"

我颠三倒四地再也说不下去，曹操的脸色却好看了很多，点头说："想不到边鄙南人，也知道曹孟德的功业！赤壁虽然小挫，何足道哉！"喟叹良久，道，"好啊，既然是乡间父老的心意，本相也却之不恭。不过我身边的将士还有几十个人，老丈，你们家里有什么吃的，也分给他们一些吧。待本相回转江陵，必有重赏。"

等你的重赏？你马上就逃回北方去了，曹仁也守不住南郡，这地方马上姓刘了……我心里念头乱转，自然也不敢说出来。老牛这厮总算又说了一句事先排好的台词："这个自然，小民家中还有米饼、豆饭，微不足道，愿以尽数犒军！"

曹操毕竟带着一大堆兵将，要给他献面条当然也得给他手下点东西吃。这我们早就想过，我们这里号称六口之家，储存够五十个人吃上一顿的粮食倒还说得过去，当然，不会有什么高级美食，不过填饱肚子问题倒还不大。当然，等我们回到现代，这些营养物质就会消失得一干二净，不过没关系，他们本来在历史上也没有得到过这些食物。

"米饼豆饭是好，"那粗豪将军道，"不过这里不是还有条狗……养得倒挺肥……不如宰了……"

"啊？"郝思嘉大惊，这条中华田园犬我们为了培养感情养了大半年，和大伙儿都很熟，特别是郝思嘉，很喜欢这条狗，眼看他手下几个大兵贼兮兮地向狗的方向围拢，忍不住叫道，"不要啊，丞相，不要杀 Bobbi……"

眼看变故又起，我一阵头大。曹操似乎也食指大动，想尝一尝狗肉滚三滚的滋味。却是那亲随道："丞相，要杀狗剥皮清洗下锅再煮熟，耗时太久，万一追兵赶来……恐不方便啊。"

曹操恍然道："不错！算啦，仲康，别动那条狗，莫误了大事！老丈，你快些将家中羹饭备好，我们吃了也好上路。"

老牛唯唯诺诺，带曹操等几个大人物去他的房里歇息，计划总算又回到正轨，我们松了口气。按事先的分工，我和郝思嘉还得去为曹操准备鲜鱼面，这才是重中之重。老李他们几个也去别的屋子里，给其他的士兵准备干粮了。

"刚才你说什么'公元'！"进了临时厨房，郝思嘉低声埋怨，"差点儿露馅！"

我不好意思地垂下头："一时情急，就溜出嘴来了。那些个中平、建安的年号，我一直记不清楚，三国年代全是按公元的年份记的。"

"还有，什么'统一中国'啊，你不知道这时候的中国特指中原地区吗？"郝思嘉斥道，"不过还好，你说得颠三倒四，文法不通，也才能符合一般乡民的知识水平，要是说得头头是道，出口成章，曹操反而要怀疑了。"

我被她讥嘲文化水平不行，还击道："你也不怎么样，刚才为了那条狗，什么 Bobbi 都出来了，才差点儿误事呢。"

"这……你懂什么，现在很多人都不吃狗肉，要是曹操一边啃狗腿一边吃鲜鱼面，将来这广告还怎么播？"

我们闲扯几句，略略平复紧张的心情，然后开始生火烧水。这些水、面、鱼和各种调料当然都是从"郝味道"运回来的上等品，不过都放在这个时代的铜釜、陶碗、木杯等炊具里，看上去就像是乡间土制的一样。

郝思嘉得了郝二蛋的真传，要用这种原始的厨具做面，火候和时间要把捏得非常精确，非她亲自操作不可。我在边上帮忙打下手，这是我们一起排练过几十次的，干起来倒也顺手。过了片刻，柴火烧得旺了起来，郝思嘉将洗好剖好的鱼块放进去，又放了一些浓缩酱汁和菜叶子，用竹筷搅拌，一时鱼香四溢。

眼看鱼汤快好了，随时可以下面，我略松了口气，去另一边拿装面条的竹篓。孰料此时一个人影闯进了厨房，我们还没反应过来，一只咸猪手便结结实实地摸在了郝思嘉的屁股上。

"啊！林雨你干——"郝思嘉还以为是我，一边嗔着一边扭头，结果看到对方，一下子就呆住了。

"美人儿，刚才我可救了你家的狗儿，你如何谢我？"

5

借着炉灶的火光，我看到那人白净面皮，颌下微须，模样还算周正，但此时贴着郝思嘉的身子，一副陶醉的样子，脸上的神情自然要多猥琐有多猥琐。他穿着比一般士兵好一点儿的服色，我总算认出来，这是曹操身边的一个亲随，就是刚才劝曹操在这里歇脚的。

"你……你干什么？"我呆了一呆，方惊问出来。

那人见我质问，略正色道："你们在这里做汤饼，焉知会不会落毒加害？我在丞相身边，自然要仔细查看明白……美人儿，你别走啊！"郝思嘉刚刚挣脱，又被他抓住了双手。

我忍着怒火道："长官要监督我们做汤饼自然可以，可是为什么要……"

那人嬉皮笑脸，从腰间掏出一小块金光闪闪的东西，随手抛给我，道："这二两黄金，可以让你们全家过三年了。"说着手脚又不干净起来，口中调笑道，"美人儿，想不到这山野地方，还有你这样的出众人才……不如从了我……"

郝思嘉本来是高挑美女，我们也担心万一给曹操觊觎，恐怕惹出祸事来，所以这次精心请了易容师，把脸涂黑不说，又加了好几处皱纹和赘疣，白嫩的手上也贴了仿造茧，又束了胸。想不到曹操身边还有这么个色中饿鬼。我一时不知如何是好，也不知此人是谁，万一去教训他而改变了历史……

郝思嘉可能也想到此节，用力推开他道："等下……你……你是谁啊？"

那人在她脖颈上一亲，吹嘘道："小娘子以为我是无名小卒么？哼哼，我乃是丞相身边的贴身宿卫，复姓夏侯，单名一个杰字！"

夏侯……杰？夏侯杰？

我不由得叫了出来："你不是在长坂桥被——"后面几个字却说不出口了。

刚才我才想起来，那粗豪将军是许褚，曹操身边猛将，号称"虎痴"。这位夏侯杰先生虽然名声不是很响，但事迹倒也是赫赫有名的——他就是在长坂桥前被张飞一声大吼吓死的那个倒霉蛋！

我们没有观察过长坂桥之战，但看起来，这只是罗贯中编的故事，真正的夏侯杰不但没死，还跟着曹操到了华容道。现在可如何是好？总不能眼睁睁地看着郝思嘉受辱吧？

我又想发射信号，郝思嘉却看着我的眼睛，微微摇头。随后抡圆了胳膊，"啪"地给了正在拉扯她衣服的夏侯杰一记耳光。

夏侯杰捂住脸，一时呆住，随即眼中冒出杀气，正要发作，郝思嘉却厉声道："我们郝氏一家对丞相忠心耿耿，丞相与诸将来此，我满门老少竭力供奉，长官你竟然如此凌辱民女，这教天下百姓如何看曹丞相？以后谁还会对丞相效忠？"

夏侯杰刚想说什么，郝思嘉又发狠道："好，民女这就叫丞相和列位将军过来评个理！看看这是不是丞相的意思！如果丞相也纵容你，民女也就认命了！"

"别别！"听说要闹到曹操面前，夏侯杰终于蔫了，"某不过开个玩笑罢了，小娘子既然不情愿，那就算了。"

说着便要出去，我上前把那块金子还给他："长官，这厚礼小民不敢收，还是请您收回吧。"

夏侯杰将金子攥在手里，对我狠狠瞪了一眼，扭头出了草房。我和郝思嘉对视一眼，都深感惊心动魄。

"夏侯杰怎么会在这里？"我问郝思嘉。

"我不知道，"郝思嘉摇头道，"历史上本来没有记载这么个人啊！"

"没这个人？不是说是被张飞吓死的吗？"

"那是小说家言……不过关于他的记载我确实不清楚，也许是相关的历史记载失传了？回头得弄个明白。说不定能解决很多历史疑难。"

我知道历史上三国的曹氏与夏侯氏一直纠缠不清，据说曹操的老爹曹嵩本来是夏侯家的子嗣，被大宦官曹腾收为养子。如此说来，曹操父子本该姓夏侯。不过这个说法在本世纪初被两家后人的DNA测试推翻了。但是曹家和夏侯家的亲密关系仍然没有满意的答案，历史学家也没搞清楚过，时间旅行发明后，他们要研究的问题太多，经费还没覆盖到这种八卦上来。

我看郝思嘉刚刚脱困，考据癖又发作了，提醒她说："现在可不是研究学理的时候，那夏侯杰被你打了耳光，这事还没完呢。唉，这家伙怎么这么急色？真是应了那句'当兵三年，母猪也能赛貂蝉'！"

"没关系，等他们吃完面，咱们一走了之就……不对，你说谁是母猪呢？！"

"哎，别揪耳朵……"

一刻钟后，热腾腾的鲜鱼面出来了。

刚才被夏侯杰一搅和，鱼汤的火候没把握好，鱼可能煮得太老了。不过郝思嘉也没心情再伺候曹操这帮子人，凑合着做出来也罢。估计他们饥肠辘辘，也吃不出好坏来。

鲜鱼面做了十碗左右，我们盛好了，将最大的一碗端出去献给曹操，剩下的就送给他身边的将领和幕僚，如张辽、许褚、程昱等人。这些人果然也饿得紧了，吃得狼吞虎咽，连说话的余暇都没有。

我们一边通过衣衿上的微型摄像头偷偷拍摄着这个场面，一边定位在曹操身上，满心希望拍到他吃得陶醉不已的样子。不料曹操只是吃了一小筷鱼，微微抿了一口鱼汤便放下了木碗，眉头紧皱，好像怕有毒一样。

我心想人道曹操疑心重，果然不假，先是派夏侯杰来查看，现在还怕有毒，不敢多吃。这样子我们整个计划不是都白费了？

我对老牛低声道："丞相怎么这样子？"老牛哭丧着脸道，刚才他带曹操进房去休息，曹操好像发现有什么不对，问了他几句话，什么这房子什么时候造的，一家人怎么打鱼的，地方官收多少赋税，等等。他按照事先的说法答了几句，但曹操的问题却越来越多，最后他也招架不住，只能当听不懂，说了几句土话。曹操跟他沟通不了，好像也不敢待在房里，转了一圈又出来了。

"唉，多半是什么地方露馅了！"我低声道，老牛更是惴惴不安。我又叮嘱了他几句，见曹操还是没动筷子，上前赔笑道，"丞相怎么不吃？感情是下民的汤饼味道粗劣，不合丞相的口味？"

曹操也不看我，抬头向天，紧皱的眉头终于渐渐舒展开来，长长出了一口气说："鲜美！鲜美绝伦！想不到荆州的渔家能做出如此美味！"

我和郝思嘉对视一眼，心中都大喜，想不到曹操还是一个美食家，正在慢慢品味鱼汤呢。

曹操又问道："这是什么鱼？何以味道鲜嫩如此？"

我心里说"是你这辈子都不可能再吃到的大西洋鳕鱼"，却道："就是这边湖泽里的一种大鱼，我们叫银线鱼，是地方的特产，别的地方都没有。"

曹操赞道："银线鱼，银线鱼……好名字！诗云：'南有嘉鱼，烝然罩罩。'荆楚之邦，果然地大物博，将来等平定天下，本相一定再回来尝尝！"

我们满心欢喜，等着他开始大吃，曹操却对身后一人道："这碗汤饼很是美味，就赏给你吃吧！"

我们大惊，随着他目光看去，看到那人原来是夏侯杰。见曹操赐汤饼，他也极是不安，道："丞相，这……某如何敢当？"

曹操笑道："前日在赤壁船上，黄盖老贼来攻，本相被困在火船上。你奋不顾身，救了本相的性命，本相向来有功必赏、有罪必罚，这是你应得的。何况今日大家患难与共，何分尊卑？"

夏侯杰翻身拜倒道："丞相深恩厚泽！某虽肝脑涂地，不能报也！这碗汤饼，某岂敢自专，当与众士卒共享之，以彰丞相圣德，上配天地！"

曹操大喜，连连点头道："好！我军中如此齐心，虽然一时困窘，何愁逆贼不灭，大业不复！这几日护送本相撤退，在场的都有功勋，这碗汤饼，军中上下共享之，就是我们兴复的起点！"

旁边的众士兵本来只能分到一点点野菜和冷饭，见曹操如此看重自己，愿把热腾腾的汤饼和自己分享，无不感动流涕，欢呼起来。

我和郝思嘉看得目瞪口呆，一碗面条便收买了人心，曹操果然是绝代奸雄！

6

曹操演讲完毕，夏侯杰双手捧过面碗，微微喝了一口，然后递给身边一个衣衫褴褛的大兵，那士兵喝了一大口，啜吸着面条，口中含含糊糊地不知用哪里的土语说着什么，大概无非是些感恩戴德的话头。

一群饥肠辘辘的士兵一起吃一碗面，这个场面可想而知。因为是丞相所赐，一开始的几个人还有些忌惮，不敢多食，不过到了后来，士兵们也不管那么多了，围成一个大圈，用脏手抓起面和鱼块放进嘴巴里，我凑近去拍摄，看到面汤很快变得黑乎乎的一片，中间不知混有多少泥巴污垢，而那些叫花子一样的士兵们倒还都吃得欢快……

我正感反胃，身后也传来作呕的声音，是郝思嘉。她抚着胸口，皱着眉头，好像随时就要吐出来一样。

我走到她身边，低声道："你看这场面效果怎么样？"

"你开玩笑吗？"郝思嘉没好气地说，"前面的还凑合，后面的……要是播出来我们郝味道就等着破产吧！"

我想到郝家花了一亿打这个广告，却变成这副样子，就想要笑，不过还是安慰她说："你也别着急，前面的场面还是蛮感人的，后面的我们再好好剪辑一下，我看问题不大……这也算是完成任务了吧？"

曹操虽然没怎么吃鲜鱼面，不过喝了点米汤，吃了干饼，多少也填饱了肚子。不久，我们看到夏侯杰跟着曹操，往我们住的茅屋里去了，大概是去休息一下，我们自不敢问。过了一会儿，夏侯杰又从茅屋里出来，眼神中闪着奇特的光，我隐隐觉得有些不对，便听夏侯杰对郝思嘉道："小娘子，丞相要你服侍他更衣，过来吧。"

闻言，旁边众兵将都暧昧地笑了起来，显然早已见怪不怪。

这回郝思嘉一下子腿就软了："啊？丞相……我……"

"我什么我？"夏侯杰皮笑肉不笑地说，"丞相改了主意，今晚在这里歇息，要你伺候，那不是天大的福分！还不快进屋来？"

我闻言脑子里"嗡"的一声，喃喃道："他怎么可以这样？"

"是啊，他怎么能让我……实在太过分了！"郝思嘉也咬牙道。

"他怎么可以留下来过夜？"我继续道，"在这里待上一晚上，说不定历史就改变了！"

"你说什么呢？"郝思嘉大怒，"那家伙走过来了！没时间了，快把我们弄回去！"

刚才夏侯杰心怀不轨，我们还可以拿曹操当挡箭牌，如今曹操自己也饱暖思淫欲，我们便毫无法子了。难道去面斥曹操忘恩负义，恩将仇报？那只有死得更快。

如今难道真的只有这么撤了？还有什么办法没有？如果改变了历史，我们会怎么样？

夏侯杰见我们犹疑，冷笑一声，大步走了过来，这回郝思嘉真的怕了，躲在了我背后，拽着我的袖子。我心中暗叹一声，将大拇指尖放在了指肚的戒指凸起上，高声叫道："大家听着，我们是——"

这是我们准备好的应急方案，叫一声我们是"西王母"派来的"天降神人"，特来拯救曹公脱难云云，便即撤走，曹军多少可以接受一点儿，谁料这时候，大变又生。

在我后面，郝思嘉一声尖叫，我还没明白怎么回事，就被一股巨大的力量推开，滚倒在一旁的泥水里。抬眼看时，她被一个铁塔般的人影拎了起来，便如老鹰拎小鸡一般，向前大步走去。

该死的许褚！

Bobbi 见女主人吃亏，扑上去咬向许褚的腿肚子，许褚头也不回，回脚后踢，将它踢飞。落在地上，一动不动，许褚这一脚，竟让一条大狗当场毙命！

许褚拎着郝思嘉，大笑着走向夏侯杰。夏侯杰笑道："仲康，还是你明白丞相的心思！"两人一起进去了。

我被许褚用蛮力打倒，一时摔得七荤八素，还没反应过来，一只大脚便踩在我的左手上，疼得我惨叫了起来。那是一个士兵，我抬头看向他，看到他眼中透着残忍冷漠的眼神。

"丞相要玩你的女人，你还在这里废什么话？"那士兵为了讨好上头，大声喝道，"给我滚一边去！"一脚又踢到我肚子上，我痛得弓成了虾米。

这年头，人命如草芥，士兵折磨虐待老百姓，那是再平常不过的事。那些英雄豪杰可歌可泣的风流事迹，都是建立在无数百姓的血泪和生命之上的。曹操对他的手下尽可以慷慨宽宏，但对于已经没有利用价值的老百姓，就是另一回事了。

我的手被他踩了一脚，指骨都快断。一时哪里按得动戒指？眼看情势危急，便把右手伸过去，想要再按下去——

"干什么？"那士兵看到我的异样，目光聚焦在我还来不及捂住的左手上，显然是看到了那枚戒指。

"没什么……"我忙想把戒指藏起来，可哪里还来得及？他将我刚被踩过的左手抓了起来，随手便把戒指取了下来，放在眼前好奇地端详。

"这是……不值钱的……还给我……"我忙道。那戒指只是信号发射器，我们总不可能镶一块大钻石上去当钻戒，经过伪装后，看上去只是一个暗淡无光的生锈铁环。

"是不值钱。"士兵嘟囔道，随手便扔到一边去了，我听到轻轻的"咕咚"一声，眼前顿时一黑——戒指被他扔到茅屋边的湖沼里去了，黑灯瞎火的，我又没看清楚扔在什么方位，叫我可怎么找？

何况，这时候我也根本没法去找。郝思嘉已经被许褚抓进了房里，夏侯杰也进去了，难道他们要三个一起……一起……

这回郝思嘉完了，我们再也没法随意离开这个时空。当然，根据事先的安排，到明天早上六点钟，也就是我们穿越后二十四个小时，时间机器会自动回收我们。但郝思嘉那时候恐怕早就……

但我们不能救她！从刚才这些人的表现来看，只要他们高兴，随时可以杀了我们，没人会心软，没人会阻止。我们如果在这里被杀，就算被回收到未来，也只是一堆尸块而已。目前只有隐忍，极度隐忍，等到了明天早上才能……

但郝思嘉在房里的哭叫声不时传来，还有曹操和夏侯杰的声声淫笑，难道我就坐视暗暗心仪的姑娘被这些人面兽心的家伙糟蹋？但如果不这样，难道让自己和老牛他们四个都送了性命？这……这可如何是好呢？

愤怒、恐惧、焦急、关切、后悔、恨意……一切的一切，汇成一句掷地有声的豪言壮语：

"小民愿把拙荆献给丞相！请丞相尽兴享用！"

7

刚才一直低着头不敢吭声的老牛小郑他们都惊呆了，抬头瞪着我，眼神好像在说：林雨，你不管郝思嘉也就算了，反正大家都这么想的，可不用叫得这么大声吧？

郝思嘉在屋里听到我的宣言，再也无法自控，大声哭骂："林雨，你去死！你不是说有你一切放心吗？王八蛋！还不快把我们弄回去——"

郝思嘉已经失态，这几句话是用普通话嚷的，曹操自然半个字也听不懂，我怕她说得太多漏了底，忙道："这愚妇胡言乱语，丞相恕罪！丞相今晚在这里尽兴就好，料想天色已晚，刘备他们的追兵未必能赶上来。"最后一句话，我不露痕迹地加重了语气。

这话果然有效，曹操和夏侯杰的淫笑戛然而止，大概是想到被敌军生擒的悲惨，顿时性致全无了。

片刻后，曹操衣衫不整地走了出来，脸色阴晴不定，许褚在他后面出来，怒喝道："三军立即开拔！继续行军！谁生的火？赶紧灭了！"

几个士兵生起了火，将Bobbi的尸身拖到火旁，正要剥皮烧烤，闻言极是失望，但也只有扔下狗尸，灭了火，三三两两地站起来。

夏侯杰在最后面拖着郝思嘉走了出来。此时的郝思嘉头发蓬乱，双目红肿，衣服被撕破了好几块，露出身上雪白的肌肤，惹得一众曹兵都露出野兽般的目光。郝思嘉看到我，狠狠地瞪了我一眼，好像问我为什么不赶紧带她返回未来，我忙将被踩得脏兮兮的手摆在身前，让她看到戒指已经没了，又比画了几个手势，郝思嘉倒也聪明，很快明白了我的意思，眼中的愤怒转为惊慌。

曹操似乎不知如何处置郝思嘉，沉吟未决，夏侯杰贼兮兮地耳语几句。便听曹操喜道："甚好，那就带回去吧！"

郝思嘉垂下头，没说什么。想来她也明白，如今说什么都没用，只有熬时间了，等到明天早上六点，就可以和这个恐怖变态的世界再见了。

"那这些人呢？"另一个将军问，似乎是张辽。

夏侯杰道："这几个人总觉得哪里有些古怪，若是留下他们，一旦刘备或者周瑜追过来，便知道了我们的行踪……"

我想不到此人阴狠如此，竟然要杀人灭口，忙抢着对曹操道："丞相，不妨事不妨事，我等愿追随丞相撤走！"

"你们随本相撤走？"曹操似乎觉得我们无甚价值，带着反而麻烦，我忙道，"丞相，前头还有百十里的沼泽地，那里道路极难行，处处是软泥陷阱，深数十丈，一旦陷进去，就再也出不来了！唯一一条出去的通道，只有我家里人知道，我们愿为丞相带路，将丞相平安送到江陵！"

这几句话其实不无夸大其词，前头虽有泥泞，但不至于要人命，不过曹操等人不熟悉地貌，听了也甚动容。这样一来，曹操要平安抵达江陵，非得靠我们不可。当然，就算带路也不用那么多人，曹操可以把我们都杀光了，再勒逼郝思嘉带他们出去。不过说到底曹操和我们没有根本矛盾，只要我们愿意跟他离开这里，应该不会乱下毒手，多生事端。

曹操果然意动，刚要说什么。却又听夏侯杰笑道："你这小子，你老婆都让丞相给收了，你难道没有怨怼之心吗？"

我忙赔上一个贱笑："俗话说得好，'无为守穷贱，轗轲长苦辛'。（这是郝思嘉逼我背下来的汉朝古诗，居然用得上）小民虽然无知，但也知道贱内如果能伺候丞相，我们一家从此鸡犬升天，那个……她好我也好，有什么不乐意的！只是贱内是乡下愚妇，脾气顽劣，不懂得这是丞相的恩泽，不如让小民来开导她，包管她从此安心伺候，让丞相满意！"

曹操和众将闻言皆笑，夏侯杰嘲讽道："小子，你倒是很懂得变通！是个人才嘛！"

曹操捋须道："不错不错，识得大体，不拘礼法，你……叫什么名字来着？"

我忙道："小民郝建，也跟村里的先生读过几天书，表字大通。"

"郝大通……你想得很通，倒是个可造之才。本相一向明扬侧陋，唯才是举，你也跟本相回许昌好了，日后可以跟在身边办事，自不会亏待了你。"

"丞相大恩大德，小民粉身碎骨也无以为报！"我忙跪下连连叩头，"太君……不是，丞相，请这边走！"

郝思嘉又被送到我身边，让我"开导"。曹操大概想到很快可以得到佳人，心情愉快，所以很"体恤"地让她和我可以最后相聚一晚，自然我们还得在前头为曹军带路。至于老牛等则被押在后头，大概是作为人质。郝思嘉到了我身边，压低声音道："林雨，快想个办法，我要宰了这些王八蛋！"

我吓了一跳："你说什么？"

"这些畜生对我非礼，还杀了Bobbi，一定要给他们一点儿教训！"郝思嘉咬牙切齿地说。的确，对她来说，这真是从未有过的耻辱。

"千万别轻举妄动！"我郑重地说，"连逃走也别想！曹军盯得严着呢，稍有异动，死的就是我们！"

"可是我……"

"这些人都是死了一千八百年的烂骨头了，和他们较什么劲？"我苦口婆心地劝慰，"再忍一下，等回了2046年，你可以投资拍一部新三国，把曹操拍成一堆狗屎好了！"

"哼，我要拍他被董卓、袁绍、吕布和刘备××！"郝思嘉愤愤地道，不意却暴露出她的腐女本质。

郝思嘉骂了几句，发泄过后也冷静下来，又问："你怎么会把戒指弄丢了？"

"我先被许褚一把推倒在泥巴地里，然后被一个大兵踩住手把戒指摘下来的……唉，早知如此，把信号发射器改成声控的多好。"

郝思嘉明白了当时的情况，也连声叹气。我又安慰她说："不过目前来说情况还好，对历史的改变仍然是最低的，等到曹操和曹仁会师，我们再撤走也不迟。"

我们一路前行，因为本来预料到给曹军带路的可能性，这一带的情况，我还是比较熟悉的，前头的路倒还好说，但后面就越来越泥泞难行。曹操问我，我说这已经是这一带最好的通路，换了其他地方直接就陷下去了。这印证了前面我的谎话，曹操也感惊惧，约束手下跟得紧紧的，不可乱走。其实边上的情况也差不多。

走了一个多小时后，果然如历史上所发生的那样起雾了，四周又黑又冷，能见度变得极低。历史上，曹操的军队便是在这一带迷路了一晚上的。《汉末英雄记》曰："曹公赤壁之败，至云梦大泽，遇大雾，迷道。"

　　起雾之后，曹军人心惶惶，曹操问我有没有问题，我硬着头皮说"请丞相宽心"。其实，我也搞不清楚该往哪里走——这时代可没有 GPS 导航。正在头疼，郝思嘉悄声告诉我，她带了一个微型的指南针，正好用得上，我才放下心来。

　　所以后来一段路实际上是郝思嘉带我们前进，我让她稍微绕一点儿路，在曹操和曹仁会合前消磨点时间，这样可以保证我们能在曹操对郝思嘉有进一步企图之前脱身。其实郝思嘉自己也很害怕，拉着我的手问："林雨，你说我们能不能活着离开这里？"

　　"剩下最多不到两个小时了，一定行的。"我说，其实我也搞不清楚具体时间。

　　"林雨，刚才……谢谢你了。"沉默了一会儿后，郝思嘉又低声说，"我还误会你，以为你……"

　　"应该的，其实信号发射器丢掉也是我的责任，当初如果我拼命抢回来按下去，也许来得及的。"

　　"林雨，如果曹操他们不听你的话，还是要……要把我……你会怎么办？"

　　我一下子热血沸腾："那我就冲进去救你！我怎么说也学过空手道，和许褚过两招，他还未必是对手呢！"

　　"吹牛！"郝思嘉轻轻笑了一声，我转向她，借着后面曹军的火把，看到她笑起来的样子，真是迷人极了。郝思嘉一对妙目，凝视着我的眼睛说："林雨，你喜欢我，是不是？"

　　我的心脏一下子跳得飞快，酝酿了许久的情话飞向嘴边，但嗫嚅着就是说不出来。紧张之下，最后吐出一个奇烂无比的回答："算是吧。"

　　但郝思嘉却并不在乎，带着几分羞涩，又带着几分情动，在我耳边说："我答应你，如果我们平安离开这里，我……就和你交往！"

　　啊啊啊啊啊！美女总裁答应和我交往了！发达了！

　　我几乎一下子魂飞天外，连身后的曹军都忘得一干二净，便想要大叫大嚷，宣泄心中的喜悦。郝思嘉看出不对，忙掐我一把，让我保持理智。

但接下来的一个多小时里，我仍然好像踩在云雾里一般，充满了不真实的感觉。郝思嘉和我说着缠绵悱恻的情话，让我如饮蜜汁，如沐春风，如读了宝树最新的科幻小说般心醉神迷！

大约到了凌晨四点多，脚下的地面又渐渐变为干地，应该已经快出沼泽地区，迷雾也散去了一些。前方隐隐传来人语马嘶，甚是喧哗。显然有一支马队正在向我们这边过来。曹操忙令我们停步，惊疑道："前头何人？"

张辽想了想道："丞相放心，前方已经接近江陵，是朝廷兵马控制的地盘，逆贼不可能在前头伏击，想来是征南将军率领兵马连夜前来接应丞相！"

征南将军便是曹仁，曹操此时当如我们所设想好的与他会合，大约一个小时后，我们就可以和这个糟糕的时代说 bye-bye，然后我就可以和郝思嘉约会，在我家的厨房里，尝到她亲手为我做的鲜鱼面了……

我正浮想联翩，从薄雾中，星星点点的火把开始闪现，也不知有多少兵马，远远看到我们，加快了脚步。双方逐渐接近，很快。一员将领策马上前，当他分开雾幕后，我看到此人身材伟岸，跨在一匹枣红大马上，一身精甲，丹凤大眼，长髯垂胸，手中提着一把精光闪闪的大刀。

我心中寻思："这就是曹仁？看上去倒还挺面熟的……不对……他好像不是……难道他是……"

几面旗帜在他身后出现，是后面的旗手跟了上来，在那大将身后挥舞着旗帜。借着火把的光芒，我分明看到，最靠前的一面旗上，周围是代表汉室的红色火焰图案，而在中间，是隶书写的一个大大的"關"字。

8

在这个时代，"关"作为姓氏，确定、一定以及肯定只代表一个人，一个名字，一个注定将流传两千年的传奇。

关羽，关云长，刘备军团的中流砥柱。

"什么？！""是关羽？""怎么会？""这下完了……"看到那个伟岸的身影，曹军将士纷纷发出惊呼和哀鸣。

令人惊讶的是，真实的关羽可以说和后世传说中的形象相差无几，他跨坐在赤兔马上，长髯垂下，一动不动，宛如一尊凝固在时间中的雕像。

"难道刘备真的在前面埋下伏兵？"我喃喃自语道，随即又否定了这个想法，"不，这不可能！"

正如当初郝思嘉分析的，华容地区是曹军的后方，也是连接赤壁战区和江陵的要道，在赤壁战前，曹军不可能放任刘备的军队长驱直入。在战后，也不可能挺进得如此之快。

何况"面操"行动之前，我们通过开在太空的时间视窗，对曹、孙、刘三家的军事部署和调动也有过分析，发现刘备方面的追兵在曹操身后数十公里，并且在今天夜间同样因为云梦地区的浓雾和沼泽而放弃了追击。至于孙权的军队，就在后头更远了。即便我们的介入改变了历史，也不可能让关羽跑到曹操前面去吧？

"这究竟是怎么回事？"曹军正乱哄哄的自顾不暇，也没管我们几个草民，我便把郝思嘉拉到一旁问，毕竟她是历史专业人士。

"这个……我……"郝思嘉支支吾吾地，似乎也有些慌张，却不像我这般全然一头雾水，倒仿佛是心虚。蓦然间，我脑子里电光一闪，明白了是怎么回事。

"是你干的？！你故意把曹操往回引？"

"我……我只是想教训他们一下下，我没想到……"郝思嘉低下了头。

"真的是你……"我浑身无力，"这么说，刚才你和我甜言蜜语……那都是……"

"对不起，林雨，我只是想分散你的注意力而已。"

我如同中了一记闷棍。刚才在浓雾中，连我也分不清方向，只有郝思嘉手上有一个指南针，因此，只有郝思嘉知道，应该往哪个方向走。大概就在这个时候，她想到了向曹操报复的法子：带着曹军绕了一个大圈子，从向西改为向东。

其实我在她边上，只要一看指南针，就露馅了，所以她跟我说了那些话，让我一时晕乎乎的，哪里还想得到方向问题？

"现在好了，曹操撞上了关羽，如你所愿了？"我没好气地道。

"我也不是故意想让他碰上关羽！"郝思嘉抗议，"我本来只是想让他们绕个大圈子，多走点冤枉路嘛，这样可以保证我们在明天早上六点脱身！谁知道那么巧，正撞到关羽的枪口上？"

"那现在怎么办？"

"曹操自身难保，哪里还管得了我们？我看也快天亮了，我们随时就可以回2046年。"

"哪那么容易？"我啼笑皆非，"曹操要有什么三长两短，我们的2046还能存在吗？"

我们的存在是过去无数因果关系叠加的结果，其中任何一个因素出错我们都不复存在，至少是不会以目前的形态存在。较小的事件或许还不至于有严重影响，但曹操的存在是中国历史的关键一环，如果没有他，自然就没有天下三分，也就没有了魏晋南北朝，唐宋元明清……哪怕历史大框架不变，具体的人事也会千变万化，面目全非，哪里还会有我们？

"好啦……"郝思嘉不是不懂这个道理，见我脸色铁青，自觉理亏地说，"最多这样，到时候如果我们没事，我一定履行承诺和你约会，下面给你吃……我是说给你做一碗鲜鱼面吃，好了吧？"

"吃你妹的鲜鱼面！"我在心里大吼一声，却无力地道："这个……再说吧，眼前的危机还不一定能过去呢……"

曹军的骚乱越来越厉害，有些人已经开始往回跑了。倒不是怕关羽一个人，毕竟这时代他还没成为后世万人敬仰的"关帝爷"，但那至少上千的刘备追兵只要合围过来，足以将这剩下的几十个曹兵轻松绞杀。

"跑个屁！"面对曹军的乱象，许褚大吼起来，"现在跑得了吗？谁敢临阵脱逃，不等姓关的动手，俺老许先宰了他！"

许褚发飙，曹军的溃逃稍稍止住，但关羽手下步骑却开始逼近。张辽、许褚等欲将曹操护在身后，曹操却做了一个手势，阻止了他们，反向前几步，沉声呼道："关将军，白马一别，契阔八载，将军无恙乎？"

关羽策马向前了几步，却不说话，似乎在犹豫该怎么办。

"关羽，你还记得我是谁吗？"夏侯杰在前头也喝道，真当自己是个人物似的，"当年在许都，丞相和我对你怎样，你都忘了吗？"

关羽遥遥道："曹公，关某奉主公之令，在此等待多时了。请公等随我回去，免伤和气如何？"声音雄浑沉郁。

曹操反笑了起来："呵呵，云长，我若随你回去，你说刘备会不会饶我性命？"

关羽稍一犹豫，说："主公宽仁，或许……或许能……"

曹操凄然摇头："你心底也知道，刘备不会饶了我的。若是落到孙仲谋手上，说不定还会留我一条命，利用我来谋夺中原。刘备……哼哼，这厮怕我怕得要死，绝对不会给我翻盘的机会。云长，你杀了我吧！死在你手上，也比死在刘备手上强。"

众人无不动容。"丞相！"夏侯杰泪流满面地跪了下来，对关羽道，"关将军，你深明《春秋》大义，岂不知庾公之斯追子濯孺子之事？我……我求求你，放丞相一条生路吧！"

曹军哭作一团，关羽默然无语，我也看得惊心动魄。以前看电视剧，总觉得关羽应该杀了曹操，但如今曹操一身关系到全中国、全世界的未来命运，又巴不得关羽像《三国演义》里那样立刻放了他才好。我问郝思嘉道："你说，关羽会不会放了曹操？"

郝思嘉不语，只是微微摇头。我也明白她的意思，历史不是演义，没有那么多浪漫传奇可讲。关羽手下那么多兵将，如果汇报上去，刘备、诸葛亮也饶不了他。

曹操大概也想到此节，道："云长，我也不奢求你饶我性命，但求你看在往日情分上，答应我一件事。"

关羽深深叹了口气，道："你说吧。"

曹操道："刘玄德要的，不过是我曹操一个人的首级，我把自己的命交给你，求你放其他人走吧！"

关羽一惊，道："你……你是说……"

夏侯杰也愕然回头："这……丞相……"

曹操打断了他："我意已决，不必多言！云长，我们交好一场。如今我只求你这一件事，你能答应吗？"

关羽仰天长叹，似乎流泪了，良久方道："好，我答应你。"

许褚、张辽等刚要说话，曹操却召集他们说："你们都过来，我有几句话要吩咐。云长，请你再给我一刻钟。"关羽默默点头。

我见曹操将众将和谋士们叫过去，小声说了些什么，料想是交代自己的身后事，不久后，众将士都哭作一团。许褚、张辽等人抬头瞪着关羽，不胜悲愤。许褚发了蛮劲，大喝道："姓关的，要碰丞相一下，除非从我尸体上跨过去！"

蓦然间，关羽暴喝一声，如雷霆滚过天地，随即策马上前，赤兔马快，转眼已到许褚面前，大刀砍下。许褚忙挥长戟格挡，但却被大刀灵动地一翻，砍成两截，刀锋正中他胸口。许褚虽有铠甲护身，也伤得不轻，大叫一声，跌下马来。关羽更不稍留，赤兔马向前奔去。

曹操见已不免，狂笑道："云长，你来吧！对酒当歌，人生几何，譬如朝露，去日——"

话音未落，关羽已到他面前，一刀斩下。刀光过处，曹操的脑袋便与脖颈相分离，被关羽抓住发髻，提在手中，他的身子还骑在马背上，脖子里鲜血喷出两米多高，过了一会儿，才倒跌在马下，兀自不住抽搐。

9

曹操死了？

曹操死了！

整个世界都在我面前崩塌，曹操一死，公元208年之后的全部历史就从此改写，没有任何东西能够原封不动地保存下来。包括我们的世界，我们的国家，我们的朋友和家人，我们自己。

我的灵魂似乎已经跟着曹操的脑袋一起离体而去，只有我的肉体还呆呆地站在那里，看着一切在继续演变。

曹军将士也呆若木鸡了片刻，随即作鸟兽散，纷纷逃去。关羽提着曹操的脑袋，驰回本阵，也并不追赶，手下军士振奋，高声欢呼。

夏侯杰那厮跑得比谁都快。其余刚才还对曹操忠心耿耿的文武臣僚也恨爹妈少生了两条腿。许褚刚才已经见识过关羽的力量，却还不心服，大声道："关羽，你最好好好活着，俺许褚今天要留着有用之身，总有一天要报这血海深仇！"

关羽冷冷道："关某恭候。"

许褚抱起曹操的尸身，大哭离去，留下的只有张辽了。关羽道："文远，你我朋友一场，我有一言相劝，如今曹氏朝不保夕，我家刘使君求贤若渴，你不如——"

张辽黯然道："云长好意，辽感激不尽，怎奈忠臣不事二主，何况辽受丞相重托，还要辅佐公子继位，恕不能从命了。"关羽微微叹息，挥了挥手，张辽也鞭马而去。

所有的曹军都逃光了，只剩下了我们几个现代人还站在那里。我总算发现，自己目前还存在，还在呼吸，看上去也没什么奇特的变化。而郝思嘉在我身边，也一切如常。

"我们还活着！"郝思嘉喃喃地说，"看来我们没有消失啊……这是怎么回事？"

"我也不知道怎么回事。"我说，"也许回到2046年才会有变化。"

"可是……"郝思嘉问，她的声音有些发抖，"我们还能回到2046年吗？"

我心中一凛，其实郝思嘉问得不错。既然一切都已经改变，未来也不会再有郝味道或者"小时代"时间旅行公司存在，那我们还回得去 2046 年吗？如果回不去，我们是会在那一刹那烟消云散？还是像 yy 小说里那样留在这个时代，开创出一段新的历史？

忽然间，我想到了一种可能性，脱口道："也许我们不会有事，因为——"才说了半句，刘军已经过来，将我们带到关羽面前。关羽沉声问道："尔等是什么人，怎么不走？"

既然至少还要在这个时空中存在一段时间，我们也不得不敷衍一下关羽："关将军，我们是本地的渔民，被曹操抓来当了向导……"我把事情约略一说，自然省去了一些关键的地方，还感谢关羽救我们于水火。关羽面色和悦了下来，点头说："原来如此。说起来我军在迷雾中也分不清楚道路，如今我要回去向主公复命，便烦请你们几个老乡带路如何？"

于是我们又得为关羽带路，说来也巧，再向东南方走上数里，便回到了刚才的沙渚上。我们对关羽道，这是我们的家里。刘军将士追击了一夜也很疲劳，便在沙渚上原地休息。一个个还议论着这次回去主公会有什么重赏。

我和郝思嘉、老牛等人好不容易逮到一个机会，避开那些刘军的兵士，在临时厨房里碰了个头。老牛带着哭腔抓着我说："小林，怎么办？如今曹操都死了，我们……我们也……"

"林雨，你刚才不是说有什么办法？"郝思嘉也问。

我苦笑："只是一种理论上的可能性而已。好吧，你们听说过'量子人择原理'吗？"

众人都茫然摇头。我说："这件事得从头说起，根据平行宇宙理论……平行宇宙理论是根据量子不确定性……量子不确定性是……这得从光的衍射实验说起……"

"别废话了，"郝思嘉打断我，"我来之前也看过几本物理学的书，知道什么是平行宇宙！"

"那好，背景知识我就不多说了。总之，宇宙的发展是不确定的，同一个宇宙随着量子状态的不同坍缩，也就是不同的发展状况，可以衍生出无数平行宇宙。

　　"既然曹操被杀已经是不可逆转的事实，而我们的存在也是事实，并且是导致他被杀的直接原因（说到这里，我瞪了郝思嘉一眼），那么我们就必然会存在于一个这两个事实同时存在的宇宙中。也就是说，尽管曹操早死了许多年，但是历史的轨迹依然没有大变，所以我们仍然可以存在。"

　　"但这怎么可能？"郝思嘉问，"曹操这么早死去，首先，他的儿子曹植、曹丕、曹彰等会争夺权力；其次，西凉的马腾、韩遂、辽东的公孙康等军阀会趁机进攻略地；再次，汉献帝及部分公卿贵戚的力量也会想要乘机控制许昌，复辟汉室，没有了曹操的权威，曹氏能撑下去的机会微乎其微，就算能咸鱼翻身，未来当上皇帝的也不一定是曹丕——"

　　"你不懂！机会微乎其微也不要紧，只要存在这种可能性，那么在一切平行宇宙中，它就必然存在，而既然我们存在，我们就只可能生活在这样的宇宙里，这是唯一可以让一切都说得通的法子。"

　　郝思嘉想了想："我还是不懂这是怎么可能的……不过听上去倒也有几分道理。"

　　"可不是！"

　　"既然历史自己会自治，"郝思嘉眼珠一转，"那我们赶紧再做份面吧？"

　　"啊？做面干吗？"

　　"给关羽吃啊。"郝思嘉又开心起来，"你说，关二哥如果吃上了我们的鲜鱼面，将来全世界华人都会吃，那是多大的生意啊！"

　　我答应了，反正历史已经颠三倒四成这个样子了，也不在乎多改变点什么。

　　当初为防万一，我们带了备份的鲜鱼、面和调料，放在保鲜袋里，又藏在一口大缸里面，如今正好取出来，齐心协力做了一份热气腾腾、鱼香四溢的汤面呈给关公。关羽也不推辞，接过来便开开心心地大口吃起来，一边吃一边赞不绝口，说从未吃过这么美味的东西。这些场景我都拍了下来，想到了未来郝味道的广告：关公在斩杀国贼曹操之后，吃了一碗鲜鱼面……不，倒过来更好点，关公吃了一碗鲜鱼面，力气大增，终于追上了曹操，把他的脑袋割了下来……这真是传诵千古的绝唱！

公元 208 年的最后一个小时就这样过去了。关羽吃得心怀大畅，说要把我们带回去给他大哥当厨子。我们推搪了几句，关羽也不勉强，扔给我们几锭碎金，然后开拔东归。

当我目送关羽的军队唱着胜利的歌消失在拂晓的晨曦中时，我感到了一股似乎来自身体内部的奇异拉力，还没有等到新一天的太阳出现，我们便连同我们带去的一切，被一股无形的巨力拽回到 2046 年的时间传送大厅。

尾声

刚才还是一片昏暗的世界，蓦然之间被耀眼的灯光所取代，雷鸣般的掌声也响了起来。同时无数白花花的可疑之物从天而降，便要落在郝思嘉头上。我暗道不好，忙冲过去将她护在身下，那些东西便都落在我的头顶上，把我的衣服弄得肮脏不堪，散发出腐烂一般的气息。

当然，这些都是回收的食物，经过曹操、许褚等人肠胃的消化，变成了烂糟糟、黏糊糊的一团呕吐物。还包括 Bobbi 的尸体。

我和众人一起狼狈地爬起来，抬眼看去：姚总、沈总、罗秘书、老卢、小武、几名郝味道的代表……许多人都在大厅的玻璃墙外欢迎我们归来，和一天前送走我们的是同一批人。再看大厅墙上的时钟，也只是下午三点，和我们离去的时间一模一样。对于他们来说，我们是刚消失又出现了，哪里想得到我们已经在生死关上走了一遭，不，N 多遭。

忽然听到几声犬吠，回头一看，Bobbi 居然没有死，被抛回现代后又活了过来。

它似乎断了几根骨头，站不起来，但还是努力冲着郝思嘉摇尾巴。郝思嘉大喜，也不顾它身上肮脏，冲上去紧紧搂着它。

我走出了时空分割线，先冲进厕所去清理自己，好不容易弄干净了才出来。公司的姚总上来和我握手，满面堆欢地说："小林啊，这次——"

我不顾和他寒暄，忙问道："姚总，汉朝以后是什么时代？"

"小林你逗我呢？三国嘛。"

"那三国以后呢？"

姚总看我不是在开玩笑，可能想到了什么，笑容渐渐收敛："三国以后就是……三家归晋吧。"

"晋朝以后呢？"

"晋朝以后是……是……对了，是五代十国嘛。"

完了！我的一颗心往下沉，果然历史被改变了，南北朝、隋朝、唐朝都不见了……

"姚总，是南北朝……"罗秘书过来，在他耳边小声纠正。

"哈哈，对，是南北朝……"

靠！我懒得再问他，直接冲出大厅，跑到资料室里，从架子上抽出一本《中国简史》，直接看目录："秦汉……三国……两晋南北朝……唐朝……宋朝……元明清……"看起来，没有任何改变。

我把这书扔开，又从架子上抽出了一部厚厚的《三国志集解》——其实这本书的存在已经证明历史没有什么大变。但我还不放心，翻到正文第一页，正是《魏书·武帝纪》："太祖武皇帝，沛国谯人也，姓曹，讳操，字孟德，汉相国参之后……"

我也无暇细看，直接翻到《武帝纪》最后，写的是：

二十五年春正月，至洛阳。权击斩羽，传其首。庚子，王崩于洛阳，年六十六……谥曰武王。二月丁卯，葬高陵。

很清楚，曹操仍然死于建安二十五年，也就是公元220年，和之前毫无出入。怎么会是这样的？

再翻回到曹操传记中间，赤壁之战前后的历史也看不到任何改变，华容道的部分，裴松之注引《山阳公载记》说：

公船舰为备所烧，引军从华容道步归，遇泥泞，道不通，天又大风，悉使羸兵负草填之，骑乃得过。羸兵为人马所蹈藉，陷泥中，死者甚众。

和我记得的内容一模一样，但是我是亲眼看到曹操被关羽斩首的，这到底是怎么回事？！

郝思嘉让人好好照顾 Bobbi 后，换了套衣服也过来了，凝视着同一段话，脸上也是大惑不解。我问她："刚才我们都看到曹操被关羽杀了，对吧？"

"当然，这么可怕的场景怎么忘得了？"

"但历史书上根本没有写啊！这是怎么回事，难道是我们的幻觉？"

"哪有那么清晰的幻觉？"郝思嘉紧蹙着眉头，"这一切的背后一定有一个我们没有想到的原因。"

我们在讨论，姚总进来了，问我究竟怎么回事。我哪敢实话实说，只说害怕无意中改变了历史，引起严重后果。问姚总拿出发前的资料来比对。对来对去，也没有发现什么不同。曹刘二军交战的时候，该地区正好被大雾遮挡，从太空中什么也看不见。

姚总还想再问，郝思嘉随手签了张支票给他，让他去领剩下的尾款，他才乐得屁颠屁颠地走了。我颓然倒在沙发上叹道："明明历史发生了翻天覆地的变化，怎么史书上一点儿变化也没有？"

"不，还是有的。"郝思嘉忽然说。

"什么？"

郝思嘉指着《三国志》上关于华容道的那一页道："你没有发现吗？"

我大惑不解地摇摇头，郝思嘉解释说："刚才这段话后面本来还有一段话，我记得很清楚：'军既得出，公大喜，诸将问之，公曰："刘备，吾俦也。但得计少晚。向使早放火，吾徒无类矣。"''备寻亦放火而无所及。'也就是说，曹操从华容道逃生后，嘲讽刘备没有及时追击，如果在曹军经过沼泽地时能够追上，再用火攻，曹操就死定了。"

"对啊，"我也想起来，"出发前是见过这段记载的，怎么会不见了？"

"这很好解释，"郝思嘉说，"就是曹操不能再说那段话，因为刘备的部队确实追上了曹军，发生了接触，再这么说就是自欺欺人了。"

"也就是说，我们的确改变了历史？"我问，"但怎么可能只改变这么一点点呢？曹操被关羽斩首怎么说？"

"你还想不明白吗？"郝思嘉却似已经明白了什么，"既然我们所看到的一切的确发生过，而后面的历史又没有改变，逻辑上的结论只有一个，那就是曹操并没有死。"

"可他的脑袋都被——"

"那个人，应该不是曹操。"

我的嘴惊得合不拢："不……不……不是曹操？那他是谁？难道是那什么平虏将军朱灵？可他一直自称是曹操啊。"

郝思嘉眉头紧蹙，苦苦思索："曹操素来狡诈多智，曾经在接见匈奴使者时让别人代替自己，又设下七十二疑冢，让人找不到自己真正的坟墓……在赤壁之战后的危急时刻，难道他没有应对突发之变的计谋吗？如果他不是曹操，如果曹操不是他，那么……难道……"

忽然间，她放声大笑起来，笑得前仰后合："哈哈哈哈，原来是这样，原来是这么回事！"

"怎么回事？"我还是丈二和尚摸不着头脑。

郝思嘉还是捂着肚子笑得喘不过气来："真正的曹操……真正的曹操……"

"是谁？"

"就是夏侯杰！"

我呆若木鸡，过了一会儿才找回了语言："这怎么会？"

郝思嘉总算止住了笑，正色说："我们重看一遍当时的录像吧，我想会找到之前没有发现的线索。"

果然，当我们看到录像后，就发现了更多的蛛丝马迹。曹操的一切行动：在沙渚停下来休息，将面赐给士兵，掳走郝思嘉等，实际上都是夏侯杰在拿主意。而曹操对他也十分客气，把鲜鱼面让给他吃，甚至自己为他做各种掩护……曹军真正的决策者，居然是夏侯杰。

"如果夏侯杰是曹操本人，那么假曹操又是谁呢？"我还是不解。

"如果我没猜错的话，"郝思嘉苦笑，"假曹操才是真正的夏侯杰！"

"什么？"

"冒充曹操不是那么简单的事，必须有一定的文化水平和心理素质，不能是大老粗，还得对曹操忠贞不贰，深得曹操本人的信任，这不是谁都可以做到的，夏侯杰恰好满足这些条件。

"并且，这个人应该跟在曹操身边，在紧急情况下大概随时要冒充曹操，那么曹操又要变成谁呢？再捏造出一个不存在的人来也太麻烦了。所以最好就是互换身份。曹操和夏侯杰应该本来容貌相似，所以才经常能相互冒充，除了服饰之外，最关键的区别在胡子上。一般人都会先入为主，觉得长胡子的看上去就是曹操，小胡子的就是夏侯杰，我敢打赌，那副胡子是假的。"

"可曹操明明在自己的军队里，干吗要什么替身？"

"这可以理解，在逃亡途中，一来随时可能被追兵撵上，二来曹军大败，朝不保夕，难保没有中低级军人为了贪图富贵发动兵变，绑了曹操去投刘备孙权。所以这样的时候，真正的曹操是谁需要保持绝对机密，除了身边亲信的将领幕僚外，其他将士都不知道。他们平常最多是远远看到过曹操，换了一个相似的人当然也认不出来。"

"还是不对啊，"我忽然想到一点，"关羽当年曾经降曹，他应该认识曹操，为什么没有识破？"

郝思嘉想了一会儿："有两种可能。第一种可能是，关羽和曹操的关系不如演义中说的那么密切。当年关羽所见到的曹操，实际上也是夏侯杰假扮的。因为曹操从未真正信任他，当然也不会以身犯险和他相见，否则关羽一旦有异心，以他的力量，可以轻易击杀曹操，谁也拦不住。"

"这确实有可能……那第二种可能？"

郝思嘉嘴角浮出一丝神秘的微笑："华容道的故事也有他的道理，曹操对关羽不薄，也许他确实不忍心，所以假装不认识，只是斩了替身夏侯杰，因此放了曹操一马。"

所以，故事到这里就结束了，说起来，这场冒险对历史只有极细微的改变，只不过死了一个名不见经传的夏侯杰。这个人能够冒充曹操，举止若定，想必也是一个了不起的人物，不过却没有在历史上留下任何事迹。由于历史已经改变了，我们也不知道他在原本的历史上后来做过些什么，有没有后裔，但想来不会有太大的影响，否则史书不可能没有记载。

至于为什么这段事迹在历史书上也没有记载，想必无论是曹操让替身为自己送死，还是关羽"上当"错斩了替身，都是不怎么光彩的事，所以魏蜀双方的史书也都讳莫如深了。

但郝思嘉又想到一件事，噘嘴说："慢着，还是不对啊。"

"哪里不对？"

"你想，在本来的时间线中，我们返回三国，去改变了历史，原来的历史就被覆盖了，创造出了新的历史，对吧？"

"没错。"

"那么这段新历史中，本来还有一个我、一个你，以及老牛等人的。他们和我们不会完全一样，譬如新历史中的郝思嘉就不会知道刚才我背的那段古文……那么这个郝思嘉以及林雨等人，又到哪里去了呢？"

271

郝思嘉的问题问得很好，这也是研究时间旅行的物理学家一直在讨论的，我告诉她："关于这一点也有很多理论，比如说根据泡利不相容原理得出，他们的意识被我们的取代了，因此也就消失了。"

"啊，那我们不是相当于杀人了吗？"

"这只是一种理论，还有一种理论认为，每次改变，时间旅行者都进入一个新的平行宇宙，所以他们也许对历史进行了其他的改变，到了另一个平行宇宙中……不过最有趣的一个理论是，我们融合了。"

"融合？"郝思嘉睁着迷人的大眼睛看着我。

"根据量子人择原理，宇宙在时间旅行后重新坍缩，我们将回到一个仍然存在着我们的宇宙里，不过在这个宇宙中我们的状态肯定是和原本宇宙中的略有不同的。这个时候，就发生了一件和同一个宇宙分裂为平行宇宙正相反的事：来自不同宇宙的人物合而为一。"

"可是我丝毫没有感觉到另一个我自己的存在啊？！"

"你当然不会感觉到，因为那个你和你自己几乎是一样的，所有的记忆都重组了，就像两个文件夹合并一样。除了关于时间旅行任务本身的内容不可以变动——因为这是这个宇宙存在的根基——其他的都被新宇宙替换了。"

"这倒是一个有趣的理论，"郝思嘉思忖着说，"这么说来，不管我们干什么，哪怕把秦始皇杀了，或者帮路易十六镇压了法国大革命，我们也会回到一个可能产生我们自己的新宇宙中，并且潜在的记忆被替换掉。所以我们永远无法意识到历史已经发生了翻天覆地的剧变？"

"可能吧。"我耸了耸肩，"不过这只是一种理论而已，如果改变太大，总会留下一些痕迹吧。这回只不过多死了一个夏侯杰，其他历史毫无改变，所以也不能证实了。"

郝思嘉认真地想了想，好像想找到历史发生改变的蛛丝马迹一样，不过终究归于徒劳："你是对的，后来的历史好像真的没有变化。"

"反正什么都没改变。好了，这些玄虚的理论以后再说吧，去你家吃面还算不算数？"

"当然算啦，"郝思嘉嘻嘻一笑，"这是跨越两个宇宙的约定嘛。"

【完】

宝树：科幻小说家，毕业于北京大学。自 2010 年开始科幻创作以来，出版有《三体 X：观想之宙》《时间之墟》等多部长篇小说与两部短篇小说集，在《科幻世界》《最小说》《知识就是力量》《人民文学》等刊物发表数十篇作品，多次荣获华语科幻星云奖、中国科幻银河奖的主要奖项，另有多篇小说被译为英文版发表于知名科幻杂志。

广寒生或许短暂的一生

发现广寒生这个人，恐怕还是要归结为一种偶然。

那是一个雨天的午后，我头脑发晕踏着湿答答的柏油路，走去了图书馆。刚好图书馆在办一个寂寥的展览，展览厅里除了明亮的灯光以外，就只剩下寥寥无几的几份展品和一位昏昏欲睡的管理员。

展览的内容在走进展厅之前自然就是知晓了的——关于晚清小说的馆藏展示。

听起来枯燥无趣，但也未必敌得过自身的乏味，更没想到的是，就如此相遇。

展品都是些陈芝麻烂谷子的东西：一页《申报》，表示当时在上海的报业兴隆，然而仅仅只是一张排版难看的报纸，所能表现出来的连字面意义上的兴隆都很难；一本梁启超主编的《新小说》目录页……

在《申报》的旁边，展柜里放着许多种在上海办的其他报纸样张，有名的有《时报》《新闻报》，也有名不见经传的，比如《新女学报》《新新日报》。而正是这份《新新日报》上，有篇小说倒是吸引了我。

不过说到底，直接吸引我的也并非小说内容，而是小说旁有张不大且模糊不清的小说插图——画着几只老鼠一样的人站在坑坑洼洼的月球上，借助环形山的弧度搭建了一个类似于我们现在卫星电视天线那样的半弧形反射板。之所以说那是反射板，是因为图的另一角画着四分之一角的太阳，太阳发出一束光线照射在月球上，然后被反射板反射到了地球，光线的聚焦点上冒着黑烟。

我很疑惑，远在清朝末年人们就知道月球上满是环形山了？似乎也说得通，在清朝末年所流行的关于以太的幻想中，就有一项是以太可以填满月球上的坑，所以从地球看上去，月球是平滑的。不过，或许正是这种转瞬的疑惑，让我更加注意起原本并不会比其他展品更吸引人的这份报纸。

小说是晚清新小说的主流形式：章回小说。展出的这份报纸上刊载的，只是该小说第 17 回的结尾部分。

我趴到玻璃橱窗上，有些吃力地去阅读小说。

小说所描写的场景和插图比较类似，来龙去脉则交代得更清晰。插图里所画的老鼠一样的人，被称为"灰鼠月人"，到底是什么来源不得而知，只能看得出此时他们占据着月球，并且设法要攻打地球。从这部分内容可以看出，上面的情节是这些灰鼠月人聚在一起不断地争吵，对如何攻打地球的方案各执己见，僵持不下。到底都是些什么方案看不出来，只能知道最终他们通过互相撕咬征服异党才最终确定下插图里所画的那个反射板烧毁地球的方案。反射板被他们称为"月华死光"。

我不太清楚这样的设计在当时算不算新颖，或许能发表出来，还配有插图，就该是能对读者有一定刺激的东西了。小说的这一回结尾，留了个悬念，灰鼠月人们到底造没造出那个月华死光，并没有交代，只是说到设计图已经完成。灰鼠月人们，一边咬着敌对派系的脖子，一边看着地球吱吱地笑。有一种地球上的人类在浑然不知的情况下已经陷入了将要被毁灭的危机之中的感觉，倒是挺符合晚清时人们的生活状态和看世界的恐慌感。

饶有兴趣之余，我才忽而想起应该看看这小说到底叫什么名——《登月球广寒生游记》。

看到这样的小说名，倒是又让我多了另一层兴趣。我所能看到的这部分，根本没有出现"广寒生"这个人物。那么何来"游记"？现所见已经是第 17 回的结尾，名为"登月游记"，这个广寒生应该已经登月了吧。那么他躲在了哪里？互相恶斗着的灰鼠月人没有发现他吗？

再看小说作者署名：析津广寒生。这倒是不足为奇，在晚清，小说还没有出现第一人称叙事，不过像《老残游记》之类的准第一人称视角的小说已经很多。不过，这个广寒生是谁呢？同样不得而知了。

我打算深挖一下这本名为《登月球广寒生游记》的小说和那个析津广寒生了。

首先我需要先看到小说的全本，这倒是并不困难。只要去缩微胶片馆，申请从库房中调出指定年代的该报纸胶片就可以了。只不过这个申请，需要等。

我推算了一下《登月球广寒生游记》可能开始连载的时间，在申请胶片的纸条上填写了"1905年9月至1906年9月《新新日报》"，提交给了缩微胶片馆的管理员。管理员说需要等大约半个小时的时间。

借等待的时间，我开始用图书馆的数字数据库检索其他资料，想看看这个广寒生还有没有写过其他小说。他的署名是析津广寒生，在清末很多作者都还会延续"籍贯加雅号"的署名方式。那么这个广寒生的籍贯应该就是析津了。析津是哪里？也需要查一查。

我先检索了关键词：析津。

查询后，我却发现"析津"也就是在北京城里。辽代时称为"南京析津府"，后来是元大都的陪京，位置大概就是北京城莲花池附近。说来不禁有些失望，假若是一个小地方，恐怕还可以去走访走访，询问些老人，只是一百多年前的人，没准就能有什么意外收获。然而，在北京，别说一百年，就连十年前的事，恐怕都无法从当地居民那里打听出什么了。

这个时候，《新新日报》的胶片被从胶片库房里找了出来。

我有些迫不及待地打开了一台缩微胶片阅读机。阅读机就像一台陈旧且笨重的20世纪80年代的个人电脑一体机。将报纸的胶片插入前端下方的反光元件中，胶片的内容就在泛黄灯光照射下的屏幕上出现了。再调节好焦距，报纸上的内容便清晰可见。

听着阅读机散热风扇的旋转声，面前则是黑白的文字下1905年9月开始的上海，我一页页地翻，不断地向上划过，就如同那时的每一天都在旋钮的转动下快进着一样。

虽然一直在迅速地翻着页，但我并没有漏看任何内容。很快，我就在1905年9月13日的报纸第二版看到了标注为"科学小说"的《登月球广寒生游记》

开始连载的广告以及它第一回的内容。

广告部分和晚清的其他小说没什么两样，把小说吹上了天，什么"世间第一等惊险写情科学小说"，什么"有三国之老谋、红楼之哀婉、西游之戏谑、水浒之侠气"，行文和用词都相当不讲究。没有作者自述，广告之后便是小说第一回的正文。

小说开篇，那个广寒生就出现了。然而，广寒生人在上海，而非月球。或许他是要在上海制造个火箭之类飞往月球？我不禁有些疑惑，便继续读了下去。结果，广寒生根本没有一丝要上月球的意思，而是一副落魄书生的样子跑到上海最有名的妓馆街四马路去寻花问柳。他找了一家看起来很豪华的妓馆进去点了花魁。可没想到的是，花魁竟然就是广寒生青梅竹马的儿时恋人。

看到这里时，我已然觉得这故事有些狗血得看不下去了。月球还有灰鼠月人，都在哪里呢？我不禁又重新看了一下，小说的确是《登月球广寒生游记》，而作者署名也的确是"析津广寒生"。

应该是没错了。我只好硬着头皮继续往下看。

连续几天的连载，第一回终于讲完，结果小说里的广寒生只是在妓馆里泡着。

之后是第二回，当看到内容时，我立即眼前一亮。

第二回，开篇就是在月球上，之前所有的狗血情节全部没有，细致入微地描写起月球上面的样貌。而文风和第一回完全不同，变得老辣精练许多，完全就是一篇以月球为世界背景的风物志。其细节精准到令我吃惊，在晚清的普遍科学水平下，小说竟然能描写出月球上环形山的样子，还能写到低重力环境以及在月球上仰望星空看到满地（对应满月）时的奇异美感，无不惊叹。然而，即使有这么多让人眼前一亮的内容，小说却也有严重的缺憾，那就是第二回里，只有风物志，毫无故事情节，更没有什么灰鼠月人出现，完全如同一篇文笔老练的科普文。

不过无论怎样，这部小说因为有这样迥异的第二回而变得值得关注了，倒也不是什么坏事。

可是问题再次出现，当我继续往后翻阅时，我发现这卷缩微胶片所收录的报纸变得不再连贯。一开始，是缺上三五日，这种情况下还能偶尔看到断断续续的一小部分《登月球广寒生游记》内容，而后来，开始出现整月的缺失，以至于进入1906年，除去2月份的"南昌教案"报界大论争的几个重要的论战版面还予以保存以外，几乎全都缺失没有了。

说起来这种情况也实在常见，但当感兴趣的文本遇到这样硬性的文本缺失时，那种无奈和无助感，简直可以迅速笼罩全世界。没有了就是没有了，就算去制作缩微胶片的源头——上海图书馆找，也几乎不可能找到了。

离开图书馆时，我怅然若失地走在仍旧湿答答的柏油路上，状态依然无法完全恢复。直到我仰头看了一下，已然是一轮明月独霸夜空。似乎一下子和一百多年前那个根本不知道到底是谁的广寒生联系到了一起。大概，广寒生在一百多年前，望着这轮明月时，也有所期待吧。期待着什么呢……

我迅速回到家里，决定至少要搞清楚广寒生这个人到底是怎样的人。

从他的小说已然可以看出些门道。虽然现在看到的只是这个残缺不全的文本，但其中也传达出了不少信息。姑且不说小说主人公那个广寒生在上海所发生的艳俗故事，仅看另一部分关于月世界的描写，就可以看出作者是有着相当高的科学素养。与当时随处可见的无限放电的新元素、超音速飞艇之类相比，它在科学方面要靠谱得多。不过，由于文本的缺失严重，到底那样风物志式的月世界描写是怎么演变出了灰鼠月人，却不得而知了。

同时，看得出他并不太会写小说，却在小说的结构建构上有着相当的野心。从可见的这部分文本中可以大体判断出，小说是以双线结构进行的。一条线描写着小说人物广寒生是如何在被青梅竹马的恋人哄骗着感情和金钱，另一条线则心无旁骛一般地写着月球上的风物。这样的写法，在晚清的小说中是完全没有出现过的。然而，直到看见下午最开始看到的那个展览时所见的章节，即使出现了灰鼠月人，可到底小说人物广寒生什么时候才能被放去月球上游览呢，广寒生的"游记"到底什么时候才能兑现呢，却似乎不大可能找到答案了。

这家伙简直就如同是在孤芳自赏一般任性地写下去的。他知道以他的科学素养已经甩开了当时其他文人几条街的距离，但他不知道以他的文学素养却根本架构不起一部长篇小说。

接下来的几天里，我不断地去图书馆的缩微胶片馆查阅一卷卷胶片。

即使广寒生的《登月球广寒生游记》写得再文法不通、支离破碎，小说中那个月世界到底是如何建构起来的，又是如何生出灰鼠月人的，我却越发地好奇，想要搞清楚。

我所关注的文献自然不会再是连载这部小说的《新新日报》。对缺失了的东西再抱以任何不切实际的有关奇迹的幻想都是非理性的。既然广寒生有相当的科学素养，并且从他的小说行文中可以看出他对此也是相当引以为豪的，那么他必然也会在其他的科学类报纸上展现自己的这项才能。

自命不凡的人，是不可能甘于寂寞的。

我先从以传播西方科学的最为大众和普遍的《万国公报》开始查起。虽然说电子数据库已经相当完备，但我怕有所遗漏，所以在电脑上检索过"广寒生""析津广寒生"都没有搜到任何结果的情况下，我依然决定自行翻阅原始文献。

以《登月球广寒生游记》的开始连载时间 1905 年 9 月以及其文笔的成熟程度来推断，广寒生开始活跃不会早于 1904 年。不过，为了保险起见，我还是从 1900 年的《万国公报》开始检索。一天一天地翻过去，一月月一年年，我看到"庚子之乱"，看到《辛丑条约》的签订，也看到居里夫人对铀的放射性研究，看到在美国洛杉矶有人将航拍技术用于商业，但就是没有一丁点广寒生的痕迹。特别是到了 1905 年，我看得更加仔细，却依然没有。没有他的文章，也没有提及这个名字的文章。

当然，《万国公报》里找不到并不稀奇。我便继续埋头去其他报纸中寻找，《申报》《时报》《清议报》《新闻报》《京华日报》等都是我搜寻的对象。

寻找，终究是艰辛的。一个月的时间转瞬即逝。

一个月以来，我每天都是一早就到图书馆，一泡就是一整天。轮班的几个缩微胶片馆管理员也都认识了我，偶尔休息就会闲聊几句。

他们大概并不清楚我的执着是为了什么。问我是不是哪个大学的教授，我摇摇头。又有些胆怯地问是博士生了？我继续摇头。那或者……一般这个时候我都会塞给他们新需要的报纸胶片索引号。久而久之，他们都知道我不愿意回答关于自己社会身份的问题，也就不再自找没趣，只聊些家长里短或者做胶片保管有多不易之类。

虽说这家图书馆的缩微胶片馆几乎不会有除我之外的读者光顾，但也偶尔会来些学生，据说因为这里藏有些稀奇独特的胶片。学生都是博士生，说来也的确，估计只有在做博士论文时，才会需要如此大量的文献资料来支撑，才会来查阅缩微胶片。并且，他们看上去都笨手笨脚，甚至连如何将胶片安装到缩微胶片阅读机上都不会。明显就是在读硕士时根本没有动过这些东西。

有时候我看累了胶片，会看一看窗外的花园，休息一下疲惫干涩的眼睛。在我休息的时候，偶尔管理员会实在忍受不了笨乎乎的新手，来求我帮忙指导。

实际上只是几秒钟就能学会的东西，费不了什么事。倒是因为这种毫无技术含量的指导，使得有些博士生想和我多聊上两句。

我在休息的时候，并不拒绝聊天，但只要不是聊我这个人就行。多数情况下，他们也不关心，只是想跟我抱怨做博士论文有多艰辛，压力有多大。偶尔刚好赶上谁做的题目我略知一二，比如晚清时期的期刊报纸发行情况之类，便会有一搭没一搭地说一点自己的看法。大概绝大多数都说得很离谱，被我帮助过的博士生们只是出于礼貌，才继续与我笑脸相对。

每当此时，我都会知趣地回到自己的阅读机前面，埋头继续我自己应该做的事情。

没有人知道我在找什么，也没有人比我更清楚这个广寒生是有多么地难找。

我不敢说所有的报纸都让我翻遍。但我又不是去做博士论文，没有穷极文献的义务，凭借哪怕一丁点的直觉也能知道，一个月以来的搜寻，方向完全就是错的。一开始着眼于《万国公报》，是因为它既大众又有传播西方科技的功能，可是之后我就逐渐把搜寻的路走偏了。

我意识到了自己的愚蠢之后，先是再把《新新日报》的胶片申请出来，从头至尾地认真看了一遍。确确实实除了一部连载到第 17 回结束，也就是灰鼠月人们终于确定了用"月华死光"攻打地球的战略位置，再没有任何有关他析津广寒生的一个字的额外信息。同时认定，这个广寒生，以他在小说里透露出的性格来说，也根本不会看得起在普通的大众报纸上发表文章。也或许《登月球广寒生游记》是他的出道之作，当连载到第 17 回完结之后，他的名气也足够，从而连这个一手将自己提拔起来的报纸以及他的作品，一同嗤之以鼻地抛弃掉了。

我把检索目标从《申报》《清议报》转向了类似于昔日《格致汇编》一样的纯以介绍西方科学为内容的科技期刊上去。

然后……在 1906 年 10 月，终于真的有了发现！一篇署名"析津广寒生"的文章，发表在一个仅出了五期便停刊的名为《泰西学新编》的月刊杂志上。

能再次看到这个名字，简直如同多年不见的旧友终于得以相见一般令人兴奋又感激上苍。当然，这位旧友的态度，并不算好。广寒生的这篇不是小说，而是一篇看上去像是檄文一样的小短文。文章讨伐的对象是已经在当年上任复旦公学校长的严复多年前的翻译名作《天演论》。然而文章写得无理无据，只是用激昂的文字翻来覆去地说着《天演论》有多处翻译错误，甚至连全书的观点也与原作赫胥黎的观点背道而驰。

看完这篇短文后，我为广寒生捏了把汗。这样不着边际的文章都能发表，假若严复或者严复的信徒们看到，岂不转眼就把他这么个卑微的书生给灭了。

《泰西学新编》之后又出了两期，我仔细看了，并无对广寒生那篇文章进行回应或者挑起论战的文章。随后，我又检索了一下有可能发表争论文章的其他平台，也都没见有谁回应。

这不知是广寒生的幸还是不幸。在人群中空吼了半天，却根本无人理睬。

因为《泰西学新编》上的发现，我找到了突破口和正确的方向，之后寻找广寒生似乎一下子变得简单轻松了。

在许多与《泰西学新编》相类似的小型科普杂志期刊上，都频繁地出现了署名"析津广寒生"的文章。

发现大概都在 1906 年中后期的样子，"析津广寒生"这个名字出现在了我所能想到且找得到的诸多边边角角、只存活大概四五期就停刊的科普小报和杂志上。那些真可以说是街头小报了，许多都只是一页的版面，上面半张版面是关于"戒烟""脱毛""补脑"之类的广告，画着奇形怪状的人物，手里拿着要卖的商品，还配上"诸君！诸君！""务必！务必！"之类的煽动性语言，看着无比闹心又媚俗。下面半版也不是完整的文章，而是跟《格致汇编》的"互相问答"栏目相似，只是一条条问答。

问题千奇百怪，什么"为什么打哈欠会传染？""洋人的 X 光到底是什么原理？""为什么自己家的公鸡只在傍晚打鸣？""假若双掌摩擦能有硫黄味道，是不是这个人可以摩擦生电？"之类种种。有许多问题，几乎和科学都毫无关系，比如有的人还会问"参加西洋的科举考试的可能性有多大"。许多都是让人啼笑皆非的问题。

作答的人，每一期不同。其他人我毫不关心，他们也不过是认真地把原理讲清，有时候还会留一个发人深省的结尾，升华一下自己的答案。

而当广寒生出现时，栏目则完全变了风格。比如有个问题问：直角三角形勾长一丈，一锐角为三十五度二十分，问股长多少？这样的问题在其他地方也偶尔出现过，一般回答者都是细心地将计算过程写下并说出答案。可是广寒生却不这样，他劈头盖脸就会说：这里是解答疑难的科学问题的地方，这种只要计算一下就可以得出的问题，为何要问？如果真的算不出来，就去参考益智书会出的《形学备旨》《代形合参》等一大堆算术类几何类的教科书，根本没必要出来询问。

当我继续看得更多时，我才知道对于那个问股长多少的问题，广寒生还算是回答了比较多的内容，虽然那样的回答再多恐怕提问人也不会高兴。更多的问题，广寒生的回答都只有一句话，要么是说问题里所说的概念本身就有问题因此不予回答，要么是说问题太过常识性自己试一下便知没有问的价值，要么干脆只是丢一本参考书和页码不再附加哪怕一个字的解释。

看到这些，我比之前看到广寒生大骂严复时还捏把汗了。这样的话……他怎么生活？要知道这个时候清政府已经废除了在中国延续千年的科举制度，像他这样一个读书人，还能有什么生活的出路……在清末，稿费也是以字换钱的。别人都在尽可能地多写几个字，他却每一个问题都显得自己高傲至极，惜字如金……

况且，这样的回答真的能长久吗？

不出所料，大概仅有四五个月的样子，析津广寒生这个名字就消失在了所有科普小报中了。再往后看，无论是坚持得时间长些的报刊还是依然只是四五期就停刊的，都看上去和谐得多，安安静静，问和答都平心静气。

看起来就像是科普小报界统一把广寒生驱逐出去了一样。

我再一次失去了线索。

苦苦追寻的旅途再次开始。总是出言不逊的广寒生，这是又跑到哪里去了？我该用什么方法才能破解得出来广寒生的那个月世界？恐怕只有他自己，也恐怕……所有的文献我都翻阅进入了 1907 年。

1907 年，比本就晚了几十年的戊戌变法又晚了十年的清廷改革看似初见成效，在国际地位上清政府有了一丁点的起色，但秋瑾被杀，仍旧立即激起群愤。社会的各方戾气已然无法平息。然而在我所能关注到的那些起起伏伏的科普小报上，却连一丝硝烟之气都没有，不论是没有长性的小报，还是媚俗的广告，广寒生依然没有出现。

也许他真的走投无路了，像《登月球广寒生游记》中的那个小说人物广寒生到后期开始思索，是不是该找个女校当一辈子被女学生调笑且看不起的教书先生一样，终于屈服了什么，再不会在历史上露面，甘愿永世沉寂下去了。

我一边构想，一边继续一个月一个月地往后翻着留存下来越来越少得可怜的文献。

该不会是改了笔名吧？这种情况实际上是最为可能的，很多时候杂志报纸的编辑根本不知道来稿者的真实身份，多个人共用同一个笔名来创作赚取高额稿费的事情随处可见。对于广寒生来说，既然因为他的坏脾气在科普小报界已经吃不开，换一个笔名继续卖文为生，以他的学识来说，并不是难事。

但假若真的换了笔名，恐怕也就真的该说再见了。文献如汪洋大海，就算都缩成胶片，保存这些胶片也需要至少一层楼大小的库房。广寒生必然不会是"我佛山人""东海觉我"这样，背后的那个人必然不可能是个可以说得出来历的名人，更不可能是有其他名人好友把来龙去脉都写在可以流传下来的回忆录里供研究者们寻找线索的人。那么只要他改了笔名，想再找出来，恐怕要比能找出张爱玲的《小团圆》更难。听说当时那位博士生，为了寻找，看缩微胶片把自己的视网膜都看脱落了。

然而，隐约间，我一直觉得虽然这是最为正常的选择和出路，但对于广寒生这个笔名背后的那个人来说，未必是他会去选择的。他大概应该……当我翻阅一卷又是从未听说过的小报胶片到1907年底就要完结时，那个熟悉的名字再次出现了。是一篇文章而不是答读者问，署名没有了"析津"，只有"广寒生"三个字。

不是"析津广寒生"，但再次看到这三个字时，我依然兴奋得差点在寂静无声的缩微胶片馆里喊了出来。不过，还不能激动过早。这个广寒生是不是我一直在找的广寒生呢？只有看看文章再来判断了。

文章看起来类似于现在的专栏。有着统一的标题和格式，无插图无介绍。再看文章的内容，是……是介绍月球？！这下我真的激动得低低地呼出了声。恍如隔世一般的广寒生的月世界，再一次出现在了缩微胶片阅读机那面泛着黄光的背后有着呼呼作响的风扇声音的屏幕上。

看来没错，广寒生又回来了，带着他的月世界。

我又把这卷胶片往回翻了翻，怕有看漏之处。之后确定这一篇就是广寒生在这里发表的第一篇，于是我放心地开始阅读。

其实我很怕他会偷懒，把《登月球广寒生游记》中月球的部分再次搬过来了事。那样的话，我再次找到的就不是我想要找的广寒生而只是过去的一个虚影，毫无意义，甚至于连过去的那个也一同没了意义。但看了内容后，我就知道我多虑了，或者说我太不相信他了。这一点，我真是觉得有些惭愧。

广寒生在这个专栏里第一篇就开诚布公地说：世人每晚都能看到的月球，却是最为不了解的星体之一，所有的关于月球的描述都是错的。然而他自己虽知道是错的，却也并不知道什么是对的，干脆放弃了真实，只说那些最为虚幻的一面。

专栏的总题目为：假如月球。

我对广寒生是放心的，他，不可能说写虚幻就写起仙境天宫之类。

他的第一篇，写的是假如月球是一个洞。

文章里描写到每当月圆之夜，我们仰望天空，看到那么一轮明亮的圆月，都会幻想上面住着什么样的人，有什么样的建筑。但实际上，没准那只是错觉。人眼在很多时候会先入为主地认定一些是凹面一些是凸面，月球也许也是这样。它也许只是一个洞而不是球，是某一个从外星系延伸到地球边缘的通道，每个月只有一天是完全打开的，打开了几亿年，也许输送来了太多的东西，也带走了太多，只不过我们这些人类并不知晓也不可能理解就是了。

这篇文章写得不长，也没有太浓的火药味，除了开篇讽刺了一下那些自以为知道宇宙真理的人以外算是相当平和了。

看来沉寂一年有余的广寒生终于在受挫和碰壁中学乖了。

专栏还在继续，接下来还假设了月球是发电厂、月球是可以靠引力弹弓（当然并没有出现这个词但意思差不太多）作用下人类的宇宙飞船。

大概这次专栏让广寒生逐渐小有名气了。忽然间，在其他的报纸上又出现了广寒生的名字。然而，当我看到他在其他报纸上所发表的文章时，我心中又是一揪。昔日的那个广寒生又回来了，好辩，眼里揉不进半点沙子，只要看不顺眼立即跳出来发表文章予以声讨。那些文章和最开始看到他骂严复翻译的《天演论》一无是处的文章是一样的，笔锋尖利，却劈头盖脸不讲章法。太多的地方本应抽丝破茧逐步推演才能讲清，却被认为是理所当然的逻辑推理过程一笔带过。

因为又看到了这样的文章，这个好辩又极为不善于辩论的广寒生，我猜想恐怕这次是真的要在劫难逃了。不出所料，三个月之后，广寒生连同他的"假如月球"还有所有的对非理性非科学的不满，消失在了留存下来的所有文字文献上。

不会再复生了，我笃定。

也不出所料，的确之后的所有胶片里，我都再也见不到"广寒生"这个名字。当然，也或许是我臆断之下，认为不会再见到他了，从而没有更加仔细地去寻找。也许再过几年他又会出现，比如以"广、寒""新月生""桂生"之类的笔名出现。但我所希望的那个广寒生不可能改掉自己的笔名，只要有机会，他一定会以他本我的面貌再次出现。只是这样的机会恐怕不会再有人敢给。

我不会去写有关这个广寒生的论文，因为他的一生以及他的文章根本也不值得去做什么论文，即使做出来了，也完全不值得接下来的研究者花费时间去阅读。本来都是徒劳的事情，我又何苦去浪费时间。但我一定还是要找到他的全部，哪怕仅仅是那么一丁点连昙花一现都算不上的文字。我只是想独自知道这个人，或许他的一生也都只是这么短暂，短暂得就算立即死掉，也不会有人意识到什么。

走出图书馆，我不由得竟乘上公交车去了莲花池——那个曾经被称为"析津"的地方。

到了莲花池也已经入夜，不知不觉月又圆了。

这个地方，除了水域变得更小的莲花池被围起来成了个总有各种集贸市场展销会的公园之外，什么古旧建筑都没有了，略显荒凉。在月色之下，倒是有些街边餐馆还摆着些桌子。却因为已经时值中秋，人们都回家团圆过中秋，唯有只身于异乡的人才会在这样的夜晚独自坐在街边自斟自饮，赏着孤月。

或许真的有什么幻想，我以为自己的痴迷会让这一晚真的遇到广寒生。我只是想问一问到底那些灰鼠月人是怎么出现在月球上面的，以你的理性和科学思维，不可能让他们凭空出现，怎么来的？用意又是什么？后来成功没有？结局一定是场悲剧吧？

可是我一直走到了嘈杂繁乱、满是旅途汗臭的西客站南广场，也并没有遇到我想遇到的广寒生。

一百多年前，这里会是什么样子呢？就算远不及现在的喧嚣，但那种世俗的可爱依然不变吧。满满地簇拥着的都是人，一个个再普通不过的老百姓，就算天上的月再圆再亮，也懒得去抬头看上一眼。没有这个必要，同时也没有一张面孔值得记忆。

好好活着，比什么都重要。

实际上，至此为止，大概我所说到的那个广寒生也早已不是历史上真正的那个广寒生，而只是我一厢情愿地希望有的一个在人情世故上笨拙却有着超越时代的科学素养但根本无从输出的广寒生。那样一个人物，懂得不少他人并没能掌握的知识，引以为豪，却无所事事、无人认可、无足轻重、无路可走、无处宣泄，甚至认不清自己，转瞬即逝地浪费掉了难得的那一丁点儿才华，看着其他人走远，只有自己孤独地停留在了原地，和无数当时的现在的甚至将来的文人一样。

梁清散：幻想小说作者、科幻文学研究者，多篇作品入选多部科幻精选集。晚清科幻研究论文及中国近代科幻小说书目于《科幻文学论纲》（吴岩 著）中出版。曾获得全球华语科幻星云奖金奖。已出版长篇小说《新新日报馆：机械崛起》《文学少女侦探》。

后　　记

科幻文学：科幻五年，五大飞跃

以往的五年，是中国科幻文学从小众走向大众、从个体创作到集群创作、从小说到全产业、从国内走向国际、从自发创作到政府支持的五年。总结五年来中国科幻文学发展的成就，有助于我们看清一种文学类型怎样在时代中寻找自己的使命，又怎么由使命感焕发出青春的历程。

从小众走向大众

众所周知，中国科幻文学起源于 1902 年，梁启超和周树人是这个文类的肇始者。但是，由于种种原因，中国科幻文学后来的发展经历过几次停滞。特别是在改革开放初期，经历了一个短暂的繁荣之后，在商品经济等外部因素的压力下，这种文学逐渐受到排斥，作家纷纷逃离，市场门可罗雀。可喜的是，在新世纪创新型国家建设和大力发展文化产业等外部因素的刺激之下，科幻作家经过艰苦努力，终于换来了一个全新的繁荣时代。

中国的科幻文学从小众走向大众，与刘慈欣《三体》系列的出版是分不开的。从 2006 年到 2010 年，刘慈欣经过刻苦努力，凭借一己之力，创作了中国历史上内容最丰富、故事最复杂、人物矛盾和世界观最具颠覆性的科幻三部曲。从 2011 年到 2016 年，三部曲畅销海内外，不但赢得了科幻迷和专业人士的喜爱，还走向了科技研发、互联网创业、中小学教育甚至顶层设计等诸多领域。可以说，过去五年对《三体》三部曲的传播历史，不但造就了中国科幻历史中最大的辉煌，还建立了优秀文学作品走向公众的成功范例。目前，各大高校学生研究《三体》的论文与日俱增。互联网行业的诸多领导者也强调，这本小说中隐含着当前互联网行业竞争的法则。教育领域也出现了大量通过作品倒逼教师成长的范例，许多学生买到《三体》交给老师，要求老师限期读完然后跟自己进行交流。

不仅是刘慈欣，在过去的五年中，更多作家完成了自己从被小众欣赏走向被广大读者接受的转换。王晋康在五年中几乎每年出版一到两本长篇小说，这其中多数作品是他对科技进步过程中人类方案选择和道德选择的严肃思考。韩松的作品也年年刷新自己的创作纪录，他的"轨道交通三部曲"《地铁》《高铁》和《轨道》，从多个侧面反映了我们时代高速发展造成的奇迹和问题，作家带领读者逃离愚蠢的直线思维，进入多元思考境界的勇气着实可嘉。何夕的小说《天年》从太阳系围绕银河系运转的更加宏伟的角度观察人类的生存，期待我们能克服当前的短暂问题，走向真正的可持续生存。

从2011年到2016年，中国科幻小说出版总数从年度77种发展到年度179种，原创读物从35种发展到102种，增长量在一倍以上。其中，刘慈欣小说的单册销量已经超过300万本，创造了自《小灵通漫游未来》之后的又一个科幻小说销售奇迹。在刘慈欣作品的带动下，其他作家的作品销量也发生了不同程度的增长。这些数据虽然看起来不大，但在一个图书行业正在走向衰落和转型的停滞市场，对一个曾经受过许多质疑甚至排斥的文类，上述数据的变化映射了我们文化产业发展的稳健和务实。毕竟，科幻行业并不希望大起大落。只要能回归自然，我相信这一文类的表现还将继续向好。

从个体创作到集群创作

多年以来，科幻小说一直是精英文学的组成部分。虽然许多批评家对这类作品不屑一顾，认为属于大众文学范畴，但现实的状况恰恰相反，科幻作家的学历和知识水平、思考层次普遍偏高，迈过科幻创作的门槛相当困难。而且，阅读科幻作品的读者也具有相当程度的文化水准和求知欲。但过去的五年，由于社会变革、科技发展特别是互联网文化的兴起，科幻文学的创作方式正在走出精英的象牙塔，走向大众。在这方面一个最为重要的代表，就是作家和科幻迷携手成立的世界华人科幻协会。这个以阅读、创作、推广为核心的组织，在过去的五年中，试图通过建立科幻作家跟读者、出版人之间的联系，构造了一种新的业界生态。事实证明，实现作家、创作者、出版人、产业人、读者之间的互联互通不但需要网络等硬件，更需要活跃者和组织者的全力奉献。当来自全国各地甚至世界各地的科幻爱好者和从业者共同讨论作品，讨论阅读和创作中出现的问题时，许多问题本身已经迎刃而解。这种交流导致了集群创作的产生，即出现了大量相互联系、相互影响的创作者群体，他们不断在写作中研讨着写作，作品质量、数量大幅提高。

除了世界华人科幻协会这种私下建立的群体，在多种平台建设方面，过去的五年也成绩显著。具有优秀传统且曾经引领过时代发展的《科幻世界》增办了《科幻世界·少年版》，百花文艺出版社出版了瞄准白领读者的《科幻Cube》。

把创作从小众推向大众的，还有一系列互联网平台和实体书店平台。在过去的五年中，有关科幻的网络平台数量大增。这些平台有的设在腾讯、百度，也有的设在果壳网、蝌蚪五线谱、科幻星云网，甚至有的设在微信平台上。实体书店也在推进科幻创作大众化方面起到了积极作用，发生在实体书店的签售、讲座、朗读、读者见面会大幅度增长。

评奖是人才成长的抓手。具有全国性影响力的中国科幻银河奖和全球华语科幻星云奖持续提高评奖质量，大连出版社主办的"大白鲸世界杯"原创幻想儿童文学奖也重点关照科幻方向。新出现的奖励还包括深圳科学与幻想成长基金的晨星科幻文学奖，时光幻象文化传播有限公司与新华网主办的全球华语科幻电影星云奖，腾讯网和中国科普作家协会合办的"水滴奖"等。

恰恰是在这种多平台、多媒体的支持下，中国的科幻作家队伍获得了长足发展，从曾经仅有的几十人已经发展到数百人。这其中，陈楸帆、夏笳、钱莉芳、马伯庸、宝树、飞氘、江波、郝景芳、梁清散、程婧波、陈奕潞、萧星寒、张冉、阿缺、刘洋、迟卉、周敬之等作家分别在不同领域崭露头角。作家队伍的异质性也大大增强，科技工作者、文学工作者、互联网和高技术企业从业者、大中学生研究生等的介入，使科幻创作中的创意和生活更加丰富，而创作队伍的发展为未来科幻文学的繁荣奠定了基础。

从小说到全产业

过去五年，科幻文学一个最显著的发展是走出小说范畴，进入电影、电子游戏、主题公园、科幻创意教育等组合的全产业疆域。

随着中国电影事业的发展，科幻电影在过去五年辉煌起步。小说 IP 转化是电影发展的第一步。这其中，游族影业对刘慈欣小说《三体》三部曲的改编引发了广泛关注。而国家主要领导接见科幻作家刘慈欣和《蒸发太平洋》导演周赟等人，显示了国家层面对这个领域转型的支持。正是在这样的努力和支持之下，中国科幻电影迈出了可喜的一步。2016 年 1 月，电影《美人鱼》等带动的中国电影票房总量第一次超过美国，成为世界第一大票房收入国。此后，陆川导演的《九层妖塔》也获得了好的业绩。目前，专门从事科幻电影拍摄的影业公司也在创建之中。像竺灿、十放、壹天、水星、天津地平线等影业公司都在积极运作，希望能在下一个五年创作出有影响力的作品。

除了科幻电影，科幻电子游戏的发展正在考虑跟教育相结合，创意者试图从教育教学的目标着手去设计和引导玩家。把科幻教育教学作为专项发展的清大紫育，连续两年举办中小学生科普科幻夏令营和科普科幻剧表演，报名人数年年上升。利用机器人、无人机和借助"STEM 教育"结合科幻的尝试也获得了一定的成果。

当前，有关科幻的主题公园设计除了目标对准航天、史前生物之外，还有一些针对博物场馆的设计和设想正在论证之中。时光幻象文化传播有限公司首创了全国第一个中国科幻博物馆，并开始收集与科幻发展相关的文物和产品进行展出，这个思路具有前瞻价值。由《科幻世界》杂志社承担的建设全国最大的"科普科幻传媒基地"项目已正式列入《四川省新闻出版广播影视"十三五"发展规划》和《四川省科学技术协会深化改革实施方案》。

最近两年，年轻人的科幻创业热潮正在逐渐兴起。赛凡科幻空间、未来事务管理局、青蜜科技、八分光文化等年轻人创建的公司，积极响应了国家"大众创业、万众创新"的号召，公司的主营业务是直接运营科幻创意、组织科幻文化传播、设计科幻周边产品、提供科幻社会服务，这些全新的创业尝试的价值可能会在未来几年初步显露。

从国内走向国际

过去五年，中国科幻文学发展的最大亮点是从国内到国际的突破式发展。虽然早在 20 世纪 70 年代，中国科幻小说就已经被国外出版机构翻译出版发行，但这些作品在国际市场和读者中反响不大。2015 年 8 月 23 日，刘慈欣小说《三体》的英文版在 73 届世界科幻大会上获得雨果奖，对世界科幻领域产生了震撼。

雨果奖是为纪念著名科幻编辑、美国科幻黄金时代推手雨果·根斯巴克而建立的一个奖项。该奖项多年来聚焦英美科幻文学，极少有外国作家作品能够获奖，刘慈欣成了获得该奖项的第一个亚洲作家。刘慈欣在创作小说的过程中大量吸取了国际、国内科幻历史中重要的成果，并创造性地将工程思维、价值逻辑、社会学和宇宙学相互结合。他创造的质子二维展开、维度压缩等概念确为科幻领域首创，而具有独特性的黑暗森林法则，不但给人类认知外太空生命提供了新思路，还给受到日常困惑的国人提供了考察周边人际关系的方法。刘慈欣获奖最大的作用就是提升了国内外读者对中国科幻的兴趣，但同时也应该看到，这一走向世界的成果是中国出版界根据商业规律运作国际出版物的成功典范。这其中，借行业内成熟的外国公司"借船下海"，邀请在海外有重要影响力的作者担任翻译，按照海外商业营销法则设计流程等，都是值得肯定的做法。

刘慈欣获奖后仅仅一年，科幻作家郝景芳再次摘得雨果奖桂冠。如果说刘慈欣的获奖是对中国作家几十年孜孜不倦追求作品国际品味和国际水准的褒奖，那么郝景芳的获奖则是对中国科幻创作后继有人、潜力巨大的肯定。如果说刘慈欣的小说更多给人对科学的敬畏，那么郝景芳的小说更多给人对未来的思考。但无论怎样，两部作品从深度和广度上全面测绘了西方科幻界对中国科幻走向世界所带去冲击的承受力，也加深了中国科幻能够顺利走向世界的自信。

除了刘慈欣和郝景芳，在过去的五年中，中国科幻作家的更多作品被译介到海外。这其中，微像文化跟美国《克拉克的世界》杂志合作推出中国科幻专号，定期发表中国作家的科幻小说，《人民文学》主编的英文刊物《路灯》也发行了科幻专号。此外，由刘宇昆翻译的陈楸帆小说《丽江的鱼儿们》还获得了 2012 年科学与幻想翻译国际奖。

2013 年春天，笔者和维罗妮卡·霍灵格尔共同主编的美国《科幻研究·中国专号》，第一次在国外学术期刊上全面介绍中国科幻发展及其研究成果。在这个刊物的带动下，国际上许多刊物也相继出版了介绍中国科幻文学的文章。

从自发创作到政府支持

五年中还有一个最大的变化，那就是科幻文学从自发创作走向政府支持。在过去的两年中，国家领导人多次对科幻事业的发展表示了支持。中国科学技术协会、中国作家协会等分别召开了刘慈欣作品座谈会。2016 年 3 月，在国务院办公厅出台的《全民科学素质行动计划纲要实施方案（2016—2020 年）》中，明确指出要大力开展科幻、动漫、视频、游戏等形式的科普创作。中国科协名誉主席韩启德宣布建立"国际科幻节"已经进入科协的行动纲领。9月8日，"2016中国科幻大会"在北京航空航天大学正式开幕，国家主要领导在开幕式上发表讲话，希望中国当代科幻、科普从业者牢记时代使命，多思考、勤创作，力争拿出更多群众喜闻乐见并可以在国际舞台上大放光彩的优秀作品。中国科协、中国作家协会、团中央等单位的领导还一起参观了科幻产业发展历史的展示。来自顶层的声音和主管机构的持续动作，已经为科幻文学与艺术的繁荣提供了强有力的支撑和保障。

在科研领域，国家社科基金从2012年开始支持科幻研究，此后几乎每年都会分配一定资金支持科幻相关项目的展开，聚焦科幻学术或产业发展的科研活动逐年增多。2011年8月，《南方文坛》和上海作家协会合作举办第二届"今日批评家"论坛，主题是"《地铁》与韩松科幻小说"。此后，相关领域的研讨活动一直没有停止。这其中，2015年重庆大学高等研究院主办的"中国科幻文学再出发"研讨会和2016年年初海南大学举办的"刘慈欣科幻小说与当代中国的文化状况"研讨会声势浩大。2016年第二季度，复旦大学"科幻文学工作坊"邀请了海外专家参与；第三季度，北京师范大学科幻创意研究中心在"中国科幻大会"上发布的《2016中国科幻创意与创新方向年度报告》，把科幻创意跟当前中国的顶层设计、技术研发相互融合；第四季度，北师大会合中国科普作协一起为纪念《乌托邦》出版500周年举行"乌托邦与科幻文学研究国际会议"。

虽然中国科幻文学和文化事业取得了长足发展，但我们也应该看到其中存在着一些问题。首先，作家培训非常缺乏。相关行业将资金更多注入这个领域，政府在这个方面更多地引导和投入，可能是增强科幻发展软实力最重要的方向；其次，平台建设仍然需要时间。当前虽然新建了许多平台，但这些平台的运营没有创新，不能吸引更多从业者的到来，这一点应该引起重视；第三是行业浮躁现象的出现。与所有正在高速成长的行业一样，科幻文学在走向影视化的过程中，由于资本强势注入，导致了部分作家从小说创作迅速转向电影剧本撰写，但在不熟悉的领域中摸索需要大量时间，一些作家感到一种两面不着家的困惑。更重要的是，如果作家不注重文体创新、不注重对科幻文学本身的思索，整个文类就无法赶上文学和时代的发展需求，势必影响原创能力发展。

当前，科技革命和世界秩序的改变，已经给科幻文学这个面向未来发展的文学门类以更多机会，对科幻从业者来说，如何面对如此丰富和伟大的时代机遇，如何为中国和世界的文学与文化发展做出应有的贡献，是摆在每一个科幻人面前最为严肃的问题。

吴岩：生于 1962 年，管理学博士，科幻作家；北京师范大学文学院科幻与创意教育研究中心主任、教授，中国儿童文学研究中心副主任，中国科普作家协会科学文艺委员会副主任委员，世界华人科幻协会会长。从 1991 年起，在国内首创科幻文学课程，2003 年与王泉根等在国内首创科幻文学硕士方向，2015 年起开始招收科幻文学博士。

 出品

地球旅馆

 全国总经销

捧读文化

触及身心的阅读

出品人　张进步　程碧

特约编辑　林香云

装帧设计　

新浪微博　　微信公众号

运　　营　谭　婧

法律顾问　天津益清（北京）律师事务所　王彦玲

出版投稿、合作交流，请发邮件至：innearth@foxmail.com

了解新书，图书邮购、团购、采购等，请联系发行电话：010-65772362